MIA C. BRUNNER

Hüttentod

EINGESCHNEIT Ein massiver Lawinenabgang in den Allgäuer Alpen schneidet ein Oberstdorfer Hotel komplett von der Außenwelt ab. Hauptkommissar Forster und seine Frau Jessica hatten sich ihren Winterurlaub anders vorgestellt. Als wäre das nicht genug, finden fünf Studenten auf einer eingeschneiten Berghütte die Leiche ihres Professors. Die Ermittlungen, die ganz ohne kriminaltechnische Hilfsmittel auskommen müssen, gestalten sich schwierig. Die fünf Verdächtigen versuchen, Forster mit unvollständigen Aussagen und ständig wechselnden Alibis zu verwirren. Als der Hauptkommissar der Lösung des Falles näherkommt, kostet ihn ein heimtückischer Anschlag fast das Leben. Mehrere Kilometer entfernt wird Forsters Kollege Berthold Willig zur gleichen Zeit zu einem anderen Mordfall gerufen. Wie ist es möglich, dass alle Indizien dieses Tötungsdeliktes auf die fünf jungen Menschen in der Hütte hindeuten? Oder gibt es einen unbekannten Täter, der sich bisher geschickt dem wachsamen Blick der Ermittler entziehen konnte?

Mia C. Brunner wurde in Wedel in der Nähe von Hamburg geboren. Seit fast 20 Jahren lebt sie mit ihrem Mann und ihren zwei Töchtern im Allgäu. Waren es früher nur Kurzgeschichten, die sie für ihre Kinder schrieb, machte sie später ihre ersten Krimi-Erfahrungen mit selbstverfassten Dinnerkrimis, in denen sie ihre Faszination fürs Schreiben und ihre Leidenschaft fürs Kochen verbinden konnte. »Hüttentod« ist ihr achter Allgäu-Krimi im Gmeiner-Verlag.

MIA C. BRUNNER

Hüttentod

ALLGÄU-KRIMI

GMEINER

Bei Fragen zur Produktsicherheit gemäß der Verordnung über die allgemeine Produktsicherheit (GPSR) wenden Sie sich bitte an den Verlag.

Immer informiert

Spannung pur – mit unserem Newsletter informieren wir Sie regelmäßig über Wissenswertes aus unserer Bücherwelt.

Gefällt mir!

Facebook: @Gmeiner.Verlag
Instagram: @gmeinerverlag

Besuchen Sie uns im Internet:
www.gmeiner-verlag.de

© 2024 – Gmeiner-Verlag GmbH
Im Ehnried 5, 88605 Meßkirch
Telefon 0 75 75 / 20 95 - 0
info@gmeiner-verlag.de
Alle Rechte vorbehalten
2. Auflage 2025

Lektorat: Christine Braun
Satz: Mirjam Hecht
Umschlaggestaltung: U.O.R.G. Lutz Eberle, Stuttgart
unter Verwendung eines Fotos von: © Markus Trienke auf Flickr
creativecommons.org/licenses/by-sa/2.0/
Druck: CPI books GmbH, Leck
Printed in Germany
ISBN 978-3-8392-0700-0

1

Sie hatte die dicke Wollmütze bis über die Augenbrauen hinuntergezogen. Der knallrote Schal bedeckte einen Großteil des Gesichts. Nur die Augen schauten heraus. Ihr Atem ließ den Stoff vor ihrem Mund feucht werden, doch er wärmte sie so ausgezeichnet, dass sie das unangenehme Gefühl der verschwitzten Haut gern in Kauf nahm.

Die milden Temperaturen vom Monatsanfang hatten vor zwei Tagen umgeschlagen. Tagsüber zeigte das Thermometer kaum mehr als zwei Grad. Nachts fielen die Werte weit in den Minusbereich.

Auf den Dächern der Buden vor dem Kemptener Rathaus funkelte der Schnee. Er war in der letzten Nacht zu Eis gefroren und verlieh dem Markt neben all den hellen Lichtern der Laternen einen himmlischen Glanz. Die köstlichen Düfte nach Süßem, Maroni und Bratwurst ließen Weihnachtsmüdigkeit gar nicht aufkommen. Wer sich bei all dem Glanz und der friedvollen Glückseligkeit nicht auf die bevorstehenden Festtage freute, hatte kein Herz.

Am Glühweinstand drängte sie sich an einer Gruppe junger Leute vorbei und stellte sich zu einem Mann an den Stehtisch, der sich ganz am Rand neben der Bude befand. »Danke, dass du gekommen bist«, flüsterte sie, sah sich ängstlich um und lockerte den Schal vor ihrem Gesicht.

Der Mann, der auf sie gewartet hatte, griff nach ihren Händen und drückte sie sanft. »Mach dir keine Sorgen. Hier kennt uns niemand«, versicherte er ihr und lächelte beruhigend. »Von diesem Treffen wird keiner erfahren.«

Sie seufzte gequält. »Es ist mir regelrecht peinlich, dich um Hilfe zu bitten, aber ich wusste nicht, wen ich sonst fragen könnte.«

Sie schaute ihn so hilflos an, dass er nicht anders konnte, als liebevoll ihre Wange zu streicheln. Er erschrak über diese viel zu intime Geste, zog abrupt seine Hand weg und entschuldigte sich. Beschämt sah er zu Boden.

»In meiner Verzweiflung habe ich sofort an dich gedacht. Du hast mir immer das Gefühl gegeben, ich könne dir vertrauen.« Sie berührte sachte seinen Oberarm.

Als er in ihr Gesicht blickte, bemerkte er ein mildes Lächeln, doch ihre Augen wirkten so niedergeschlagen, dass es ihn innerlich fast zerriss. »Du darfst auf gar keinen Fall mitfahren, hörst du?«, beschwor er sie flehend. »Bitte versprich mir, dass du mein Geld akzeptierst. Ich weiß, das war nicht abgesprochen, aber du musst die Stadt verlassen. Am besten noch heute.« Auf den Tisch legte er einen weihnachtlich bedruckten Jutebeutel und schob ihn zu ihr hinüber. »Es ist genug für die ersten paar Monate«, sagte er. »Ich bin immer für dich da. Vergiss das nicht.«

Sie nahm den Beutel und schaute hinein. Dann schüttelte sie heftig den Kopf. »Das ist viel zu viel! Das kann ich nicht annehmen. So eine große Summe kann ich niemals zurückzahlen!«

»Behalte es. Bitte.«

Nach kurzem Zögern nickte sie. »Es ist mir unangenehm, dich um einen weiteren Gefallen bitten zu müssen, aber würdest du mit der Anzeige bis nach den Feiertagen warten? Es macht kaum einen Unterschied, ob du sofort zur Polizei gehst oder erst in ein paar Wochen. Ich brauche die Zeit.«

»Wozu? Du bist in Gefahr, wenn du noch länger wartest.« Er legte seine Hand auf ihren Unterarm und sah sie eindringlich an. »Verlass ihn! Noch heute.«

»Gefährdet bin ich nur, wenn er etwas von meinem oder von deinem Vorhaben herausbekommt. Bisher ist mein Mann ahnungslos. Ich war vorgestern bei einem Anwalt, der mich vertreten will. Er heißt Manfred Sonnleitner. Den Umschlag mit dem unterschriebenen Formular für den Mandatsauftrag habe ich seitdem immer bei mir, kann ihn aber noch nicht abschicken.« Sie zog einen frankierten Brief aus der Manteltasche, legte ihn auf den Tisch. »Ich muss zuerst alles andere regeln. Das verstehst du doch, oder? Das bedeutet, dass ich mit den anderen in die Weihnachtsferien fahre, damit er keinen Verdacht schöpft. Bitte, warte noch mit der Anzeige.«

Nach kurzem Zögern nickte er. »Gut, dann nimm das hier aber auch. Ich wollte es dir nur im Notfall geben. Jetzt fühle ich mich sicherer, wenn du sie bei dir trägst.« Er sah sich verstohlen um, zog eine Schachtel aus der Umhängetasche, die an seiner Schulter hing, und schob sie zu ihr hinüber.

»Was ist da drin? Hoffentlich nicht weitere Geldbündel.«

»Erschrick bitte nicht.« Er hatte sich nah zu ihr hinübergebeugt und flüsterte direkt vor ihrem Gesicht: »Darin ist eine Waffe. Es ist meine. Bitte nimm sie zu deinem Schutz.«

»Du fürchtest tatsächlich um meine Sicherheit«, war alles, was sie sagen konnte. »Ich hoffe, Dr. Manfred Sonnleitner ist ein guter Anwalt. Oder meinst du, ich soll mir lieber einen anderen suchen?«, fragte sie unsicher, straffte schließlich ihre Schultern, hob das Kinn und fügte tapfer hinzu: »Ich werde den Anwaltsbrief in den nächsten Tagen einwerfen. Mit deiner Hilfe bin ich stark genug für diesen Schritt.«

Bevor sie den Umschlag in die Manteltasche zurückschieben konnte, griff er danach und lächelte aufmunternd. »Lass mich das übernehmen. Ich werde ihn noch heute einwerfen. Mit der Anzeige warte ich bis zum neuen Jahr. Wenn du mich brauchst, ich bin jederzeit für dich da.« Er strich ihr erneut über die Wange. »Und ruf aus dem Hotel an, damit ich weiß, dass es dir gutgeht.«

Sie fiel ihm um den Hals und ließ sich von ihm ganz fest halten. Als er ihr Gesicht nicht mehr sehen konnte, grinste sie siegessicher. Wenn er wüsste, was wirklich in diesem Umschlag an Manfred Sonnleitner war … Er würde ihr den Beutel aus den Händen reißen und das Weite suchen.

*

Die ganze Nacht hindurch hatte es nicht aufgehört zu schneien. Nun erstrahlte der Himmel in einem leuchtenden Blau.

Der Blick aus dem Küchenfenster in den Garten hatte etwas Magisches. Vom Rand der Scheibe wuchsen wundersame Eisblumen zur Mitte und ließen nur noch eine kleine Öffnung frei, durch die man die schneebedeckten Büsche und Sträucher betrachten konnte. Sie glitzerten im morgendlichen Sonnenschein wie tausend winzige Sterne.

Draußen hupte ein Auto.

»Sie sind da. Bist du fertig?«, tönte es aus dem Obergeschoss.

Jessica trank den letzten Schluck vom heißen Tee und stellte die Tasse in die Geschirrspülmaschine. »Ich komme«, rief sie, nahm sich aber die Zeit und blieb einen kurzen Moment regungslos mitten im Raum stehen. Nach den lauten und fröhlichen Weihnachtsfeiertagen hatte die Stille etwas Fantastisches, kaum Greifbares. Eigentlich war dieses Haus nie leise. Wenn die Kinder nicht lärmten, lief der

Fernseher in der Einliegerwohnung ihres Vaters oder das Radio in der Küche. Ansonsten fuhr draußen der Müllwagen vorbei, oder der Nachbar mähte den Rasen. Irgendeiner hing immer am Telefon, polterte die Treppe hinauf oder herunter, sang, stritt, duschte oder knallte mit einer Tür.

Jetzt war nicht einmal Vogelgezwitscher zu hören. Sie nahm einen tiefen Atemzug, als könnte sie so die Stille in sich aufsaugen.

Bis es erneut hupte. Gleich dreimal hintereinander.

»Herrgott«, fluchte Florian, riss die Haustür auf und brüllte: »Wir kommen! Mach gefälligst nicht so einen Krach!«

»Die Tasche muss auch noch mit«, sagte Jessica, während sie in die warme Winterjacke schlüpfte. »Ich hoffe, ich habe nichts vergessen.«

»Das ist unmöglich«, entgegnete Florian sarkastisch. »Du nimmst den Inhalt unseres kompletten Kleiderschranks mit.« Er war schon über und über mit Gepäckstücken bepackt.

Jessica lachte, griff nach der letzten Reisetasche, die noch auf dem Fußboden stand, und schob ihren Mann durch die Haustür nach draußen. »Im Winter braucht man halt mehr Klamotten als im Sommer. Da reichen ein Bikini und ein paar T-Shirts. Um diese Jahreszeit trägt man mehrere Schichten übereinander.«

Sie stapften durch den Schnee zur Straße. Vor der Einfahrt stand Ewe mit seinem Kombi, stemmte die Fäuste in die Hüfte und schüttelte ungläubig den Kopf. »Wo soll ich den ganzen Krempel noch unterbringen? Warum müsst ihr Weiber immer so viel mitschleppen?«

»Moment!« Die Beifahrertür schwang auf, und Paula stieg aus dem Auto. »Der meiste Kram gehört doch euch

Männern. Die Skier, die Stiefel und die Helme. Der halbe Kofferraum ist voll mit dem Zeug. Hallo, Jessy«, wandte sie sich an ihre beste Freundin und umarmte sie. »Bin ich froh, wenn die zwei auf der Piste sind und wir uns endlich einen leckeren Glühwein vor dem Kamin gönnen können. Sind die Kinder gut weggekommen?«

Im Sommer war der Weg nach Oberstdorf in einer guten halben Stunde zu schaffen. Heute stellten die heruntergerieselten Schneemassen die Autofahrer vor Herausforderungen. Es schneite wieder. Die Hauptstraße wurde seit 4 Uhr in der Früh im 20-Minuten-Takt geräumt. Für einen kurzen Zeitraum war der Weg weder spiegelglatt noch matschig, wenn man direkt hinter einem der Schneepflüge fuhr. Sobald man jedoch auf eine Nebenstraße abbog, mussten sich die Autos durch zentimeterdicken Schnee kämpfen. Die Fahrt war kein Vergnügen.

Hinter Oberstdorf waren sich zumindest die Frauen auf der Rückbank einig, lieber umzukehren. Sie meinten, dass es lebensgefährlich sei, auf der schmalen Serpentinenstraße den Berg zum Hotel hinaufzufahren. Man sah im Schneegestöber kaum die langen orangefarbenen Stangen, die den Straßenrand markierten.

Ewe lachte. »Ich kann verstehen, dass Jessy Angst hat. Sie kommt aus dem Norden. Da gibt es keinen Schnee«, behauptete er. »Aber Paula, du musst das als echte Allgäuerin doch gewohnt sein. Das bisschen Weiß!«

In diesem Moment drehten die Reifen des Kombis auf einer spiegelglatten Fläche durch, der Wagen stellte sich quer und rutschte ein kleines Stück von der Straße in einen aufgetürmten Schneehaufen.

»Hoppla!«

»Wie wär's mit Schneeketten?«, schlug Florian gelassen vor und drehte sich zu den Frauen um. »Alles okay bei euch?«

Paula und Jessica nickten synchron, brachten aber keinen Ton heraus.

Der mehrtägige Ausflug war seit Wochen geplant. Die Kinder waren seit dem gestrigen zweiten Weihnachtsfeiertag alle untergebracht. Svenja durfte ihre Freundin und deren Eltern nach Österreich in den Skiurlaub begleiten. Ihr Bruder Tobias war mit seinem Opa Herbert nach Hamburg gefahren. Sie besuchten einen alten Schulfreund von Jessicas Vater. Die Zwillinge Elias und Lukas wurden abwechselnd von Florians Mutter Maria und seinem Vater Franz-Xaver sowie dessen zweiter Frau Regina betreut. Da Florian gern mit seinem Freund Ewe Ski fahren wollte, hatte Jessica beschlossen, Paula ebenfalls mitzunehmen, damit sie ein wenig Gesellschaft hatte, wenn die Männer auf der Piste waren. Ob die beiden überhaupt fahren konnten, wenn es weiterhin so schneite, war ungewiss. Aber das Hotel, das sie ausgesucht hatten, hatte ein schönes Appartement mit Kamin und drei angrenzenden Schlafzimmern. Die noch höher liegende, zum Hotel gehörende Berghütte, die sie ursprünglich hatten mieten wollen, war leider schon reserviert gewesen. Das Essen des Hotels wurde in den Online-Bewertungen in den höchsten Tönen gelobt, und es gab zahlreiche Wanderrouten, die direkt vor Ort vorbeiführten und auch für den Winter geeignet waren. Jessica freute sich seit Tagen auf den Kurzurlaub. Nun mussten sie nur heil ankommen.

Von oben kam ihnen im Schneckentempo ein Auto entgegen und hielt an. Der Fahrer kurbelte das Fenster des Oldtimers herunter. »Brauchen Sie Hilfe?«

Paula öffnete ihr Fenster einen kleinen Spalt. Es war eisig draußen, und im warmen Auto trugen sie keine Jacken. »Nein, vielen Dank. Unsere Männer bekommen das sicher alleine hin. Oder?« Das letzte Wort brüllte sie, um sowohl den laufenden Motor des angehaltenen Wagens als auch den aufkommenden Wind zu übertönen.

»Wir kommen klar«, rief Florian, der inzwischen mit Ewe die Schneeketten montierte, und wischte sich mit den behandschuhten Händen den Schnee aus dem Gesicht. »Ist es noch weit bis zum Hotel?«, wollte er wissen.

»Nach zwei Kurven und etwa 500 Metern können Sie das Haus bereits sehen«, sagte der Mann. »Oben ist es auch nicht mehr so steil und rutschig.« Er hob die Hand zum Abschied, wünschte ihnen einen schönen Aufenthalt, schloss das Fenster und fuhr weiter. Schon nach wenigen Metern konnte man seine roten Rücklichter durch das Schneegestöber nicht mehr sehen.

Es dauerte eine Weile, bis die Männer die Ketten an den Vorderreifen angebracht hatten und total verfroren und über und über mit Schnee bedeckt ins Auto stiegen.

Endlich hatte der Kombi wieder ordentlich Grip. Ewe gab Gas und nickte zufrieden. »Leute, in Kürze beginnt unser Urlaub!«

2

Die schwere Holztür knarzte laut beim Öffnen.

Im Inneren des über 300 Jahre alten Hauses roch es nach Harz und kalter Asche. Im langen Flur mit den alten Dielen war es nur unwesentlich wärmer als draußen. Es war klamm und ungemütlich.

»Der Ofen steht im zweiten Raum, hat Herr Sonnleitner gesagt. Wir heizen erst einmal ordentlich ein. Wer hilft mir, das Holz aus dem Schuppen zu holen?«

Über den schier unbändigen Tatendrang ihres Studienkollegen Valentin konnte Davina Hollfeld nur den Kopf schütteln. Wie über die ganze Situation, in der sie sich befand. Die Studienreise entpuppte sich schon jetzt als totales Fiasko. Was sollten sie in dieser Bruchbude? Die nächsten Tage würden schrecklich werden.

»Herrschaften! Sie kümmern sich um das Feuer, und die Damen um das Mittagessen. Wenn Sie fertig sind, geben Sie mir bitte Bescheid.«

»Und was machen Sie, Professor Engel?«

»Ich werde mich auf mein Zimmer im ersten Stock begeben und ein wenig lesen«, brachte der alte Herr gequält heraus. Seine Stimme klang heiser und krächzend. Er war in einen dicken Schal gewickelt, der ihm bis übers Kinn reichte, und hatte die Wollmütze tief ins Gesicht gezogen. Seine Nase war wund und rot vom Schnupfen. Die Brille war beschlagen, obwohl es hier drinnen nur unwesentlich wärmer war als im Freien. »Ganz schön kalt hier.« Seinen Sätzen folgte ein heftiger Hustenanfall.

»Sie hätten im Hotel bleiben sollen, Herr Professor«, sagte Emma Pfaff besorgt. »Kann ich Ihnen etwas aufs Zimmer bringen?«

»Wenn ich im Hotel geblieben wäre, hätten Sie den ganzen Spaß allein gehabt«, lachte er blechern und hustete erneut. »Einen Tee bitte, Emma. Das wäre bezaubernd.«

*

Die Schmankerlstube – so hieß der gemütliche Raum, in dem das Abendessen serviert wurde – war komplett mit hellem Holz vertäfelt. In der Mitte, ganz zentral im Zimmer, stand ein moderner Ofen auf einem Sockel, der von allen vier Seiten durch feuerfestes Glas einen Blick auf das glühende Holz freigab. Neben der großen Doppelschiebetür zum Foyer war ein riesiger Christbaum aufgebaut, an dem die roten und goldenen Kugeln mit der elektrischen Lichterkette um die Wette funkelten. Jeder einzelne Tisch war mit kleinen Weihnachtsgestecken aus Tanne und Christrosen geschmückt. Auch zu späterer Stunde lud der heimelige Raum zum gemütlichen Beisammensein ein.

Ein gemauerter Turm an der südöstlichen Seite des Hotels, der bis über das Dach hinausragte, schloss sich direkt an den Speisesaal an. In der kleinen, ovalen Nische, die dadurch entstand, waren eine weich gepolsterte Bank und ein runder Tisch eingelassen, umrahmt von Sprossenfenstern.

Draußen war es inzwischen so dunkel, dass man nicht einmal mehr die wild tanzenden Schneeflocken vor den Fenstern sehen konnte. Doch der Wind pfiff gehörig um die Häuserecken und übertönte manchmal sogar das Knistern der brennenden Scheite im Kamin.

Jessica saß seit einer halben Stunde mit Paula in dieser

Nische und genoss die Zeit mit ihrer besten Freundin. Es hatte in den letzten Monaten kaum Momente gegeben, in denen sie ohne Jessicas Zwillinge aufeinandergetroffen waren.

»Wo wart ihr so lange?«, rief Paula vorwurfsvoll, als Florian und Ewe endlich kamen. Dann entdeckte sie die Weinflasche, die Florian in der Hand hielt. Ihre Stimmung änderte sich schlagartig. »Oh, wie schön! Ihr habt was Leckeres mitgebracht.« Sie schnappte sich die Flasche und goss allen ein.

»Ein Goldmuskateller aus Südtirol. Die Wirtin meint, der schmeckt auch Nicht-Weintrinkern.« Damit meinte Florian sich selbst. Er zog ein gutes Bier jedem Wein vor.

»Habt ihr etwas übers morgige Wetter erfahren? Klappt es mit dem Skifahren?«, wollte Jessica wissen.

Die einzigen Innovationen, über die das Hotel verfügte, waren ein Festnetzanschluss und ein Faxgerät. Sogar der Fernseher im angrenzenden Aufenthaltsraum hatte nur fünf Programme. Hier oben hatte man mit einem Smartphone keine Chance. Wenn man etwas weiter den Berg hinaufging, war es im Sommer bei klarem Himmel mit viel Glück hin und wieder möglich, eine Nachricht zu versenden. Die Wirtsleute bekamen die wichtigen Informationen übers Wetter oder anstehende Lieferungen telefonisch direkt aus dem Tal.

»Heute Nacht zieht ein Sturm auf«, berichtete Ewe. »Herr Sonnleitner sagte, wir hatten Glück, dass wir heute schon angereist sind. Morgen ist die Straße zum Hotel vermutlich nicht mehr befahrbar. Er kommt jetzt schon kaum mit dem Schneeräumen auf dem Parkplatz nach.«

»Hat das Ehepaar Sonnleitner denn keine Hilfe? Die beiden sind um die 60 Jahre alt. Schaffen die das, den ganzen

Hotelbetrieb samt der Hütte weiter oben allein aufrecht-zuerhalten?«, sinnierte Paula und sah fragend in die Runde.

»Soviel ich weiß, helfen Sohn und Schwiegertochter mit, aber die sind gestern in den Urlaub gefahren«, berichtete Ewe, der sich lange mit dem Hotelier unterhalten hatte.

»Und ist der Sturm morgen durch? Könnt ihr auf die Piste?«, wechselte Jessica das Thema.

Ewe schüttelte bedauernd den Kopf.

»Ski fahren ist nicht. Wandern auch nicht«, bestätigte Florian, nippte vorsichtig an seinem Weinglas, brummte zufrieden und trank einen großen Schluck.

»Wenn es die nächsten Tage so weiterschneit, kommen wir dann an Neujahr heim?«, fragte Jessica und sah besorgt aus dem Fenster, obwohl es draußen stockfinstere Nacht war und man nichts erkennen konnte.

Florian legte den Arm um seine Frau und zog sie näher zu sich. »Die Weinvorräte sind kurz vor Weihnachten aufgestockt worden, sagt Frau Sonnleitner. Wenn wir wider Erwarten länger hierbleiben müssen, macht das gar nichts. Verdammt lecker, das Zeug. Findet ihr nicht auch?«

3

Der Mann am Kamin schwenkte zufrieden ein Glas mit goldgelbem Cognac, roch genussvoll daran, lächelte und stellte das Getränk auf dem Sims ab, ohne davon getrunken zu haben. Dann trat er an das wandhohe Bücherregal neben der Tür zum Esszimmer und fuhr langsam mit dem Zeigefinger über die edlen Buchrücken, bis er fand, wonach er suchte. Er zog das Exemplar heraus, lehnte sich rücklings gegen den Türrahmen und begann zu lesen.

»Guten Abend, Friedrich!«, grüßte ihn jemand vom Durchgang zum Flur.

Erschrocken schlug er das Buch zu und fuhr herum. »Du?« Er schüttelte ungläubig den Kopf. »Wie bist du reingekommen?« Er war allein, niemand sonst war im Haus, der seinem Besucher die Tür hätte öffnen können. Seine Frau verbrachte den Winter wie in jedem Jahr auf Teneriffa. »Was machst du hier? Die Haustür war abgeschlossen«, fügte er unnötigerweise hinzu.

Der Besucher zog die linke Hand aus der Hosentasche und hielt einen Schlüsselbund in die Höhe.

»Woher hast du …?«

Der Eindringling seufzte so laut, dass Friedrich schlagartig verstummte. Er legte das Buch neben das Cognacglas auf den Kaminsims und wich langsam ein paar Schritte zurück. Der anfängliche Schrecken war erst Verwunderung gewichen und entwickelte sich nun zu einer ausgewachsenen Panik. Das alles hier war surreal. »Wieso machst du …?«

»Du stellst immer die falschen Fragen, Friedrich. Das sage ich dir schon seit Jahren, aber du willst einfach nicht zuhören«, fiel ihm sein Gegenüber ins Wort. Er wirkte gelassen, trotz der Anspannung, die in der Luft lag. »Frag mich, was ich mit dir tun werde. Ob du den nächsten Sonnenaufgang mit mir gemeinsam erleben wirst. Oder ob ich mir ganz allein die kalte Winterluft ins Gesicht blasen lassen werde, während ich durch den herrlichen Neuschnee in eine traumhafte Zukunft gehe.«

Friedrich schüttelte so zaghaft den Kopf, dass man es kaum wahrnahm.

»Du willst nicht fragen?« Der Eindringling lächelte überheblich. »Irgendwie verstehe ich das sogar. Wenn man die Antwort nicht hören will, darf man nicht um eine Erläuterung bitten.« Er drehte sich um und verschwand im Flur. Es war, als hätte er sich urplötzlich in Luft aufgelöst. Kein einziges Geräusch war mehr zu hören. Nur die glühenden Holzscheite im Kamin knisterten.

Der Hausherr schlich zur Tür und warf einen Blick in den Flur, seine Hände zitterten.

Niemand war zu sehen.

Einen kurzen Augenblick war es, als hätte Friedrich sich diese Begegnung nur eingebildet. So abwegig die Erklärung war, es war die einzig logische Möglichkeit. Man konnte nicht zur selben Zeit an zwei Orten sein. Sein Verstand hatte ihm einen Streich gespielt. Er war überarbeitet, der Cognac auf dem Sims war bereits sein dritter. Hatte er halluziniert?

Er ging zu seinem Schreibtisch unter dem Fenster, griff nach seinem Smartphone und rief die eingegangenen Gespräche auf. Vor nicht einmal einer halben Stunde hatte er dieses Telefonat geführt. Es war unmöglich, in so kurzer Zeit aus Oberstdorf bis zu ihm zu fahren. Erst recht nicht bei diesem unsäglichen Schneesturm, der draußen wütete. Er hatte sich alles nur eingebildet. So musste es gewesen sein. Er seufzte erleichtert, nur um kurz darauf vor Schreck zu erstarren.

Zuerst nahm er den warmen Hauch in seinem Nacken wahr. Dann hörte er die Stimme flüstern: »Unvollkommene Perfektion ist das vollkommene Alibi! Hast du das gewusst?«

Bevor er sich umdrehen konnte, legte sich etwas um seinen Hals und raubte ihm die Luft. Reflexartig griff er mit beiden Händen nach der unerbittlichen Schlinge, spürte weichen Stoff unter den Fingern und versuchte verzweifelt, sich aus der tödlichen Gefahr zu befreien. Immer enger schnürte sich das Tuch. Das weiche Material wurde zu einem harten, unnachgiebigen Strick. Er bekam die Finger nicht dazwischen, konnte sich trotz Aufwendung aller Kraft nicht aus dieser Situation retten. Es war zwecklos. Er konnte nicht atmen, nicht schreien, nicht mehr denken.

In dem Moment, als er ohnmächtig zu werden drohte, löste sich die Fessel um seinen Hals. Er hustete, verschluckte sich an seinem eigenen Speichel und sog gierig Luft in seine Lunge. Jeder Atemzug schmerzte, seine Beine versagten ihm den Dienst. Er sank zu Boden und konnte nicht mehr aufstehen. Er sah auf und blickte flehend in das freundliche Gesicht mit dem gütigen Lächeln.

Das Tuch, das ihn eben fast getötet hätte, lag nun vor ihm auf dem Boden. Ein einfaches Kopftuch mit hübschem floralen Muster. Er musste sich sehr zusammenreißen, um seine wirren Gedanken wieder auf die akute Gefahr zu lenken. Hatte er überhaupt eine Chance?

Im Licht des flackernden Kamins blitzte etwas Silbernes direkt vor seinem Gesicht auf. Die abgrundtiefe Verzweiflung, die von ihm Besitz ergriff, ließ ihn erst hysterisch aufheulen, dann stiegen Tränen in seine Augen. Im Bruchteil weniger Sekunden durchdachte er seine Situation, wog Für und Wider eines Fluchtversuches, eines Gegenangriffs oder einer Bitte um Verhandlung ab. Der Seufzer, der seinen Mund verließ, zeugte von endgültiger Resignation. Er wurde ganz ruhig. »Werde ich den Sonnenaufgang morgen noch sehen?«, fragte er in schonungsloser Selbstaufgabe.

»Nein, Friedrich.« Die Spitze des scharfen Messers legte sich behutsam an seine Stirn und fuhr langsam über seinen Nasenrücken hinunter, ohne dabei sein Gesicht zu verletzen. »Deine Sonne wird heute Abend für immer untergehen.«

*

Das weit entfernte monotone Grummeln wurde stetig lauter und riss Jessica aus dem Schlaf. Sie knipste die Nachttischlampe an.

»Das ist vermutlich eine Lawine«, sagte Florian neben ihr und legte die Hand auf ihren Bauch. »Keine Sorge, um die Zeit kann nicht viel passieren. Es ist niemand draußen.«

»Aber es wird immer lauter.« Sie klang beunruhigt. »Was ist, wenn sie das Haus trifft?«

Er sagte nichts, zog sie nur ganz dicht an sich und hielt sie fest.

Das dumpfe Dröhnen spürte man jetzt auch im Körper. Alles schien zu vibrieren. Die Deckenlampe zitterte, und die Kleiderbügel an der Garderobe klopften rhythmisch gegen die Holzvertäfelung.

»Okay, Jessy«, sagte Florian, nun doch alarmiert, packte sie und zog sie vom Bett auf den Fußboden. »Wir sollten schnell ins Bad ...«

Noch während er sprach, ließ ein ohrenbetäubendes Rumsen, einem Donnerschlag gleich, das gesamte Haus erbeben. Die Lawine schlug mit enormer Wucht gegen die Südwand, prasselte sekundenlang aufs Dach und gegen die geschlossenen Fensterläden.

Jemand im Haus schrie.

Polternde Schritte auf der Treppe.

Ein Mann fluchte wüst.

Etwas vor der Hotelzimmertür ging klirrend und scheppernd zu Bruch.

Dann war plötzlich alles still.

»Ist es vorbei?« Jessica hob vorsichtig den Kopf, den Florian mit beiden Armen schützend vor seiner Brust gehalten hatte.

Er ließ sie frei und lächelte beruhigend. »Das kann man leider nie wissen«, sagte er. »Doch die Fenster sind heil geblieben. Das ist gut.«

»Und das Haus steht noch«, fügte Jessica erleichtert hinzu. Ihr Herz schlug heftig. »Obwohl ich mich nicht wundern würde, wenn es ein Stück weiter ins Tal hinabgerutscht wäre, so wie es hier drinnen gerumpelt hat.«

Florian sah sie entsetzt an. »Herrgott, das Auto.« Er sprang auf, griff nach seiner Jeans und riss die Tür auf. Im Wohnbereich des Appartements stieß er fast mit Ewe zusammen.

»Seid ihr okay?«, wollte Florians Freund wissen und klopfte an die Tür zu Paulas Schlafzimmer. »Hey, alles in Ordnung bei dir?« Da sich nichts rührte, trommelte er mit der Faust dagegen.

Erst Sekunden später öffnete sich die Tür. Paula hatte ihre Schlafmaske nach oben geschoben und blinzelte müde. In der Hand hielt sie ihr Smartphone, an dem ein Kopfhörerkabel angebracht war. Als sie bemerkte, wie Ewe, Florian und Jessica sie anstarrten, zog sie fragend die Augenbrauen nach oben und entfernte die Stöpsel aus den Ohren. »Ist was?«

Florian schüttelte ungläubig den Kopf und ging zurück ins Schlafzimmer. »Wir sollten uns warm anziehen und schauen, ob wir den Sonnleitners helfen können, Ewe«, hörte man seine Stimme aus dem Raum nebenan. »Hoffentlich sind die Fahrzeuge heil geblieben.«

*

Im Büro war es viel zu heiß. Die Heizung lief auf Hochtouren. Sie ließ sich nicht regulieren und verwandelte das Zimmer in eine finnische Sauna.

Berthold Willig zog seine warme Winterjacke aus und wollte gerade aus seinem Pullover schlüpfen, als es an der Tür klopfte.

Ohne ein »Herein« abzuwarten, trat der Dienststellenleiter Götze ein und kam direkt auf ihn zu. »Herr Willig«, sprach er ihn an. »Sie brauchen sich gar nicht häuslich einzurichten. Sie müssen sofort los! Ich habe einen Fall für Sie.«

»Was ist passiert?« Berthold schob den Bürostuhl unter den Schreibtisch zurück und griff nach seiner Jacke.

»Wir haben einen Todesfall in Oberstaufen«, berichtete Götze.

Es war ungewöhnlich, dass er sich wegen einer solchen Nachricht persönlich in den ersten Stock bemühte. Normalerweise reichte ein kurzer Anruf oder eine Einbestellung in sein Büro.

»Die Infos, die ich bisher habe, sind etwas verwirrend.« Er fächerte sich mit der Hand Luft zu. »Hier ist es tatsächlich noch brütender als in meinem Büro.« Er ging zum Fenster und öffnete es. »Können Sie sich bitte sofort auf den Weg machen?«

»Also ein Kapitalverbrechen?«, fragte Berthold, der seit Kurzem Oberkommissar war. Es wäre sein erster Fall, den er ohne Vorgesetzten bearbeiten würde. Florian hatte über die Feiertage Urlaub. »Ist die Spurensicherung schon vor Ort?«

»Ich habe alles in die Wege geleitet.« Götze sah zum leeren Schreibtisch von Hauptkommissar Florian Forster und seufzte bedauernd. »In dieser Angelegenheit hätte ich lieber einen erfahrenen Kollegen geschickt. Leider haben alle anderen frei oder sind im Krankenstand. Nichts für ungut, Herr Willig, aber Forster sieht oft Dinge, die anderen entgehen.«

»Ich schaffe das, Herr Götze.« Berthold zog seine Jacke über, nahm sein Smartphone vom Schreibtisch und stopfte es in die Innentasche. »Sie können sich auf mich verlassen.«

Götze nickte und klopfte dem jungen Kollegen aufmunternd auf die Schulter. »Prima. Ich schicke Ihnen alle nötigen Informationen auf Ihr Handy. Viel Erfolg!«

Berthold sah sich in dem geräumigen Wohnzimmer um, in dem es von Polizeibeamten und Mitarbeitern der Rechtsmedizin nur so wimmelte. Die Leiche lag ausgestreckt vor dem Schreibtisch. Die toten Augen starrten an die Decke, die blutverschmierten Hände wirkten unnatürlich verkrampft. Das rechte Bein war angewinkelt, und der Schuh hing über die Zehen des nackten Fußes. Der Strumpf fehlte.

»Trägt er keine Socken?«, fragte Berthold die Rechtsmedizinerin, die sich über den Körper gebeugt hatte, um ihn zu untersuchen.

Die Frau sah – entgeistert über die aus ihrer Sicht unnötige Frage – zum jungen Oberkommissar auf, zog am linken Hosenbein des Opfers und legte den anderen Fußknöchel frei. »Doch, aber nur einen«, sagte sie trocken. »Haben Sie noch weitere Fragen, oder darf ich meine Arbeit machen?«

»Ich hätte gern gewusst, ob Sie schon eine Todesursache für mich haben.« Berthold ließ sich nicht beirren und machte sich ununterbrochen Notizen. Ihm war aufgefallen, dass mittig auf dem Schreibtisch eine schwere Büste stand, an dessen Sockel Blut klebte. Daneben lag ein kleines Steakmesser, ebenfalls blutverschmiert.

»Woran der Mann gestorben ist, kann ich noch nicht sagen.« Die Rechtsmedizinerin erhob sich, ging zu Berthold hinüber, der mit etwas Abstand im Türrahmen stehen geblieben war, und wies auf die Leiche. »Es gibt mehrere mögliche Ursachen.«

»Erschlagen und erstochen?«, riet Berthold. Die Verletzung auf Höhe des linken unteren Rippenbogens war deutlich zu erkennen. Auch aus einer Kopfwunde war Blut in den teuren Teppich gesickert. »Und was ist das am Hals?«

»Würgemale«, erklärte die Rechtsmedizinerin. »Wir vermuten diesen Schal als Tatwerkzeug.« Sie ging zum Couchtisch, auf dem ihr Koffer stand, und zeigte dem Oberkommissar eine der Beweismitteltüten.

»Drei verschiedene Tathergänge? Warum?«

»Eigentlich haben wir fünf«, sagte die Frau und schmunzelte über den verwirrten Ausdruck auf dem Gesicht des Oberkommissars. »Jemand hat den Mann mit einem Elektroschocker gequält. So eine Aktion kann leicht zum Herzstillstand führen, vor allem, wenn sie wiederholt ausgeführt wird wie in diesem Fall.« Sie wies auf eine zweite Tüte, in der sich ein solches Gerät befand. »Außerdem vermute ich eine Vergiftung. Die Verfärbungen an den Lippen und der chemische Geruch aus seinem Mund würden diese These untermauern. Die Mundschleimhaut scheint verätzt.«

Berthold Willig deutete auf das leere Glas in einer weiteren Tüte.

»Wir prüfen, ob darin Gift oder Säure war«, informierte ihn die Rechtsmedizinerin.

Berthold schüttelte ungläubig den Kopf. »Und alle Tatwerkzeuge haben Sie hier sichergestellt? Warum hat der Täter keines davon entsorgt? Das verstehe ich nicht. Was ist mit diesem Mann passiert?«

Die Rechtsmedizinerin lachte. »Gott sei Dank muss ich das nicht herausfinden. Ich kann mit Fakten arbeiten, Sie müssen Mutmaßungen anstellen und Ihre Thesen beweisen. Ich möchte nicht mit Ihnen tauschen!«

4

Fast drei Meter hoch türmten sich die Schneemassen auf, die an der Seite des Hotels vorbeigerauscht waren und nun den halben Hof und die komplette Zufahrtsstraße blockierten. Auch die Hinterseite des Gebäudes war bis zur Hälfte mit Schnee zugeschüttet. Die Fenster und Terrassentüren, die nach Süden in Richtung Berggipfel ausgerichtet waren, ließen sich nicht mehr öffnen.

Die rechte Seite des Hauses war von der Lawine verschont geblieben. Doch die dicken Flocken, die seit zwei Tagen ununterbrochen heruntergerieselt waren, lagen inzwischen auch dort über einen Meter hoch. Die parkenden Autos auf der Nordseite vor dem Haupteingang waren unversehrt.

Während Herr Sonnleitner, Florian, Ewe und ein weiterer Gast unermüdlich damit beschäftigt waren, die Wege und die Zufahrt freizuschaufeln, bereitete Frau Sonnleitner ein behelfsmäßiges Frühstück vor. Der Strom war ausgefallen. Auch das Telefon funktionierte nicht. Der Kaffee und das heiße Wasser für den Tee und den Früchtepunsch wurden kurzerhand auf dem Gasherd zubereitet. Paula und Jessica halfen beim Anrichten in der Schmankerlstube, feuerten den Kamin an und kümmerten sich um die zwei alten, völlig aufgelösten Damen aus Niedersachsen, die morgen abreisen wollten, nun aber vermutlich gezwungen waren, den Urlaub um ein paar Tage zu verlängern.

»Kann ich auch etwas tun?«

Hinter Jessica stand ein junger Mann, der ihr bisher unter den Gästen nicht aufgefallen war – weder bei ihrer gestrigen Ankunft noch beim Abendessen. Er sah blass und kränklich aus, wirkte kurzatmig und schaute sich immer wieder suchend um.

»Mein Name ist Nevio Aldenhoven. Haben Sie vielleicht Frau Engel gesehen? Sie war nicht auf ihrem Zimmer.«

Jessica zuckte bedauernd die Schultern. »Tut mir leid. Ich bin auch nur Gast. Ich kenne Frau Engel leider nicht.«

Sie beobachtete, wie der junge Mann ein Asthmaspray aus der Hosentasche zog und es benutzte.

»Die kalte Luft ist etwas unvorteilhaft«, entschuldigte er sich unnötigerweise. »Aber immer noch besser als die Pollen im Frühjahr.« Er schob das Medikament zurück in die Tasche. »Beim Schneeschieben mache ich keine gute Figur, doch ich könnte beim Tischdecken helfen.«

»Das wäre prima. Die zwei älteren Damen warten auf ihren Kaffee. Fragen Sie bitte in der Küche, ob Frau Sonnleitner Hilfe braucht.«

Die Erwähnte betrat in diesem Moment den Speisesaal.

»Darf ich Sie alle kurz um Ihre Aufmerksamkeit bitten?«, rief sie mit fester Stimme. Ihre Körpersprache verriet jedoch ihre Unsicherheit. Sie hatte die Hände zu Fäusten geballt und die Arme fest um ihren Körper geschlungen. Nun wippte sie nervös von einem Bein auf das andere. »Ist unter den Gästen vielleicht ein Arzt anwesend?«

Niemand meldete sich. Die zwei älteren Damen sahen ängstlich in die Runde.

Eine junge Frau, die mit ihrem Sohn an einem der Tische saß, schüttelte heftig den Kopf. »Mein Mann ist Ingenieur. Er hat vor fünf oder sechs Jahren mal erfolgreich Erste Hilfe geleistet bei einem Verkehrsunfall.«

»Was ist passiert?«, wollte Jessica wissen. »Ist jemand verletzt? Ist einer der Männer draußen verunglückt?«

»Nein, nein.« Frau Sonnleitner legte beruhigend ihre Hand auf Jessicas Arm. »Oben in der Hütte … Es ist …«, stammelte sie und seufzte dann laut. »Wir haben einen Funkruf aus der Hütte erhalten«, fuhr sie fort. »Jemand ist … jemand ist gestürzt.«

»Ach herrje«, rief Paula aufgeregt dazwischen. »Dann müssen wir einen Rettungswagen rufen.«

Frau Sonnleitner wirkte plötzlich so verzweifelt, dass Jessica den Arm um die Schultern der Wirtin legte und sie sachte aus dem Speisesaal in den Flur führte. »Funktioniert das Telefon wieder?«, wollte sie wissen. »Kann man die Hütte zügig erreichen?«

»Nein. Weder noch«, sagte Frau Sonnleitner. »Bei dem Wetter kommt auch kein Rettungsteam zu uns. Kein Krankenwagen und erst recht kein Hubschrauber. Außerdem …« Sie verstummte und starrte wie gebannt auf das Ölgemälde, das über der Rezeption an der Wand hing.

»Was?« Jessica fasste der Frau an die Schultern, drehte sie zu sich herum und zwang sie, sie anzusehen. »Was wollen Sie sagen?«

»Der Gast am Funkgerät sprach nicht von einem Verletzten«, flüsterte Frau Sonnleitner und senkte den Blick. »Er sagte, es wäre jemand ums Leben gekommen.«

»Sollte ich nicht lieber mitfahren?« Ewe saß auf einem alten Küchenstuhl neben dem Herd und verzog schmerzerfüllt das Gesicht. »Verdammte Scheiße«, fluchte er laut und biss sich auf die Unterlippe, konnte aber ein qualvolles Stöhnen nicht unterdrücken.

»Du bleibst hier«, befahl Florian und deutete auf das bandagierte Handgelenk seines Freundes. »Damit kannst du dich auf der Pistenraupe nicht festhalten.«

»Aber ich könnte …«, protestierte Ewe, wurde jedoch rüde von Florian unterbrochen.

»Keine Widerrede! Du bleibst hier! Können wir los, Herr Sonnleitner?«, wandte er sich an den Gastwirt, griff nach dem Rucksack auf dem Küchentisch und ging zur Tür.

»Du hast doch gar keine Ahnung von Leichen«, versuchte es Ewe erneut. »Ich bin der Rechtsmediziner. Ich sollte den Tatort als Erster begutachten.«

Florian blieb in der Tür stehen und drehte sich langsam um. Er grinste. »Ich verspreche dir, in unserem nächsten Urlaub darfst du dich um jeden einzelnen Toten kümmern, der uns unterkommt. Es sei denn, du rutschst auch dann wieder ungeschickt aus und brichst dir dein Handgelenk. Wie, bitte schön, kann man sich beim Schneeräumen derart verletzen?«, spottete er und schüttelte ungläubig den Kopf. »Wir bleiben über das Funkgerät verbunden. Bis später.« Er verließ die Küche.

Der Weg zur Hütte hinauf war alles andere als angenehm. Die kleine Pistenraupe, die Mühe hatte, das Gewicht von zwei erwachsenen Männern zu tragen, pflügte durch den weißen Untergrund und wirbelte riesige Wolken Pulverschnee auf, die sich mit den vom bewölkten Himmel herabfallenden Flocken vermischten. Die Sicht war auf ein Minimum beschränkt. Über den Gipfeln der Berge konnte man durch das Schneetreiben hin und wieder die Sonne durchblitzen sehen. Vermutlich war der Himmel auf der anderen Seite der Bergkette strahlend blau. Hier allerdings fühlte sich Florian wie inmitten eines Wintersturms. Der eisige Fahrtwind und die mangelnde Bewegung auf dem Sozius ließen ihn trotz der warmen Kleidung heftig frieren.

Zu Fuß hätten sie über eine Stunde zur Hütte hinauf gebraucht und sich durch hüfthohen Schnee kämpfen müssen. Mit dem kleinen Gefährt sollte es laut dem Hotelbesitzer nicht länger als zehn Minuten dauern.

Doch mit dieser Einschätzung hatte der Mann sich geirrt.

Das dumpfe Grummeln übertönte die knatternden Geräusche des Dieselmotors zuerst nicht. Hätte Florian nicht zufällig den schneebedeckten Hang zu seiner Rechten hinaufgeschaut, wären sie von der Lawine überrascht worden. Florian rüttelte heftig an den Schultern seines Vordermanns und deutete mit dem Arm auf die heranrauschende Gefahr. Herr Sonnleitner entschied im Bruchteil einer Sekunde, das Gefährt abzubremsen, anstatt es zu beschleunigen. Beide sprangen vom Fahrzeug. Florian ließ sich von seinem Kompagnon hinter einen aus dem Schnee herausragenden Felsen ziehen, und beide lösten die Lawinenairbags an ihren Rucksäcken aus. Als die Schneemassen über sie hinwegfegten, pressten sie sich geduckt gegen den Stein und stemmten die Beine fest in den gefrorenen Boden, um nicht mitgerissen zu werden. Einige Sekunden gelang das recht gut. Die tonnenschweren Massen schoben sich mit enormer Geschwindigkeit und lautem Donnern an ihnen vorbei und über sie hinweg. Florian beobachtete, wie das leuchtend rote Fahrzeug, das nur wenige Meter neben ihnen gestanden hatte, von der Wucht des hinabstürzenden Schnees mitgerissen wurde und bereits kurz darauf nicht mehr zu sehen war. Er schloss die Augen und spürte seinen heftigen Herzschlag bis in den Hals. Der Lärm war ohrenbetäubend und schien nicht enden zu wollen.

Urplötzlich rutschte auch der Boden unter ihren Füßen weg. Florian fiel der Länge nach in den Schnee, versuchte verzweifelt, mit den Stiefeln Halt zu finden, und schützte mit den Unterarmen seinen Kopf und sein Gesicht. Überall war Schnee. Er verlor die Orientierung, purzelte unkontrolliert den Abhang hinunter und wusste nicht mehr, wo oben und unten war.

Nach wenigen Metern war der Spuk schlagartig vorbei und alles war wieder ruhig.

Einige Sekunden blieb er reglos liegen. Der Airbag hatte schlimmere Prellungen verhindert. Die Skikleidung, die er trug, hatte ihn vor Schürfwunden bewahrt. Außer diesem merkwürdigen Gefühl, dass er gerade die schlimmste Achterbahnfahrt seines Lebens überstanden hatte und sein Adrenalinspiegel ins Unendliche geschossen war, ging es ihm gut. Aus dem Schnee, der ihn bedeckte, konnte er sich problemlos selbst herausgraben.

Mit dem Abgang der Lawine hatte nun auch der Schneefall aufgehört. Die Wolken über ihm rissen auf, und das helle Licht der Sonne verwandelte die ganze Umgebung in ein Meer aus glitzerndem Funkeln auf weißem Grund.

Herr Sonnleitner kroch auf allen vieren zu ihm. »Geht es Ihnen gut? Sind Sie verletzt?«

»Ich denke, ich bin okay. Ich glaube, ich habe mich nicht verletzt«, sagte Florian und klopfte sich den letzten Schnee vom Körper. Seine Hände zitterten. »Jedenfalls spüre ich vor lauter Adrenalin gerade keine Schmerzen.«

Sonnleitner nickte. »Und keine Kälte. Wir müssen schnell zur Hütte rauf. Lange sollten wir uns nicht mehr hier aufhalten. Wer weiß, ob da noch mehr runterkommt.«

5

Die Beamten der Spurensicherung waren bereits seit über einer Stunde fertig und hatten die gesammelten Daten und Beweisstücke mit in die KT genommen. Auch die Leiche war abtransportiert worden. Die Rechtsmedizinerin hatte Oberkommissar Berthold Willig versprochen, ihm spätestens morgen Mittag erste Ergebnisse zu liefern.

Berthold konnte sich nicht überwinden, den Tatort zu verlassen.

Alles in diesem riesigen Wohnraum wirkte friedlich. Außer dem blutverschmierten Teppich vor dem Schreibtisch deutete nichts darauf hin, was hier am gestrigen Abend geschehen war. Die Objekte, mit denen der Hausherr gefoltert und getötet worden war, waren allesamt ganz normale Haushaltsgegenstände gewesen. Der ermordete Friedrich Bohnacker war mit einem Seidentuch gewürgt und vermutlich mit Allzweckreiniger vergiftet worden, ihm war mit einem Steakmesser in den Torso gestochen und mit der Büste des Philosophen Ludwig Wittgenstein auf den Schädel geschlagen worden. Die einzige Ausnahme bildete der Elektroschocker, der bei der Wahl der Mordwerkzeuge ungewöhnlich war. So ein Gerät fand man nicht unbedingt in einem normalen Haushalt. Waren die Dinge bewusst gewählt oder rein zufällig? Vielleicht verbarg sich dahinter eine Logik, die Berthold bisher nicht erkannte.

Alle mutmaßlichen Tatwaffen wurden vor Ort sichergestellt. Der oder die Täter hatten sich nicht die Mühe gemacht, sie verschwinden zu lassen. Messer und Büste waren nach ersten Erkenntnissen mit Fingerabdrücken übersät und nicht abgewischt worden. Hatte der Täter Handschuhe getragen und war sich deshalb sicher, dass es keine zu ermittelnden Beweise gab? Einbruchspuren konnten auch nicht festgestellt werden. Hatte Bohnacker seinen Mörder hereingelassen? Kannte er seinen Peiniger? Die Haushälterin, die die Leiche ihres Arbeitgebers gefunden hatte, konnte Berthold bisher nicht weiterhelfen. Er würde sie auf dem Präsidium erneut befragen und hatte sie deshalb für morgen einbestellt.

Berthold war verzweifelt und fühlte sich komplett überfordert. Was würde Florian als Erstes tun? Wo sollte er mit den Ermittlungen beginnen? Oder sollte er die ersten Ergebnisse aus der KT abwarten und sich damit die Richtung vorgeben lassen?

Als sein Smartphone klingelte, erschrak er. Er zog es aus der Innentasche seiner Jacke und starrte aufs Display. Eine Nummer mit ausländischer Vorwahl kündigte den Rückruf an, um den er gebeten hatte. Es musste die Ehefrau des Verstorbenen sein. Sie hatten die Hotelbuchung und die Flugbestätigung in den Unterlagen auf dem Schreibtisch gefunden. Die Frau machte aktuell Urlaub auf Teneriffa. Noch nie zuvor hatte er eine Todesnachricht ganz allein überbracht, und gerade jetzt konnte er sich nicht erinnern, wie sein Chef Florian diese Angelegenheiten handhabe. Irgendwann hatte Florian einmal zu ihm gesagt, dass man mit dem Überbringen einer solchen Nachricht nichts falsch machen konnte. Egal welche Worte man wählte, die Botschaft wäre immer traumatisch und abgrundtief schrecklich für die Hinterbliebenen und zerstöre ihre Welt in diesem Moment komplett. Keine noch so freundlichen Worte konnten diesen Schock abmildern.

Berthold schloss die Augen und schluckte. Dann nahm er das Gespräch an.

»Oberkommissar Berthold Willig, Kommissariat Kempten«, meldete er sich, trat ans Fenster und sah in den schneebedeckten Garten, der in der Mittagssonne märchenhaft und friedvoll aussah.

*

Paula stellte sich neben ihre Freundin, die im Speisesaal am Fenster direkt neben der Turmnische stand und in die Ferne sah. Man konnte von hier aus die Berghütte nicht sehen. Laut Aussage von Frau Sonnleitner lag das über 300 Jahre alte Holzhaus etwa zwei Kilometer hinter einer kleinen Anhöhe. Paula schmiegte sich an Jessicas Rücken und umarmte sie.

»Sie werden sich gleich melden«, versuchte sie Jessica zu beruhigen. »Vermutlich waren sie längst angekommen, als die zweite Lawine runterkam. Hab noch ein wenig Geduld.«

Jessica stöhnte gequält auf. »Am liebsten würde ich loslaufen und nach Florian suchen«, gab sie zu, fuhr sich mit beiden Händen durchs Haar und befreite sich aus der Umarmung.

»Frau Sonnleitner sagt, ihr Mann habe so einen Funkpieper dabei. Er hätte ihn im Notfall betätigt.« Paula griff nach Jessicas Hand und zog sie hinter sich her auf die Bank in der Nische. »Es ist sicher nichts passiert. Hab Vertrauen.«

Jessica setzte sich, lehnte sich zurück und schloss die Augen. »Vermutlich hast du recht. Wie geht es Ewe?«

»Nachdem er jede Menge Schmerzmittel geschluckt hat, ist er friedlich eingeschlafen«, sagte Paula und schmunzelte, als sie Jessicas entsetzten Gesichtsausdruck wahrnahm.

»Herrgott, keine Panik! Er hat zwei Ibuprofen genommen. Laut Packungsbeilage sind täglich vier bis sechs Tabletten erlaubt. Es wird ihn also nicht umbringen.«

In diesem Moment betrat Frau Sonnleitner den Saal und winkte Jessica aufgeregt zu sich.

»Mein Mann hat sich gemeldet«, berichtete sie. »Die beiden sind von der Lawine überrascht worden, aber unverletzt. Sie können allerdings nicht wie geplant heute Abend zurückkommen. Die Pistenraupe ist mitgerissen worden. Sie werden oben bleiben, bis die Lawinengefahr vorüber und die Straße geräumt ist.«

»Okay. Und was ist mit dem Toten?«, wollte Jessica wissen. Sie sprach leise, um die anwesenden Hotelgäste nicht zu beunruhigen.

»Davon hat er nichts gesagt. Tut mir leid.« Sie rieb Jessica beruhigend den Oberarm. »Ich begebe mich wieder in die Nähe des Funkgerätes. Vielleicht kann ich jemanden im Tal erreichen, damit schneller Hilfe kommt. Unwahrscheinlich, aber einen Versuch ist es wert. Wie geht es Ihrem Freund? Ist die Hand wirklich gebrochen?«

»Erwin Buchmann ist Rechtsmediziner. Er sollte sich mit Knochen gut auskennen. Wenn er behauptet, es ist ein Bruch, dann muss es auch einer sein«, scherzte Jessica, obwohl sie sich alles andere als heiter fühlte. »Wann, meinen Sie, kann ein Arzt hier sein?«

»Ehrlich gesagt habe ich keine Ahnung«, gab die Wirtin zu. »Ich hoffe, die Räumfahrzeuge können die Straße in den nächsten zwei Tagen vom Schnee befreien. Ich versuche die Sache zu beschleunigen.« Sie ließ Jessica stehen und verschwand im Büro hinter der Rezeption.

*

»Sind Sie der Polizist?« Eine junge Frau kam im Flur direkt auf ihn zu. Sie sah beunruhigt aus und hatte die Arme fest um ihren Körper geschlungen.

»Hauptkommissar Forster«, stellte Florian sich vor und zeigte ihr seinen Dienstausweis.

Herr Sonnleitner war gleich nach Betreten der Hütte hinter der ersten Tür auf der linken Seite verschwunden. Dort befand sich das Funkgerät. Er wollte seiner Frau ihre sichere Ankunft melden.

Als Florian sich die warme Skijacke auszog, rieselte ein ganzer Haufen Schnee auf den Dielenboden. Sie hatten sich die letzten Meter zu Fuß durch hüfthohen Schnee kämpfen müssen, denn die Pistenraupe lag irgendwo unter der Lawine begraben. Herr Sonnleitner hatte sich nicht die Mühe gemacht, sie zu suchen. Es war absehbar, dass sie von den weißen Massen weit ins Tal mitgerissen worden war. Der kräftezehrende Fußmarsch hatte mehr als eine Dreiviertelstunde gedauert.

»Sie sagten, hier im Haus hätte es einen tödlichen Unfall gegeben?«

Die junge Frau zuckte erst mit den Schultern, nickte dann zaghaft und entschied sich schließlich, den Kopf zu schütteln. »›Unfall‹ ist vermutlich nicht das korrekte Wort«, sagte sie. »Es geht um den Professor. Wir vermuten …« Sie verstummte und wippte nervös von einem Fuß auf den anderen. Nach einem lauten Seufzer fuhr sie fort: »Wir vermuten, er hat sich umgebracht.«

Während sie sprach, hatte Florian seine Jacke an der Garderobe aufgehängt und die Handschuhe auf die Ablage gelegt. Nun drehte er sich irritiert um. »Sie vermuten? Ist der Herr Professor nun tot oder nicht? Und wer ist ›wir‹? Ihren Namen haben Sie mir auch noch nicht verraten. Wie viele Personen sind zurzeit in der Hütte? Etwas präzisere Informationen wären hilfreich.«

»Sieben«, sagte sie. »Ich bin Davina Hollfeld.«

»Okay«, sagte Florian, kramte in seinem Rucksack, zog einen Kugelschreiber und einen Block heraus und notierte sich den Namen. »Weiter ...«

»Wolfgang Faber, Emma Pfaff, Jonah Thies und Valentin Kobel«, zählte Davina auf. »Sie alle warten in der Stube.« Sie wies auf die letzte Tür am Ende des Flures.

»Mit Ihnen sind das erst fünf«, stellte Forster fest. »Sie sprachen von sieben Personen.«

Verwundert sah sie den Hauptkommissar an. »Aber mit Ihnen und Herrn Sonnleitner im Nebenraum sind es doch sieben.«

Florian schloss kurz die Augen und nickte. »Gut. Und wer von den Erwähnten ist der Professor?«

»Keiner«, belehrte sie ihn trocken. »Sie hatten mich nur um die Anzahl der Personen *im* Haus gebeten. Ich habe präzise geantwortet.« Als Forster genervt brummte, zeigte sie mit gestrecktem Arm auf die Tür zu ihrer Rechten. »Der Professor liegt draußen. Direkt vor dem Fenster der Speisekammer.«

Der Körper des Mannes war tief im Schnee versunken. Seine Arme waren weit ausgestreckt. An seinen gekrümmten Fingern hatten sich kleine Eiszapfen gebildet. Seine blassen Hände wirkten wie stählerne Klauen einer Bestie. Der gequälte Ausdruck auf seinem aschfahlen Gesicht war selbst unter der hauchdünnen Schicht Raureif gut zu erkennen. Mund und Kinn waren von einem Schal bedeckt. Der Blutfleck auf seinem Hemd schimmerte durch die dünne Schneedecke auf seinem Körper und verwandelte die Kristalle in rosa Zuckerwatte. Ein bizarres Bild eines grausam zu Tode gekommenen Mannes.

Florian Forster stand in der Speisekammer vor dem geöffneten Fenster und bedauerte, dass er Ewe nicht dabeihatte. Die Leiche konnte unmöglich draußen liegen bleiben. Jemand musste sie schnellstmöglich auf weitere Spuren untersuchen.

Das alte Doppelfenster zwischen ihm und dem Toten ließ sich nur nach innen öffnen. Auf der Fensterbank davor war der Schnee unberührt. Die Öffnung war so schmal, dass es unmöglich war hindurchzuklettern, ohne Abdrücke zu hinterlassen. Auch um den Professor herum gab es keine Spuren. Die glitzernde Schneedecke war ebenmäßig glatt. War er von oben heruntergefallen?

Nachdem Florian mehrere Aufnahmen mit der Digitalkamera gemacht hatte, um alles für eine spätere Auswertung zu dokumentieren, beugte er sich weit aus dem Fenster und schaute nach oben. Direkt über ihm befand sich ein Balkon, der auf drei Seiten um das Haus herumführte und vom breiten Satteldach komplett überspannt war. Das ausladende Dach war vermutlich auch der Grund dafür, dass der Körper nur minimal mit Schnee bedeckt war, obwohl erst seit einer halben Stunde die Sonne schien. Die hölzerne Brüstung hatte Florian bereits auf dem Weg zur Hütte bemerkt und festgestellt, dass es auf der Rückseite des Hauses keinen Balkon gab.

»Professor Engel kann nur von oben hinabgestürzt sein«, hörte er Davina Hollfeld hinter sich sagen. »Direkt über der Speisekammer ist sein Zimmer.«

Florian rutschte vom Fensterrahmen zurück in die Speisekammer und klopfte sich den Schnee von der Hose. Dann wies er die junge Frau an, den Raum augenblicklich zu verlassen, und folgte ihr in den Flur. Die Speisekammer durfte ab jetzt niemand mehr unbefugt betreten.

»Ein gefallener Engel«, sagte er gedankenverloren, während er die Tür hinter sich zuzog und sie mit einem offiziellen Aufkleber versiegelte. »Das ist gleichsam tragisch und poetisch.«

6

Bis in den Abend hinein ging Oberkommissar Berthold Willig wiederholt die Fakten durch, kam aber zu keinem zufriedenstellenden Ergebnis. Zurück im Präsidium hatte er zuerst dem Dienststellenleiter Bericht erstattet und sich anschließend ins Büro zurückgezogen. Bisher wusste er nur, dass der Ermordete Friedrich Bohnacker hieß, 53 Jahre alt war und an der Universität München Philosophie lehrte.

Die Befragung der Nachbarn hatte nichts ergeben. Niemand hatte etwas gehört oder gesehen, weder eine fremde Person noch ein unbekanntes Auto. So blieben Berthold nur die Fotos der vermeintlichen Tatwaffen und die Innenraumaufnahmen sowie die wenigen Informationen, die die Beamten der KTU ihm bereits vor Ort gegeben hatten. Da war zum Beispiel das Steakmesser. Nach gründlicher Durchsuchung des gesamten Hauses hatte die Spurensicherung kein zweites Messer der gleichen Art gefunden. Im Haushalt befand sich ein komplettes und sehr hochwertiges Set, doch gehörte das billige Exemplar mit dem Plastikgriff nicht dazu. Hatte der Täter es mitgebracht?

Für diese These sprach, dass das Halstuch mit dem floralen Muster, mit dem der Tote gewürgt worden war, nicht der Ehefrau des Ermordeten gehörte. Auch hatte sie keine Kenntnis von einem Elektroschocker. Sie hatte am Telefon zwar von einer registrierten Handfeuerwaffe berichtet, die ihr Mann seit Jahren besaß, ihrem Gatten aber gleichzeitig ein pazifistisches, einfühlsames und gütiges Gemüt beschieden. Die Waffe sei ein Erbstück seines Vaters, das er aus nostalgischen Gründen in Ehren gehalten habe. Er habe jede Art von Gewalt rigoros abgelehnt und hätte auch einen Elektroschocker deshalb niemals benutzt. Die Waffe war im Haus nicht gefunden worden.

Als das Telefon klingelte, hoffte Berthold für einen kurzen Augenblick, Florian würde anrufen. Sein Chef wusste sicher, was in der aktuellen Situation zu tun war. Berthold fühlte sich zurzeit hilflos. Ihm fehlte ein kleiner Denkanstoß.

Die angezeigte Nummer auf dem Display verriet ihm, dass der Anruf aus der Rechtsmedizin kam.

»Sie baten um Meldung, sobald ich erste Ergebnisse habe«, sagte die Rechtsmedizinerin ohne Umschweife. »Ich habe die Obduktion des Leichnams von Herrn Bohnacker abgeschlossen und kann mit absoluter Sicherheit sagen, dass der Schlag auf den Hinterkopf zum Tod geführt hat. Eine massive Hirnblutung – hervorgerufen durch einen Schädelbruch – ließ den Mann unmittelbar bewusstlos werden und alsbald sterben. Den detaillierten Bericht haben Sie morgen auf dem Schreibtisch.«

»Okay.« Berthold griff nach einem Kugelschreiber und unterstrich das Wort »Büste« auf dem Zettel, auf dem er die Tatwerkzeuge aufgelistet hatte. »War dieser Marmorkopf die Tatwaffe?«

»Ja, definitiv«, kam die Bestätigung. »Das Opfer muss gekniet haben. Der Schlag kam von schräg oben. Wenn der Mörder also nicht über 2,50 Meter groß ist, muss sich Herr Bohnacker in einer niedrigeren Position als der Schlagende befunden haben.« Sie lachte schallend.

Berthold riss – entsetzt über das schrille Gelächter – den Hörer vom Ohr und notierte sich die Informationen.

»Wann genau ist der Mann zu Tode gekommen?«

»Der Tod trat am frühen Vormittag des heutigen Tages ein«, berichtete sie. »Ich habe einen Zeitraum zwischen 7 und 9 Uhr verifiziert. Viel genauer möchte ich mich nicht festlegen. Was ich allerdings sagen kann: Alle Angriffe wurden innerhalb kürzester Zeit ausgeführt. Ich schätze, die ganze Folterung hat nicht länger als eine Viertelstunde gedauert. Aber das ist nur eine Mutmaßung aufgrund diverser Indizien. Ein längeres Intervall wäre möglich, jedoch sehr unwahrscheinlich.«

»Können Sie mir auch etwas über die Reihenfolge sagen, in der dem Opfer die Wunden zugefügt wurden?« Berthold hatte keine Ahnung, ob diese Information wichtig war, doch hoffte er, mit jeder neuen Erkenntnis dem Motiv näher zu kommen. »Und wissen Sie bereits, ob es eventuell mehrere Täter waren?«

»Dazu kann nur die KTU etwas sagen. Fingerabdrücke und DNA sind frühestens morgen ausgewertet«, ließ die Rechtsmedizinerin ihn wissen. »Zum Tathergang bin ich mir sicher, dass die Vergiftung post mortem stattfand und deshalb auch nicht zielführend war. Die Flüssigkeit – vermutlich ein hochprozentig chlorhaltiger Reiniger, das ist bisher aber noch unbestätigt – hat nur den Mundraum verätzt und ist nicht geschluckt worden. Daran wäre der Mann nicht verendet, schon gar nicht bei der geringen Menge.« Sie machte eine kurze Pause.

Berthold schwieg.

Sie holte tief Luft und fuhr fort: »Die Attacke mit dem Messer wäre unversorgt auch tödlich gewesen, doch es hätte seine Zeit gebraucht. Der Elektroschocker wurde nur zweimal benutzt. Die typischen Wundmale konnte ich am linken Oberarm und am unteren Rücken feststellen. Da das Opfer nicht schwer herzkrank war, wäre solch eine Aktion nicht tödlich, auch bei wiederholter Durchführung.«

Nach Beendigung des Gesprächs schloss Berthold resigniert die Augen und schüttelte ungläubig den Kopf. Welchen Grund hatte der oder hatten die Täter, einen Mann auf fünf verschiedene Arten töten zu wollen? Eine hätte ausgereicht.

Der Wust an Fakten, die alle miteinander zusammenhingen und doch unlogisch waren, überforderte ihn gänzlich. Er konnte kaum noch unterscheiden, was wichtig war und was er getrost ignorieren konnte. Vor dem zu schreibenden Bericht graute ihm. Wenn die KT ihm morgen nicht die entscheidenden Hinweise auf einen möglichen Täter lieferte, war er verloren.

Er griff nach seinem Smartphone, rief das Telefonbuch auf und scrollte bis zur Nummer seines Chefs. Einige Sekunden starrte er aufs Display, dann seufzte er und schaltete das Gerät ab. Aus dem Urlaub konnte Florian ihm schließlich nicht helfen.

*

»Sie ist verschlossen«, stellte Florian verwundert fest, als er die Klinke runterdrückte, die Tür zum Zimmer von Professor Engel aber nicht öffnen konnte.

»Sag ich doch«, maulte der junge Mann hinter ihm. Es war einer der Studenten, und er hatte sich ihm als Jonah Thies vorgestellt. »Sonst hätten wir längst nachgesehen.«

»Warum?«, wollte Florian wissen. »Der Professor liegt doch draußen.«

Jonah Thies jaulte genervt auf und rieb sich mit dem Handrücken über die Stirn. »Wie ich schon sagte: Wir waren alle unten, haben einen Schuss vernommen und sind nach oben gelaufen. Hören Sie mir zu?«

Florian, der jetzt versuchte, mit roher Gewalt in das Zimmer zu kommen, hielt inne, trat von der Tür zurück und sah den Studenten an. »Selbstverständlich.«

»Scheinbar haben Sie alles vergessen, was ich Ihnen auf dem Weg nach oben erzählt habe.« Jonah wirkte ungehalten, atmete tief durch und straffte die Schultern.

»Sie haben einen Schuss gehört«, half ihm Florian auf die Sprünge. »Woher wussten Sie, dass es ein Schuss war?«

Der junge Mann öffnete den Mund, um weiterzuberichten, schloss ihn aber wieder und sah den Hauptkommissar ärgerlich an. »Das wussten wir selbstverständlich nicht«, erklärte er. »Aber es knallte, und das Geräusch kam aus dem ersten Stock. Wir sind rauf. Die Tür war von innen verriegelt. Professor Engel hat auf unser Rufen nicht geantwortet.«

Bei seinen Worten horchte Florian auf. Er benutzte die kleine LED-Lampe an seinem Schlüsselbund und leuchtete durch den schmalen Spalt der schweren Tür. Tatsächlich. Etwa auf Augenhöhe war innen ein breiter Riegel zu sehen.

»Ihr Studienkollege Valentin Zobel hat gesagt, der Professor sei stark erkältet gewesen«, begann Florian, wurde aber rüde unterbrochen.

»Kobel«, fauchte Herr Thies. »Er heißt Valentin Kobel!«

»Ist mir auch recht«, murmelte Florian und konnte sich ein Grinsen nicht verkneifen. »Warum sind Sie davon ausgegangen, der Professor wäre in Gefahr? Er hätte tief schlafen können, wenn er krank war.«

»Wir waren einfach in Sorge.«

Hinter Jonah erschien eine junge Studentin mit blonden Locken. Ihre großen Augen wirkten verträumt. Sie rieb sich verkrampft die Hände vor dem Bauch und vermittelte den Eindruck von Unsicherheit. Sie sprach leise und wirkte schüchtern. »Der Professor hätte die Tür niemals abgeschlossen.« Sie wies in die Richtung des zugeschobenen Riegels, den sie nicht sehen konnte, aber wusste, wo er sich befand. »Ich sollte ihm einen Tee aufs Zimmer bringen. Er hat schrecklich gehustet, meinte jedoch, dass das erste Heißgetränk, das ich ihm nach unserer Ankunft gebracht hatte, ihm gutgetan habe. Vorhin hat man weder Husten noch seinen rasselnden Atem durch die geschlossene Tür gehört.«

»Emma? Emma Pfaff?«, fragte Florian.

Sie nickte.

»Was haben Sie gemacht, als Sie nicht ins Zimmer kamen?«

Jonah Thies ergriff wieder das Wort und schob Emma beiseite. »Valentin ist in unser Zimmer gelaufen und wollte über den Balkon zum Professor hinüberklettern. Das musste er aber nicht. Er hat den Engel im Schnee liegen sehen – mit einer Schusswunde in der Brust. Dann haben wir die Sonnleitners über Funk kontaktiert.«

Florian drehte sich auf dem Absatz um und ging zur nächsten Tür.

»Nein«, rief Emma. »In dem Zimmer wohnt Wolfgang. Valentin und Jonah teilen sich den Raum daneben.« Sie wies auf die letzte Tür am Ende des Flures.

Die Hand verharrte auf der Klinke zu Wolfgang Fabers Zimmer. Florian sah fragend auf, rührte sich aber nicht. Es war nicht logisch. Warum sollte man zwei Räume weitergehen? Warum benutzte man nicht die Balkontür gleich neben dem abgesperrten Raum?

Ohne dass er die Fragen laut aussprach, bekam er von Jonah die entsprechende Antwort.

»Wolfgang hat nebenan geschlafen. Er hatte seine Tür ebenfalls versperrt. Deshalb wollten wir durch unser Zimmer.«

Ohne um Erlaubnis zu bitten, verschaffte sich Florian Zutritt durch die letzte Tür zum Zimmer von Jonah und Valentin, trat auf den Balkon und sah über die Brüstung. Unten lag nach wie vor die Leiche von Professor Engel. Der rundumlaufende Balkon war auf dieser Seite des Hauses auf Breite der jeweiligen Zimmer in drei Abschnitte geteilt und durch hohe Holzpalisaden getrennt. Wenn man den Bereich vor dem Nachbarzimmer erreichen wollte, musste man um die Wand herumklettern und die Füße dabei auf die Brüstung setzen. Doch sowohl das Geländer hier als auch daneben an Wolfgangs Balkon sowie der komplette Boden vor der Glastür waren mit Schnee bedeckt. Keine Fuß- oder Handabdrücke. Der zentimeterdicke weiße Puder war unversehrt. Niemand war auf diesem Weg ins Zimmer vom Professor gelangt. Den Balkonabschnitt von Professor Engels Zimmer konnte Florian von hier aus nicht einsehen.

Die Wunde auf der Brust des Toten sah von hier tatsächlich nach einer Schusswunde aus. Aber wo war die Waffe? Selbstmord war zumindest sehr unwahrscheinlich. Würde man sich frontal in die eigene Brust schießen und dabei die Gefahr auf sich nehmen, die Verletzung zu überleben? Wäre bei einem Selbstmord ein Kopfschuss nicht am effektivsten? Doch die Tür war verschlossen und kein Weg führte ins Zimmer. Wie sollte ein Dritter den Professor töten, wenn er nicht einmal in seiner Nähe war? Oder war der Mann gar nicht im Raum nebenan gestorben?

Er musste die verriegelte Tür aufbekommen.

Und er musste wohl oder übel die Leiche genauer untersuchen.

Der Körper war eiskalt und steif. Die Minusgrade hatten den Leichnam komplett tiefgefroren.

Herr Sonnleitner hatte Florian geholfen, den Toten hineinzutragen. Florian hatte befürchtet, dass beim Transport die starr ausgebreiteten Arme an einem Türrahmen hängenbleiben und einfach abbrechen könnten, doch außer ein paar Eiszapfen und jeder Menge Schnee fiel nichts von der Leiche auf den Fußboden. Auch die Aktion von Emma Pfaff nervte ihn gewaltig. Sie wuselte permanent um ihn herum und hatte dem Toten ein Tuch über Gesicht und Körper gelegt, weil sie meinte, es sei pietätlos, den Leichnam unbedeckt reinzutragen. Als wenn sie alle keine anderen Probleme hätten. Florian wies die Studentin rüde an, ihn in Ruhe zu lassen.

Sie schafften es, den Professor auf den großen Tisch in der Mitte der Speisekammer zu hieven.

»Danke, Herr Sonnleitner.« Florian klopfte sich den Schnee von der Kleidung, verharrte einen kurzen Augenblick, entfernte das Tuch und starrte den Toten an. »Ist es möglich, über Funk noch einmal das Hotel zu kontaktieren? Ich müsste mit meinem Freund sprechen. Er ist Rechtsmediziner.«

Herr Sonnleitner brummte zustimmend. »Ich bin Alois.« Er streckte dem Hauptkommissar seine Hand entgegen. »Wenn man zusammen eine Leiche birgt, kann man sich auch duzen, findest du nicht?«

»Florian«, stimmte der Angesprochene zu, nahm die Hand und nickte.

»Ich funke meine Frau an. Danach räume ich den Schnee vom Schuppendach, damit die Solaranlage den Akku laden kann. Der ist fast am Ende, und wir wollen nicht auch noch plötzlich ohne Strom dastehen. Die Lawine hat das Kabel zerstört. Wir haben keinen Hauptstrom und sollten statt elektrischem Licht lieber auf Kerzen und Öllampen setzen. Dann hält der Akku zum Funken länger«, erklärte er und betätigte den Schalter neben der Tür. Die Lampe an der Decke erlosch. »Danach suche ich das Brecheisen, um das Zimmer des Professors im ersten Stock zu öffnen. Brauchst du mich noch?« Sonnleitner sah Florian fragend an. Als dieser den Kopf schüttelte, fügte er hinzu: »Ich bin nebenan. Komm bitte in ein paar Minuten nach.«

Florian schob die Tür zu, lehnte sich rückwärts dagegen und schloss die Augen. Nach einem tiefen Atemzug straffte er die Schultern, schlüpfte aus seiner Winterjacke und zog ein Paar Einmalhandschuhe aus der Innentasche, bevor er das Kleidungsstück achtlos ins Regal warf.

Während er die Handschuhe überzog, ging er langsam um den Tisch herum, auf dem die Leiche lag.

»Was mache ich bloß mit Ihnen, Herr Professor Engel? Sie haben sich nicht selbst erschossen, oder?« Die Theorie mit dem Selbstmord hatte Florian recht schnell verworfen. Bisher wusste er zwar nicht, ob Herr Engel in seinem Zimmer ums Leben gekommen war, aber jemand hatte von innen die Tür verriegelt. Es lag also nahe, dass der Tote vom Balkon geworfen worden oder gefallen war. Jetzt musste er nur noch herausfinden, wie der Mörder aus dem verschlossenen Zimmer gekommen war. Sobald er mit Herrn Sonnleitners Hilfe in den Raum gelangen würde, würde er klarer sehen. Jetzt galt es, die Leiche äußerlich so weit zu untersuchen, dass er beim Gespräch mit Ewe die richtigen Fragen stellen und die richtigen Antworten geben konnte.

»Ich werde Sie wohl erst einmal auftauen lassen müssen«, sprach er den Professor an, der aufgrund seines Zustandes nur wortlos an die Decke stierte.

Vorsichtig griff Florian in die Hosentaschen des Toten. Weil die Kleidung trocken war, hatte die Kälte sie nicht – wie den Körper – steif frieren lassen. Nur der große rote Blutfleck mitten auf der Brust war hart wie ein Panzer und verklebte das Hemd mit der Leiche. Das Einschussloch auf Höhe des Herzens war deutlich zu erkennen. Das Fehlen von offensichtlichen Schmauchspuren ließ vermuten, dass der Lauf beim Abdrücken nicht aufgesetzt gewesen, der Schuss aus Distanz erfolgt war.

»Was haben wir denn hier?« In der Hand hielt er ein zusammengeknülltes Bonbonpapier und einen gefalteten Zettel. In der anderen Tasche fand er ein benutztes Taschentuch und einen Schlüsselbund. Er stieß einen angewiderten Laut aus, als er die Dinge genauer untersuchte. Doch nicht das Tuch war es, was ihn ekelte, sondern das Bonbonpapier. »Lakritz? Bärendreck? Ich verstehe nicht, wie man so etwas freiwillig essen kann.«

Die Notizen auf dem Zettel waren Reihen aus Zahlen- und Buchstabenkombinationen. Florian konnte sich keinen Reim darauf machen, was sie bedeuteten, und schob alles sorgfältig in Beweismitteltüten.

»Florian?«, hörte er Alois Sonnleitners Stimme durch die geschlossene Tür. »Dein Freund ist jetzt am Funkgerät.«

»Das werde ich ganz bestimmt nicht tun!«, rief Florian aufgebracht ins Mikrofon. »Außerdem habe ich kein Werkzeug von dir mitgenommen.« Es war Florian ein Rätsel, warum sein Freund Ewe ein – wie er es nannte – »Notfallset« mit in den Urlaub genommen hatte. Man sollte meinen, selbst ein Rechtsmediziner erwartete in seiner Freizeit nicht an jeder Ecke eine Leiche. Andererseits hatte auch Florian immer Einmalhandschuhe, Beweismitteltüten und so weiter dabei, egal, wo es hinging.

»Du brauchst dafür nichts Besonderes. Der schmale Stiel eines Löffels wäre gut«, empfahl Ewe pragmatisch. »Oder vielleicht gibt es irgendwo in der Hütte eine Stricknadel.«

»Ich mache das nicht!«, entschied Florian. »Wozu soll das überhaupt gut sein?«

Bevor Ewe antwortete, hörte Florian ihn kichern. »Wenn du wissen willst, ob der Mann sich selbst erschossen hat, ist es am besten, den Wundkanal zu überprüfen. Steck eine Stricknadel in das Einschussloch, dann siehst du, ob die Kugel frontal oder schräg von der Seite eingetreten ist.«

»Das ist ekelhaft.«

»Aber effektiv. Gerades Einschussloch deutet höchstwahrscheinlich auf Fremdverschulden hin. Dann ist es Mord. Kein Suizid. Doch lass den armen Kerl vorher auftauen. Sonst kommst du nur mit Hammer und Meißel in den Brustkorb.« Jetzt lachte Ewe schallend.

»Sehr witzig«, maulte Florian und wechselte schnell das Thema. »Ich brauche dringend Infos zu den hier in der Hütte anwesenden Personen und zum Professor selbst. Es muss euch irgendwie gelingen, Kontakt mit dem Kemptener Präsidium herzustellen. Ohne Bertholds Recherche bin ich aufgeschmissen. Ich kann nicht einmal DNA oder Fingerabdrücke sicherstellen, geschweige denn vergleichen.«

»Da hilft wohl nur gute alte Polizeiarbeit«, hörte er Jessicas Stimme aus dem Lautsprecher. »Geht es dir gut?«

Er lächelte. »Ja, jetzt schon. Eine Leiche im Urlaub – das kann auch nur uns passieren. Warum eigentlich?«

»Wer so viel Glück erlebt wie wir, muss halt auch mal etwas einstecken. Das ist Karma.« Sie hielt einen Augenblick inne. »Sieh zu, dass du den Mörder findest, und dann komm endlich zurück. Wir wollen den ganzen leckeren Wein doch nicht ohne dich trinken.«

*

Während Jessica neben Ewe durch das Foyer ging, dachte sie angestrengt nach. »Ich werde die Ehefrau des Ermordeten befragen. Vielleicht kann sie Auskunft geben, welcher der Studenten ihren Mann nicht mochte. Hast du Frau Engel schon gesehen?« Sie sprach leise. Die meisten Gäste im Hotel wussten zwar von dem Todesfall auf der Hütte, nicht aber, dass es sich eventuell um einen Mord handelte. Das sollte auch so bleiben. Als Ewe verneinend den Kopf schüttelte, fragte sie: »Stimmt das mit der Stricknadel? Ich glaube nämlich schon, dass es möglich ist, sich selbst pfeilgerade und frontal zu erschießen. Ich muss nur die Pistole auf mich richten und den Abzug schieben statt ziehen.«

»Klar ist das möglich«, bestätigte Ewe und grinste. »Wäre trotzdem lustig, wenn dein Mann mit einer Stricknadel in der Leiche herumbohrt, oder? Schade, dass ich das nicht sehen kann.«

»Warum hast du dann behauptet, er könne so den Unterschied zwischen Mord und Suizid erkennen?«

»Er weiß doch längst, dass es Mord war«, war Ewe überzeugt. »Er ist zwar ein absolutes Weichei, wenn es um Blut und Verstümmelung geht, aber was sein Bauchgefühl angeht, da kann man sich auf ihn verlassen.«

»Du hast wirklich einen kranken Humor«, bescheinigte Jessica dem besten Freund ihres Mannes, hakte sich bei ihm unter und stieg neben ihm die Treppe hinauf. »Meinst du, er wird sich bei der Untersuchung der Leiche übergeben müssen?«, kicherte sie gehässig.

»Ich mag dich, Jessy«, sagte Ewe zufrieden und zwinkerte ihr schmunzelnd zu.

❊

Die Frau auf der anderen Seite des Tisches schniefte vernehmlich, doch Jessica konnte nicht ausmachen, ob aus Trauer über den Verlust ihres Mannes, oder weil eine starke Erkältung sie quälte. Ihre wunde und feuerrote Nase stach aus ihrem viel zu blassen Gesicht hervor. Ihre schmalen Lippen waren aufgesprungen. Ihr Haar stumpf und strähnig. Sie hustete heftig.

»Entschuldigen Sie bitte«, sagte sie heiser und straffte die Schultern. »Ich kann es noch gar nicht fassen. Ist er wirklich tot?«

Jessica nickte und schob die Box mit den Papiertaschentüchern, die am Rand des Tisches stand, dichter zu ihrer Gesprächspartnerin. »Kennen Sie die mitgereisten Studenten, Frau Engel? Hatte Ihr Mann ein gutes Verhältnis zu den jungen Leuten?«

»Wenn Sie glauben, einer der Schüler meines Mannes hätte etwas mit seinem Tod zu tun, dann sind Sie auf dem Holzweg. Diese jungen Menschen hätten alles für ihn getan! Mein Mann wurde verehrt für seine brillante Arbeit und seine Art zu lehren. Es ist … ähm … es war nicht leicht, einen Platz bei ihm in seinem Kurs zu bekommen. Die Liste der Kandidaten war lang. Nur wenige hatten das Glück, ihn als Lehrer zu erleben. Er war eine Koryphäe!«

»Was hat Professor Engel gelehrt?«

»Philosophie und Ethik, aber auf eine sehr spezielle und anschauliche Art«, erklärte Frau Engel stolz. »Deshalb auch die Kursfahrt mit wenigen ausgewählten Schülern.« Sie räusperte sich und schnäuzte laut in ein Taschentuch. »Keiner der Studenten hätte ihm etwas angetan. Alle liebten ihn«, wiederholte sie voller Inbrunst.

»Warum ist Herr Aldenhoven nicht mit auf die Hütte gegangen?«, fragte Jessica und deutete auf den jungen Mann, der sich am anderen Ende der Schmankerlstube angeregt mit den zwei alten Damen aus Niedersachsen unterhielt. »Ist er kein Student?«

»Doch. Mein Mann sagte sogar, Nevio sei eins der größten Talente, das er je unterrichtet hat.« Sie lächelte und sah verträumt aus dem Fenster zu ihrer Linken. Der Himmel war heute klar und erstrahlte in einem hellen Blau. In dieser Richtung, irgendwo hinter der Anhöhe, musste die Hütte liegen. »Nevio leidet unter schwerem Asthma und hat selbst darum gebeten, im Hotel bleiben zu dürfen. Er fürchtete den anstrengenden Aufstieg, nachdem er schon kurz nach unserer Ankunft den ersten heftigen Anfall bekommen hatte. Außerdem ist er ein guter Gesellschafter, um die Wartezeit zu überbrücken, bis mein Mann ...« Sie verstummte. Tränen stiegen in ihre Augen, und sie wischte sie tapfer mit dem Handrücken weg. Nach einer kurzen Pause fuhr sie fort: »Nevio spielt hervorragend Canasta und Scrabble. Man kann sich über jedes Thema angeregt mit ihm unterhalten. Er ist tatsächlich ein wenig so wie mein Mann. Wie mein Mann war«, korrigierte sie sich. Ihr verzweifeltes Lächeln erstarrte in ihrem Gesicht.

7

Der Tag war fast vorbei. Berthold hatte das Gefühl, heute gar nichts erledigt zu haben. Er hatte eine Leiche, diverse Tatwaffen und einen gründlich untersuchten Tatort. Ihm fehlten ein Verdächtiger, ein Motiv und eine Spur, die er weiterverfolgen konnte. Es gab keine Antworten. Es gab nur unzählige offene Fragen. Ein paar davon würde die Kriminaltechnik in den nächsten Tagen auflösen. Die sichergestellten Fingerabdrücke nutzten ihm aber nur etwas, wenn der Täter vorab straffällig geworden war und es einen Treffer in der Datenbank gab. Das war unwahrscheinlich.

Als Berthold um kurz nach 21 Uhr das Präsidium verließ, versuchte er immer noch, die wirren Gedanken zu ordnen. Der Elektroschocker, das Würgen und Erstechen – all das hatte nur dazu gedient, das Opfer zu quälen. Erst der Schlag mit der Büste auf den Schädel von Professor Friedrich Bohnacker hatte auf tragische Weise die Folter beendet.

Sein Smartphone klingelte. Er nahm das Gespräch an, ohne seinen Fußmarsch in Richtung Parkplatz zu unterbrechen. Etwa zwei Meter vor seinem Auto blieb er abrupt stehen.

»Was sagen Sie? Haben Sie dafür Beweise?« Er schob den Zündschlüssel, den er gerade hatte betätigen wollen, ungenutzt zurück in seine Hosentasche, drehte sich auf dem Absatz um und ging mit großen Schritten zurück zum Präsidium. »Und wo kann ich diesen Herrn Engel erreichen?«

Die Antwort war so überraschend, dass Berthold auf den Stufen zum Eingang stolperte und einen Sturz nur verhindern konnte, weil er blitzschnell mit der freien Hand nach dem Geländer griff.

»Und das ist sicher? Der Professor und seine Frau machen Urlaub im Alpenhotel Sonnleitner bei Oberstdorf?« Berthold schüttelte fassungslos den Kopf. »Da ist mein Chef auch gerade.«

※

»Das Einkassieren der Handys ist völlig überzogen und absolut wirkungslos«, erklärte Wolfgang Faber dem Hauptkommissar trocken. »Wir können hier auf der Hütte eh alle nicht telefonieren.«

Der junge Mann setzte sich ungefragt auf die Kante des Küchentischs, an dem Florian Platz genommen hatte und dabei war, die mit Post-its versehenen Telefone in einen alten Schuhkarton zu legen. Auf den gelben Heftzetteln hatte er die Namen der fünf Studenten vermerkt.

»Dann werden Sie die Geräte nicht vermissen.« Florian stand auf und sah den Studenten streng an, bis dieser sich ebenfalls erhob und breit grinsend ein paar Schritte vom Tisch zurücktrat. »Warum haben Sie nichts von dem Tumult im Nebenraum mitbekommen, Herr Faber? Ihr Zimmer grenzt genau an das des Professors.«

»Ich habe Musik gehört.« Er zog einen Satz In-Ear-Kopfhörer aus der Tasche seiner Jeans und hielt sie Florian entgegen. »Deshalb brauche ich auch mein Smartphone. Ohne meine Musik kann ich nicht malen.«

Seine letzten Sätze ignorierte Florian. »Warum schließen Sie dafür Ihre Tür ab?«

»Meine künstlerischen Energien können am besten fließen, wenn ich frei von allen äußeren Einflüssen bin«, sagte er ernst. Nach einem Moment der Stille kaute er amüsiert auf der Unterlippe und schmunzelte. »Ich male immer nackt. Für manche ist das Erregung öffentlichen Ärgernisses. Wenn ich einmal Kunstgeschichte an der Uni unterrichten will, macht sich ein heimlich aufgenommenes Bild eines nackten Dozenten nicht gut.« Jetzt lachte er schallend. »Außerdem nehme ich nur Rücksicht auf meine Kommilitoninnen. Die jungen Damen würden bei meinem Anblick vor Scham erröten und womöglich in Ohnmacht fallen.«

»Sicher«, bemerkte Florian unbeeindruckt. »Wieso Kunstgeschichte? Ich dachte, Professor Engel unterrichtete Philosophie.«

»Und Ethik«, ergänzte Faber nickend. »Das steht nicht im Widerspruch. Mit meinen Bildern kann ich viel mehr ausdrücken als pure Kunst. Ich kann Menschen auf eine gewisse Art und Weise manipulieren oder sie schlicht und ergreifend zum Nachdenken anregen. Nichts anderes macht doch die Philosophie, oder?«

»Dann ist der Kurs beim Professor nur ein Nebenfach?«

Faber zuckte mit den Schultern. »Ja. Für uns alle. Nevio ist der Einzige, der Philosophie im Hauptfach studiert.«

»Und wer bitte schön ist Nevio?«

»Nevio Aldenhoven. Er ist mit Frau Engel im Hotel geblieben. Aber nicht, was Sie jetzt denken. Nevio ist …« Er dachte kurz nach. »Ich glaube, der steht weder auf Frauen noch auf Männer. Komischer Kauz.«

»Wie war Ihr Verhältnis zum Professor? Mochten Sie ihn?«

Der junge Mann brummte abfällig. »Was für eine dämliche Frage! Abgesehen davon, dass Herr Engel offensichtlich Selbstmord begangen hat, ist es völlig irrelevant, ob wir Studenten ihn mochten. Er war eine bewundernswerte Persönlichkeit, die uns alle im zukünftigen Berufsleben weitergebracht hätte. Seine Theorien waren Gold wert. Sein glasklarer Blick auf die Dinge in jeder Hinsicht bereichernd. Er war ein Egozentriker und Narzisst. Und er war großartig«, beendete er seinen Nachruf auf den Verstorbenen. »Was wollen Sie eigentlich, Herr Hauptkommissar? Noch bevor Sie im Zimmer des Professors waren, vermuten Sie bereits eine Straftat. Muss eine Berufskrankheit sein.«

In der Tür erschien Alois Sonnleitner. Er hielt ein Brecheisen in die Höhe. »Wollen wir?«

Florian nickte und schnappte sich den Karton mit den Smartphones.

»Ach, Herr Faber«, sagte er, baute sich direkt vor dem Studenten auf und sah ihn ausdruckslos an. »Wenn ich im Zimmer von Professor Engel den Beweis für eine Straftat gefunden habe, dann überprüfen wir, ob Ihre eben getroffene Aussage stimmt. Sie waren der Einzige, der sich zum Zeitpunkt des Schusses im ersten Stock befand. Und Sie sind der Einzige ohne echtes Alibi.«

*

»Berthold? Was für eine Überraschung!«, sagte Jessica ins Funkgerät und wunderte sich, dass der junge Kollege aus dem Präsidium sie in ihrem Urlaub kontaktierte. »Ist etwas passiert?«

»Hi, Jessy. Ist Florian auch da?«, hörte sie Bertholds blecherne Stimme aus dem Lautsprecher.

Als sie verneinte, brachte Oberkommissar Willig sein Anliegen vor. »Ich habe einen Mordfall in Oberstaufen. Und was für ein komischer Zufall: In eurem Hotel soll sich ein möglicher Verdächtiger aufhalten. Er heißt Niels Engel und ist Professor an der Uni München.«

Jessica wollte etwas sagen, doch Berthold gab die Leitung nicht frei. Er redete ohne Punkt und Komma und informierte die Frau seines Vorgesetzten über alle Details des aktuellen Mordfalls.

»Nun habe ich endlich ein Motiv gefunden«, schloss er seinen Monolog. »Der ermordete Professor Bohnacker hat vor den Weihnachtsfeiertagen einen versiegelten Umschlag bei der Universitätsleitung hinterlegt. Darin befanden sich Anschuldigungen und scheinbar auch Beweise, die diesen Professor Engel diskreditieren und der Veruntreuung von Geldern beschuldigen. Das muss ich erst noch überprüfen.« Berthold machte eine kurze Pause, vermutlich wartete er auf eine Reaktion von Jessica.

Doch Jessica konnte immer noch nicht antworten, weil er weiterhin den Knopf gedrückt hielt, was er anscheinend nicht bemerkte.

Also sprach er weiter. »Der Beschuldigte ist seinen Job los, wenn die Angaben sich als wahr herausstellen sollten. Das ist ein astreines Motiv, oder Jessy?« Wieder wartete Berthold auf eine Bestätigung. Dann hörte Jessica ihn fluchen. »Verdammt, ich muss den Knopf loslassen, sonst kannst du nicht antworten. Entschuldige. Könntest du dem Professor etwas auf den Zahn fühlen? Berthold Ende«, fügte er unnötigerweise hinzu und gab endlich die Leitung frei.

»Das ist schwer möglich«, sagte Jessica, rieb sich verwundert mit dem Handrücken über die Schläfe und starrte gedankenverloren an die vertäfelte Wand über dem Funkgerät. War das nur ein dummer Zufall? Zwei Professoren derselben Uni mit derselben Fachrichtung kamen fast zeitgleich ums Leben. Was hatte das zu bedeuten? »Professor Engel ist tot. Er kann definitiv nicht der Mörder in deinem Fall sein. Er ist laut Aussage seiner Studenten ebenfalls heute Vormittag gestorben.« Sie berichtete, dass der Professor sich auf einer Hütte in zwei Kilometern Entfernung befand, Florian dort vor Ort ermittelte und die anwesenden Studenten eventuell etwas mit der Tat zu tun hatten. »Kannst du mir die jungen Menschen mal durchchecken, Berthold? Hintergrundinfos wären hilfreich.«

»Klar. Mach ich. Könnte nicht auch einer von denen mein Täter sein? Oberstaufen ist von Oberstdorf aus gut zu erreichen. Hin und zurück in zwei Stunden inklusive Mord ist doch machbar.«

»Aber nicht, wenn eine Lawine die einzige Zufahrtsstraße komplett blockiert. Deshalb konntest du das Hotel telefonisch nicht erreichen. Wir sind von der Außenwelt abgeschnitten. Der Funk ist die einzige Möglichkeit zu kommunizieren – auch mit der Hütte.«

Sie hörte Berthold verzweifelt aufstöhnen. »Jetzt bin ich wieder ganz am Anfang«, jammerte er. »Mein erster Mordfall, den ich alleine lösen soll, und ich versage auf ganzer Linie.«

»So ein Blödsinn! Wir helfen uns gegenseitig, dann bekommen wir das schon hin. Florian und du seid ein gutes Team. Melde dich, sobald du die Infos hast. Ich werde gleich in der Früh die Frau von Professor Engel auf die Vorwürfe der Veruntreuung ansprechen. Vielleicht kommen wir dann beide einen Schritt weiter.«

8

Viel geschlafen hatte Florian nicht. Die alte Chaiselongue in der Küche unter dem Ostfenster war hart und viel zu kurz. Er musste die Beine anziehen, sonst hingen seine Füße über das Ende des Sofas hinaus. Am Morgen tat ihm nicht nur der Rücken weh, auch sein Schädel brummte. Der kleine Holzofen in der Zimmerecke war schon vor Stunden ausgegangen, und es war so kalt im Zimmer, dass die Luft beim Atmen kondensierte.

Nachdem er gestern Abend – dank der Hilfe von Herrn Sonnleitner und dem Brecheisen – endlich in das Zimmer des Professors gekommen war, war er sicher, dass es sich bei dem Fall um ein Kapitalverbrechen handelte. Ein kurzer Blick über den Tatort hatte das bestätigt.

Etwa einen Meter von der Zimmertür, aber zwei Meter von der offenen Balkontür entfernt hatte eine alte Militärhandfeuerwaffe auf dem Boden gelegen. Eine Walther P38. Auf dem Balkon waren Fußspuren von einer Person zu sehen gewesen, die mit dem Rücken zum Geländer gestanden haben musste. Sie hatte den Außenbereich rückwärts betreten und war dann hintenübergefallen. Auf diese Weise war Professor Engel im Schnee vor der Speisekammer gelandet. Die Möglichkeit eines Suizides durch Brustschuss schloss Florian kategorisch aus. Denn dann hätte Professor Engel die Waffe gezielt durch die offene Balkontür ins Zimmer werfen müssen, nachdem er sich auf dem Balkon in die Brust geschossen hatte. Nein, der Professor war folglich aus gut zwei Metern Entfernung erschossen worden.

All die Gegenstände und Indizien im Raum konnten ihm eine Frage jedoch nicht beantworten: Wie war der Mörder aus dem Zimmer gekommen und hatte es anschließend von innen verriegelt?

Bei der Aktion mit der Brechstange war die Öse aus Eisen, in der der Schieber des Riegels steckte, mitsamt der Schrauben und Dübel und jeder Menge Putz aus der Wand gerissen worden. An der Stelle klaffte nun ein großes Loch. Florian hatte zuvor versucht, den Riegel vom Flur aus mit einem dünnen Draht durch den schmalen Schlitz zu bewegen. Es war ihm nicht gelungen. Der Riegel hatte geklemmt und Florian nicht genug Zugkraft gehabt, um das Teil – noch dazu um die Türkante herum – zu bewegen. Stattdessen hatte er bei seinem Experiment Kratzer und Furchen auf dem weichen Holz des Türrahmens verursacht, der vorher unversehrt gewesen war. Auch mit einem Schnürsenkel war es nicht gegangen.

Wenn der Täter über den Balkon geflüchtet wäre, hätte es Abdrücke auf dem Geländer der Brüstung und weitere Fußspuren auf dem verschneiten Boden gegeben. Auch das war nicht der Fall.

Irgendetwas übersah Florian.

»Soll ich einheizen?« Alois Sonnleitner steckte den Kopf zur Küchentür herein und deutete auf den Ofen. »Ich könnte uns allen einen Kaffee kochen.« Unter dem Arm trug er einige Holzscheite und warf sie achtlos neben den Ofen. Er kniete sich davor und öffnete die Luke aus Gusseisen. »Du sollst dich um 9 Uhr im Hotel melden«, verkündete er, ohne sich umzudrehen. »Deine Frau hat wichtige Infos für dich.«

»Wie spät ist es?«, fragte Florian, schaute dann aber selbst auf seinem Handy nach, das seit gestern Abend an der mitgebrachten Powerbank klemmte, um aufzuladen. Es lag auf dem Küchentisch. »Erst halb sieben«, murmelte er. »Dann gehe ich jetzt noch einmal hoch und schaue mich am Tatort um.«

»Ist gut. Ich kümmere mich inzwischen um das Frühstück. Wir können hier in der Küche essen, oder?«

Florian hatte gestern klare Anweisungen gegeben. Die Speisekammer war der einzige Raum, den man mit einem Schlüssel absperren konnte. Dort lag nicht nur die Leiche des Professors, auch die Beweismitteltüten, die Waffe und die konfiszierten Smartphones der Studenten bewahrte er darin auf. Das Schlafzimmer des Toten im oberen Stockwerk hatte Florian mit einem Aufkleber versiegelt. Er konnte so zwar nicht verhindern, dass jemand den Raum betrat, doch er würde es zumindest später sehen. Nach anfänglichen Protesten hatten sich die Studenten überreden lassen, mitsamt ihren Matratzen und Bettdecken ins Wohnzimmer umzuziehen, sodass die komplette erste Etage zur Sperrzone erklärt werden konnte. Hilfreich dabei war, dass aufgrund des gekappten Stromnetzes auch die Elektroheizkörper nicht funktionierten. Und über einen Holzofen verfügten lediglich das Wohnzimmer und die Küche. Alois Sonnleitner hatte auf der Eckbank in der Küche geschlafen.

Florian griff nach seinem Smartphone und schob es in die Hosentasche. »Bin gleich wieder da, dann helfe ich beim Tischdecken.«

Als Florian die Treppe zum ersten Stock erreichte, ging hinter ihm die Haustür auf und Valentin Kobel betrat den Flur. Er schlüpfte aus den Handschuhen und der Skijacke und klopfte sich den Schnee von der dunkelblauen Hose.

»Wo kommen Sie her?«

Der junge Mann erschrak. Er hatte den Hauptkommissar im schummrigen Flur nicht gesehen. Es gab keine Fenster, und das wenige Tageslicht, das von der geöffneten Tür hereinschien, reichte nur bis zur Garderobe. Valentin schloss die Tür. »Ich musste mir mal die Füße vertreten«, erklärte er. »Die vielen Menschen im Wohnzimmer gehen mir echt auf die Nerven. Ich hoffe, wir können bald wieder ins Hotel. Und das untere Bad ist auch ständig besetzt. Können wir nicht wenigstens oben aufs Klo gehen?«

»Nein.« Florian ging auf Herrn Kobel zu und verschränkte die Arme vor der Brust. »Wo genau sind Sie gewesen? Vor der Hütte ist alles geräumt, aber Sie haben bis zur Hüfte im Schnee gesteckt.«

»Herrgott, ich bin halt ein paar Meter die Anhöhe hinaufgelaufen. Wollte die Aussicht genießen, den Sonnenaufgang und den atemberaubenden Blick ins Tal.«

»Ich hatte Anweisung gegeben ...«, begann Florian streng, wurde jedoch prompt unterbrochen.

»Um die Stelle, wo der Engel lag, habe ich einen großen Bogen gemacht«, verteidigte sich Valentin. »Sie können ja nachsehen. Die Spur im Schnee führt schnurstracks vom Haus weg.«

»Darum geht es nicht allein. Wir hatten zwei Lawinenabgänge. Wollen Sie Gefahr laufen, verschüttet zu werden?«

Der Student sah Florian ungläubig an. »Das ist doch vollkommen unmöglich! Auf der Westseite der Hütte hat die Ebene eine Neigung von maximal 15 Grad. Es gibt keine Schneemenge und keine bekannte Wetterlage, die bei einem solchen Gefälle eine Lawine auslösen könnte.«

»Ach. Sie sind also ein Experte«, kommentierte Florian abfällig. »Weiter oben Richtung Berggipfel geht es steil hinauf. Nach den Niederschlägen der letzten Tage können die Massen dort sicher noch ins Rutschen geraten.«

»Klar«, sagte der junge Mann und lächelte beschwichtigend. »Dann würden sie aber nach Osten abdriften und auf der anderen Seite der Hütte ins Tal schießen. Mir ist klar, dass wir aufgrund der Lawinengefahr nicht zum Hotel laufen können, solange der Wanderweg nicht geräumt und freigegeben ist, doch dort hinauf ist es harmlos.«

»Da hat er recht«, mischte sich Alois Sonnleitner ein. Er war aus der Küche gekommen und wischte sich die verrußten Hände an seiner Latzhose ab. »Etwa 50 Meter von hier gen Osten erstreckt sich über eine Länge von gut 200 Metern ein hoher Felsvorsprung, der parallel zur Gipfelreihe liegt. Vom oberen Balkon kann man ihn gut erkennen. Nicht umsonst wurde diese Hütte vor 300 Jahren genau hier errichtet. Schon damals haben die Erbauer gewusst, dass Lawinen durch diesen Absatz im Hang zuverlässig umgelenkt werden und der Hütte nicht schaden können.«

»Verstehe. Nach dem Frühstück möchte ich mit jedem von Ihnen noch einmal sprechen. Sagen Sie das bitte Ihren Freunden.« Florian stieg die Treppe hinauf und verschwand im oberen Stockwerk.

*

Es gab kein warmes Wasser zum Duschen, und auch die Heizung, die elektrisch betrieben wurde, lief auf Sparflamme. Frau Sonnleitner hatte darum gebeten, sie nur in den Zimmern zu benutzen, in denen geschlafen wurde. Unten reichte der große Kamin im Schmankerlstüble. Die Gästezimmer befanden sich ausschließlich in der ersten Etage.

Jessica trug die Schüssel mit dem heißen Wasser in den

ersten Stock und klopfte – in Ermangelung einer freien Hand – vorsichtig mit dem Fuß gegen die Appartementtür.

»Oh, wie wunderbar«, hörte sie eine der älteren Damen rufen, die zwei Türen weiter aus ihrem Zimmer trat, den Kragen ihres Morgenmantels hochschlug und warme Atemluft in ihre Hände blies. »Meinen Sie, wir können uns auch etwas davon besorgen?« Sie wies auf die dampfende Schüssel. »Es war so kalt heute Nacht. Unmöglich, sich nun noch mit eisigem Wasser zu waschen.«

»Sicher. Gehen Sie einfach zu Frau Sonnleitner in die Küche. Sie hilft Ihnen gern weiter.« Erneut stieß Jessica ihren Fuß gegen die Tür, dieses Mal etwas heftiger.

Die Dame aus Hannover kicherte und klopfte Jessica auf die Schulter. Diese fuhr erschrocken herum und ließ beinahe das Porzellangefäß fallen. Sie hatte die Frau nicht näher kommen gehört. Der dicke Teppich im Flur schluckte jeden Schritt. Praktisch für ein Hotel, um die Gäste in ihren Zimmern nicht zu stören.

»Haben sie den kleinen Jungen gesehen?« Die Alte grinste und deutete den Gang hinunter. Jessica sah gerade noch, wie sich am anderen Ende des Ganges eine der Zimmertüren langsam schloss. »Der kleine Mann schleicht hier immer herum. Ich habe ihn schon ein paarmal heimlich beobachtet. Ob die Eltern wissen, wo sich ihr Sohn herumtreibt?« Sie griff an Jessica vorbei nach der Klinke und öffnete ungefragt die Appartementtür. Dann ließ sie Jessica stehen und ging die Treppe hinunter.

*

Der Koffer des Professors stand verschlossen in der Nische neben dem Kleiderschrank. Florian zog ihn heraus und warf ihn mit Schwung auf das ungemachte Bett. Dabei bemühte er sich, nicht auf die Dinge zu treten, die auf dem Fußboden verstreut lagen. Die mutmaßliche Tatwaffe hatte er sichergestellt. Sie befand sich nun in der Speisekammer. Es waren noch die mit Kreide aufgezeichneten Markierungen des Fundortes zu sehen. Die Holzsplitter, den zerstörten Metallriegel und den Putz hatte er liegen gelassen. Unter dem kleinen Beistelltisch fand er außerdem ein benutztes Papiertaschentuch, einen Teelöffel, ein kleines Stück Styropor und ein Holzplättchen. Florian vermutete, dass es unter einem der Füße des Tischchens herausgerutscht war, denn es wackelte bei der kleinsten Berührung. Auch unter der Kante des Kleiderschrankes klemmte ein solches Holz.

Auf dem Nachttisch lagen eine Lesebrille und ein Fieberthermometer neben einer leeren Tasse mit Teelöffel darin. Man sah die getrockneten Teeränder und die Stelle, an der aus der Tasse getrunken worden war. Ein Buch, eine Notiz oder eine Zeitung, für die der Professor seine Brille gebraucht hätte, fand Florian nicht.

Er entriegelte die Verschlüsse des Koffers und klappte den Deckel auf, der geräuschvoll gegen die Holzvertäfelung hinter dem Bett knallte. Obenauf lagen ein Paar Hausschuhe, darunter allerlei Klamotten, Pullover, ein Schlafanzug und eine Kulturtasche mit Zahnbürste, Deo und diversen anderen Hygieneartikeln, aber keine Medikamente. Ganz unten im Koffer, eingewickelt in ein Handtuch, entdeckte Florian ein Fachbuch für Philosophie. Es war an verschiedenen Stellen mit Post-its markiert. Merkwürdig war, dass mittig eine schwarze Socke zwischen den Seiten lag. Offensichtlich eine gebrauchte Socke. Florian stopfte sie kopfschüttelnd in eine Beweismitteltüte und überflog die Zeilen der aufgeschlagenen Seite. Einige Wörter oder Halbsätze waren mit gelbem

Marker gekennzeichnet. Er legte ein unbenutztes Taschen-tuch, das er in der kleinen Schublade neben dem Bett ent-deckte, zwischen die Seiten, klappte das Fachbuch zu und klemmte es sich unter den Arm. Er griff nach der Tüte mit der Socke und ging zur angelehnten Tür, blieb dort jedoch abrupt stehen.

Langsam drehte er sich um und starrte auf die Tasse auf dem Nachttisch. Dann fiel sein Blick auf den Löffel am Boden. Wenn in der Tasse ein Teelöffel steckte, warum befand sich am Boden dann ein zweiter? Und wie war er dorthin gekom-men? Hätte der Professor ihn nicht aufgehoben, wenn er ver-sehentlich hinuntergefallen wäre? War eine zweite Person in diesem Zimmer gewesen, die mit Professor Engel gemeinsam Tee getrunken hatte? War es zu einem Handgemenge gekom-men? Hatte der Besucher im Anschluss nur seine Tasse, nicht aber den Löffel mitgenommen?

Florian schüttelte den Kopf. Auf gar keinen Fall durfte er sich in irgendwelche Mutmaßungen und wirre Ideen ver-rennen. Hier zählten ausschließlich Fakten. Und Fakt war, dass sich zwei Löffel im Zimmer befanden, einer in der Tasse, der andere auf dem Boden. Nicht mehr und nicht weniger.

Von unten zog bereits der herrliche Duft nach frisch auf-gebrühtem Kaffee zu ihm herauf.

Seufzend zog Florian weitere Beweismitteltüten aus der Hosentasche, schloss die Tür von innen und setzte seine Arbeit in Professor Engels Zimmer fort.

*

»Setzen Sie sich.« Ohne aufzusehen, deutete Florian auf den freien Stuhl ihm gegenüber. Er saß auf der Eckbank in der Küche und machte sich Notizen zu dem Gespräch mit

Valentin Kobel, das er gerade beendet hatte. Als Nächste hatte er Davina Hollfeld erwartet. Doch als er seinen Blick anhob, stand Emma Pfaff vor ihm.

Seine kurze Irritation reichte scheinbar, um die junge Frau zu verunsichern.

»Es tut mir leid«, stammelte sie und rieb sich mit der rechten Hand nervös über den linken Handrücken, den Blick gesenkt. »Davina ist gerade im Bad. Ich dachte, es wäre Ihnen recht, wenn ich stattdessen komme. Aber wenn Sie lieber zuerst mit ihr sprechen wollen, dann ...«

»Kein Problem«, unterbrach er sie, wies erneut auf den freien Platz und schlug die Seite des Notizblockes um. »Emma Pfaff. Richtig?«

»Genau«, bestätigte sie leise.

»Langsam habe ich Ihre Namen drauf.« Florian schrieb ihre Initialen auf, legte den Kugelschreiber neben das Blatt, lehnte sich zurück und verschränkte die Arme vor der Brust. »Da ich inzwischen weiß, dass Sie alle Philosophie nur als Nebenfach studieren, würde ich gern zuallererst Ihr Hauptfach erfahren.«

»Psychologie.«

»Klinische oder in Richtung Psychotherapie?«

»Ich möchte Polizeipsychologin werden.« Ihre Worte waren ein leises Flüstern, doch nun sah sie ihm das erste Mal direkt in die Augen und lächelte stolz.

Sein Gesicht dagegen zeigte keinerlei Regung. »Das geht natürlich nicht, wenn Sie eine Straftat begangen haben. Die Aufnahmebedingungen in eine polizeiliche Laufbahn, welcher Art auch immer, sind eng gesteckt. Ein Mord wäre da kontraproduktiv.« Jetzt lächelte er freundlich zurück.

»Mord?« Sie schien entsetzt. »Professor Engel ist nicht ermordet worden! Er hat sich das Leben genommen. Wir sind allesamt erschüttert, und es ist unfair, nun ein Kapitalverbrechen daraus zu machen.«

Florian ging nicht weiter auf ihre Aussagen ein. Die jungen Leute hatten sich definitiv abgesprochen, denn die Alibis wirkten konstruiert. »Wann haben Sie den Schuss gehört?«

Sie kaute nervös auf ihrer Unterlippe. »Ich wusste ja nicht, dass es ein Schuss war, aber es knallte um exakt 8.50 Uhr.«

Diese Angabe hörte er heute bereits das dritte Mal. »Haben Sie auf die Uhr gesehen, oder warum wissen Sie das so genau?«

»Ich nicht«, sagte sie und straffte die Schultern. »Aber Jonah. Er hat in dem Moment einen Witz gemacht. Im Nachhinein betrachtet sehr geschmacklos. Er sagte, der Engel habe wohl zu viel Hustensaft in seinen Tee gekippt. Um zehn vor neun sei er schon so besoffen, dass wir ihn heute sicher nicht mehr zu Gesicht bekommen würden. Tut mir leid«, fügte sie leise hinzu und sank auf dem Stuhl in sich zusammen wie ein verängstigtes Reh.

»Sie verstehen bestimmt, dass ich alle Alibis abfrage und überprüfen muss.« Florian wusste nicht, ob Emma Pfaff tatsächlich so verschreckt war, wie sie tat, oder ob sie nur gut schauspielerte. Er wollte ihr keine Gelegenheit geben, die eine oder andere Variante weiter auszuleben, und blieb in der Defensive, anstatt den Druck zu erhöhen. »Ihr Studienkollege Valentin Kobel hat berichtet, dass alle zur Tatzeit im Wohnzimmer waren, bis auf Wolfgang Faber. Der hat laut eigener Aussage in seinem Zimmer gemalt. Er ist der Einzige ohne verlässliches Alibi«, sagte Florian und beobachtete die junge Frau aufmerksam. »Zurzeit ist er mein Hauptverdächtiger.«

Emma sah ihn erschrocken an. »Sie glauben wirklich, dass einer von uns den Professor getötet hat«, stellte sie resigniert fest, kniff die Augen fest zusammen und räusperte sich, bevor sie erneut das Wort ergriff. »In dem Fall muss ich meine Aussage korrigieren und mich gleichzeitig für die Irreführung entschuldigen.«

»Nur heraus damit. Wer hat den Professor erschossen?«

Sie schüttelte heftig den Kopf. »Niemand. Ich bin nach wie vor überzeugt, dass es Selbstmord war. Die Tür war von innen verschlossen, und niemand von uns war gestern früh allein.«

»Außer Wolfgang Faber«, wiederholte Florian und wusste, was nun folgen würde: Emma würde dem jungen Mann ein Alibi geben.

»Ich war bei ihm«, brachte sie gequält heraus. »Wolfgang hat mich gemalt, als der Schuss fiel. Ich war in seinem Zimmer.«

»Sie waren im Raum nebenan und haben nicht gleich nachgesehen?«, warf Florian ihr vor, verstummte jedoch, als sie sich wortlos erhob und ihm ihre Hand entgegenstreckte.

»Kommen Sie, Hauptkommissar Forster. Ich möchte Ihnen etwas zeigen und hoffe auf Ihre bedingungslose Diskretion.«

Er nahm ihre Hand nicht, folgte ihr aber ins Obergeschoss.

Erst im Zimmer von Wolfgang Faber blieb sie stehen und deutete auf die Skizze auf der Staffelei in der Mitte des Raumes.

Das Bild zeigte eine junge Frau liegend auf einem Sofa.

Lasziv lächelnd.

Splitterfasernackt.

Die Frau auf dem Bild war eindeutig Emma Pfaff. Das Gesicht war perfekt getroffen, das lockige Haar fiel ihr genau so über die Stirn wie im realen Leben.

»Das bin ich«, erklärte sie unnötigerweise. »Wolfgang hat mich gemalt. Ich habe darum gebeten, die Tür abzuschließen, da es mir peinlich gewesen wäre, wenn uns jemand überrascht hätte.«

»Okay«, bemerkte Florian, trat an die Terrassentür und sah auf den Balkon. Die dicke Schneedecke auf dem Boden und dem Geländer war unversehrt. Aber das wusste er bereits seit gestern. »Ich verstehe, dass Sie … ähm … in Ihrem Zustand …« Er deutete auf die Zeichnung, schmunzelte über seine eigene Verklemmtheit und begann erneut: »Sie waren nackt und konnten nicht auf den Flur laufen. Doch warum hat Wolfgang Faber nicht nach dem Professor gesehen? Oder war er ebenfalls unbekleidet?«

»Quatsch«, sagte Emma und wurde schlagartig feuerrot im Gesicht. »Er war angezogen. Er hat mich tatsächlich nur gemalt. Mehr war nie zwischen uns!«

»Mädel, das ist mir wurscht. Ich will nur wissen, warum Herr Faber sich nicht von der Stelle gerührt hat.«

»Er hört Musik beim Malen.« Emma fuhr verträumt mit zwei Fingern die Linien auf dem Bild nach, ohne das Papier zu berühren. »Er ist dann so vertieft, sieht nur noch die Zeichnung. Lebt für, mit und in seiner Kunst.« Sie wandte sich wieder zum Hauptkommissar. »Er hat mich nicht gehört, als ich ihn auf das Geräusch aufmerksam machen wollte. Dann brach draußen ein Tumult los. Als Wolfgang hinauslaufen wollte, habe ich ihn zurückgehalten.« Sie sah Florian flehend an. »Davon darf niemand erfahren. Bitte!«

»Valentin und Jonah haben Ihnen bei der Befragung ein Alibi gegeben. Warum?«

»Weil ich sie darum gebeten habe. Ich habe behauptet, ich wäre oben auf dem Klo gewesen. Sie haben mir nur einen Gefallen getan. Professor Engel hat sich erschossen.

Das ist tragisch. Aber niemand hier im Haus hat etwas mit seinem Tod zu tun!«

Florian sah sie misstrauisch an. »Ich glaube Ihnen nicht, Frau Pfaff.« Er ließ sie stehen und machte sich auf den Weg zurück ins Erdgeschoss.

9

In nahezu allen Räumen des Hotels war es inzwischen bitterkalt.

Die Schmankerlstube war das einzige Zimmer im Erdgeschoss, das wohlig warm war. Den angrenzenden Aufenthaltsraum konnte man aufgrund der niedrigen Temperaturen nicht mehr nutzen.

Frau Sonnleitner sorgte unermüdlich dafür, dass die heißen Getränke nicht ausgingen und die Gäste sich trotz widriger Umstände einigermaßen wohlfühlten. Nebenbei behielt sie sowohl das Funkgerät als auch den Stromgenerator im Blick, der auf Hochtouren lief, um die wenigen elektrischen Heizkörper im Obergeschoss in Betrieb zu halten. Im Appartement gab es wenigstens einen Kamin, doch die anderen Zimmer mussten mit Strom geheizt werden.

Nach dem Frühstück blieben deshalb fast alle Gäste in dem gemütlichen Speisesaal sitzen.

Der Student Nevio Aldenhoven erwies sich als guter Unterhalter. Er spielte mit den zwei Damen aus Hannover und der Frau seines Professors Bridge. Dazu tranken sie Tee aus filigranen Tassen und wirkten wie Adelige des britischen Königshauses.

Während der kleine Junge ganz versunken in ein Spiel war, das er auf einem Smartphone spielte, schippten seine Eltern draußen Schnee. Seit gestern hatte es nicht mehr geschneit und den beiden Gästen war es gelungen, den Parkplatz vor dem Hotel freizuräumen. Nun widmeten sie sich der Auffahrt.

»Was hat Florian gesagt?«, wollte Ewe wissen, der es sich in der Turmnische gemütlich gemacht hatte und unentwegt in seiner Kaffeetasse rührte, bis Paula ihn streng ansah und nach seiner Hand griff.

»Sofort aufhören! Du nervst gewaltig! Oder glaubst du, du könntest aus der Sahne im Kaffee Butter schlagen, wenn du nur heftig genug in der Tasse herumklimperst? Außerdem ist das schon die dritte.«

»Ja und?« Ewe sah Paula herausfordernd an. »Ich habe kein Auge zugemacht. Ihr beide schnarcht, dass sich die Balken biegen!«

Die drei hatten die Nacht im Wohnzimmer ihres Appartements verbracht. Die Sicherung war beim Betrieb aller Heizkörper mehrmals rausgeflogen. Deshalb hatte Frau Sonnleitner gebeten, alle nicht nötigen Geräte abzuschalten. In den angrenzenden Schlafzimmern war es deshalb viel zu kalt.

Paula und Jessica sahen sich amüsiert an. Eigentlich war es umgekehrt gewesen. Ewe, der aufgrund seiner gebrochenen Hand sowohl ein Schmerz- als auch ein Schlafmittel genommen hatte, war wenige Minuten nach dem Zubettgehen eingeschlafen. Morgens hatten sie ihn kaum wach bekommen. Und er hatte gottserbärmlich geschnarcht. Unerträglich.

»Florian kommt dort oben auf der Hütte kaum voran«, begann Jessica zu berichten. Sie hatte ihrem Mann die Informationen durchgegeben, die sie von Berthold sehr früh an diesem Morgen erhalten hatte. Dass Florian mit der angeblichen Geldveruntreuung des toten Professor Engel etwas anfangen konnte, bezweifelte Jessica. Immerhin hatte Berthold zu zwei der Studenten bereits Hintergrundrecherche betrieben. Dabei hatte er die eine oder andere wichtige Information ausgegraben.

»Ich hoffe, dein Mann hat für die KTU wenigstens die Beweisstücke ordentlich katalogisiert und nicht alle verwertbaren Spuren unbrauchbar gemacht«, sagte Ewe, leckte den Löffel ab und legte ihn neben die Tasse.

»Er hat Bonbonpapier und eine Socke gefunden«, lachte Jessica amüsiert. »Ob diese Dinge allerdings etwas ...« Plötzlich verstummte sie.

»Was ist?«, fragten Paula und Ewe unisono.

»Hört ihr das?« Jessica schloss die Augen und lauschte.

»Oh Gott, kommt etwa schon wieder eine Lawine?« Paula griff entsetzt nach Ewes Oberarm und hielt sich daran fest.

»Pst«, machte Jessica, stand auf und versuchte, das Geräusch im Raum zu lokalisieren. Als sie es erkannte, lächelte sie, biss sich auf die Unterlippe und nickte ihren Freunden zu. »Die Musik kenne ich. Wartet kurz, ich muss jemanden befragen.«

Kurz darauf nahm sie neben dem Jungen Platz, der verwundert vom Smartphone aufsah.

»Das Spiel kenne ich«, sagte Jessica. »Mein Sohn Tobias spielt das auch. Er ist in Level 27.«

»Ha, da bin ich viel weiter!« Der kleine Mann grinste und fügte stolz hinzu: »Level 41.«

»Wow! Das ist gut! Spielst du oft?«

»Jeden Tag.« Er sah auf den Bildschirm und beendete – nicht ohne Bedauern – das Onlinespiel.

»Mein Sohn hat mir erzählt, dass man es ganz prima auch offline benutzen kann, aber mindestens einmal am Tag ein neues Update herunterladen muss. Stimmt das?«

Zögernd nickte er. Er schien alarmiert und misstrauisch.

»Hier im Hotel gibt es gerade kein Internet. Funktioniert es trotzdem?« Jessica war sich sicher, dass er Reißaus genommen hätte, wenn er dabei nicht über sie hinwegklettern müsste.

Er saß zwischen ihr und dem Fenster auf einer Bank. Mit verschränkten Armen und ärgerlichem Blick presste er die Lippen fest zusammen und brummte.

»Weißt du, was ich am liebsten tue? Ich löse gern Rätsel. Wie ein Detektiv. Ich liebe Geheimnisse. Wir könnten zusammen eins lösen«, schlug sie vor. »Wie wär's? Hast du Lust, mir zu helfen? Deinen Eltern verraten wir nichts. Und meinen Freunden auch nicht.« Sie deutete auf Paula und Ewe, die das Gespräch neugierig beobachteten.

»Okay«, stimmte der Junge zu.

»Gut. Zuallererst brauche ich dringend eine Information, die ich nur im Internet bekommen kann. Was muss ich dafür tun?« Sie flüsterte und bemerkte, wie er grinste.

»Ich zeig dir was«, säuselte er direkt in ihr Ohr.

Jessica hatte Mühe, nicht hysterisch zu kichern, weil es unerträglich kitzelte.

»Aber wir müssen uns hinschleichen. Niemand darf uns sehen.«

*

Es nervte ihn, dass die Kommunikationswege so schwierig waren. In jedem anderen Fall konnte er Berthold kontaktieren, der ihm in Windeseile wichtige Hintergrundinformationen lieferte. Hier dauerte alles ewig. Nicht einmal einen Laptop zum Tippen der Notizen hatte er dabei. Er kam sich vor, als hätte er eine Zeitreise in ein Jahr gemacht, in dem man von Internet, DNA-Analysen oder einem einfachen Telefongespräch noch nie etwas gehört hatte. Die wenigen Hinweise, die Jessica ihm über Funk mitteilen konnte, halfen ihm kaum. Im Gegenteil. Sie machten die ganze Angelegenheit nur komplizierter.

Warum waren zwei Professoren aus dem Fachbereich Philosophie zur gleichen Zeit an unterschiedlichen Orten – und deshalb auch von verschiedenen Tätern – getötet worden? Das konnte kein Zufall sein! Doch der Versuch, einen Zusammenhang dieser zwei Kapitalverbrechen herzustellen, entbehrte jeglicher Grundlage.

»Sie malen also nackt!« Der sarkastische Tonfall in Florians Bemerkung entging Wolfgang Faber nicht. Es war fast Mittag, und noch immer waren nicht alle Befragungen abgeschlossen. Nach dem Kunststudenten stand nur noch das Gespräch mit Davina Hollfeld aus, die sich bisher gekonnt davor gedrückt hatte.

Herr Faber lehnte sich zurück und verschränkte die Finger hinter seinem Kopf. »Verstehe«, sagte er und seufzte. »Emma hat Ihnen alles erzählt.«

»Absolut alles.« Florian deutete ein schiefes Grinsen an, um sein Gegenüber zu provozieren. »Sie hätten trotz der … ähm … Ablenkung nach dem Professor sehen können, als der Schuss fiel. Warum haben Sie das nicht getan?«

Fabers Lächeln wirkte überheblich. »Den Knall habe ich nicht gehört. Selbst Emma hatte ich völlig ausgeblendet. Wenn ich male und dabei Musik höre, bin ich in einer anderen Sphäre. Emma musste erst aufstehen und mir auf den Oberarm klopfen.«

»Und dann?«

Er zuckte mit den Schultern. »Ich durfte nicht gehen«, berichtete er gelassen. »Emma wollte nicht gesehen werden, und ich habe ihren Wunsch respektiert.«

Die Aussagen stimmten überein. Sagten beide die Wahrheit? Oder hatten Emma und Wolfgang sich abgesprochen? Hier in der Hütte war es unmöglich, Unterhaltungen zwischen den Studenten zu verhindern. Sie hockten ständig aufeinander. Er konnte die jungen Leute schließlich nicht getrennt in die Zimmer einsperren, noch dazu ohne ersichtlichen Grund oder Tatverdacht.

Florian brummte ärgerlich und schlug mit der flachen Hand auf den Tisch. Er atmete tief durch, um sich zu beruhigen. »Okay. Weiter«, sagte er. »Kennen Sie Professor Friedrich Bohnacker?«

»Klar. Der lehrt ebenfalls Philosophie an der Uni München. Wieso?«

Florian ignorierte Fabers Frage. »Waren die zwei Professoren befreundet? Herr Engel und Herr Bohnacker? Kannten sie sich näher?«

Der junge Mann zuckte mit den Schultern. »Keine Ahnung. Sicher kennen die sich. Die sind Kollegen. Aber Freunde? Warum wollen Sie das wissen? Glauben Sie etwa, Professor Bohnacker hat den Engel getötet?« Er lachte, verstummte jedoch, als Florian entschlossen dazwischenfuhr.

»Ach, Sie glauben auch, dass es kein Selbstmord war!«

Wolfgang Faber sah den Hauptkommissar misstrauisch an. »Was wollen Sie von mir hören?«

»Die Wahrheit«, sagte Florian trocken und rieb sich mit zwei Fingern über die Stirn. Er hatte Kopfschmerzen.

»Jonah Thies hat gesagt, niemand von uns muss mit Ihnen ohne Anwalt reden. Und dass die Aussagen, die wir hier ohne Zeugen tätigen, nicht rechtskräftig und vor Gericht nicht verwertbar seien.« Eine lange Pause entstand, in der Wolfgang Faber auf seine Hände starrte, die auf seinen Knien lagen. Als er aufsah, wirkte er das erste Mal ernst und gefasst. »Ich glaube tatsächlich nicht, dass der Professor sich das Leben genommen hat. Aber von uns hat ihn auch niemand umgebracht! Wir sind alle keine Mörder.«

10

Als Jessica am Abend erneut die Hütte per Funk erreichen wollte, kam aus dem Gerät nur ein lautes Rauschen. Eine Verbindung ließ sich nicht aufbauen, auch nicht ins Kemptener Präsidium, obwohl sie vor nicht einmal einer Stunde auf diesem Wege mit Berthold gesprochen hatte.

»Tut mir leid, damit kennt sich nur mein Mann aus. Oder mein Sohn, aber der ist mit seiner Frau im Urlaub.« Frau Sonnleitner zuckte bedauernd mit den Schultern. »Probieren Sie es einfach später noch einmal.«

»Guck mal, Jessica.« Der kleine Marco, der Junge mit dem Onlinespiel, hielt ihr eine dampfende Tasse Tee entgegen. »Den habe ich dir mitgebracht.«

Seit sie mit dem Jungen auf Entdeckungstour ins Dachgeschoss des Hotels gegangen war, suchte das Kind immer wieder ihre Nähe und Aufmerksamkeit. Marco hatte sie am späten Vormittag mit in den ersten Stock genommen, das Verbotsschild an der schweren Eisenkette, das an der Treppe zum Speicher hing, ignoriert und war mit ihr nach oben geschlichen. Der Schlüssel für die abgesperrte Tür lag versteckt hinter einem losen Brett. Auf dem Dachboden standen allerlei alte Möbel, Deko und Kisten mit Tischdecken oder Gardinen. Der offene Raum war riesig. Durch die runden Fenster direkt unter dem Giebel kam nur wenig Licht herein. Man sah die Dachbalken und Verstrebungen an der Decke, und es war bitterkalt.

Doch der Weg hatte sich gelohnt.

Wenn man über eine kurze Leiter auf die quer verlaufenden Holzbalken in dem kleinen Türmchen kletterte, kam tatsächlich eine Verbindung zustande. Jessica hatte zwar lange warten müssen, bis die Kurznachricht rausgegangen war, aber es hatte funktioniert. Leider würden die Zeilen, die sie versendet hatte, niemals ankommen. Zumindest so lange nicht, bis Florian mit seinem Smartphone wieder in einem empfangsbereiten Bereich war.

»Den Tee nehme ich gern«, sagte Jessica und griff nach der Tasse. »Der wird mich schön aufwärmen. Danke, Marco.«

Sie trug den Becher ins Schmankerlstüble, um dort mit Frau Engel zu sprechen. Diese hatte dem Treffen vor dem Abendessen zugestimmt und saß nun wartend an einem der Tische.

»Schön, dass Sie Zeit für mich haben, Frau Engel. Ich hätte noch ein paar Fragen. Geht es Ihnen besser?« Jessica stellte den Tee ab und setzte sich.

»Die Erkältung ist hartnäckig.« Frau Engel hustete keuchend und deutete auf die Tasse. »So ein heißes Getränk wäre jetzt gut.«

»Nehmen Sie meins«, bot Jessica an und schob den Becher hinüber. »Ich hole mir später einen neuen Tee.«

»Herzlichen Dank.« Sie klang heiser. »Wie kann ich Ihnen helfen?«

»Kennen Sie Professor Friedrich Bohnacker?«

»Selbstverständlich«, bestätigte Frau Engel und nippte an der dampfenden Flüssigkeit. »Er ist ein Kollege meines Mannes. Ich selbst durfte ihn im letzten Jahr bei einer Weihnachtsfeier kennenlernen. Ein sehr höflicher und sympathischer Mensch. In diesem Jahr konnten mein Mann und ich nicht an der Feier teilnehmen. Diese verdammte Erkältung quält uns schon mehr als zwei Wochen.« Sie verstummte und sah Jessica traurig an. »*Mich* quält die Erkältung. Mein Mann ist schließlich ...« Sie konnte es nicht aussprechen, schloss die Augen und seufzte. Dann straffte sie die Schultern und blickte der Hauptkommissarin direkt in die Augen. »Wieso fragen Sie nach Herrn Bohnacker?«

»Er ist verstorben«, sagte Jessica geradeheraus. »Am selben Tag wie Ihr Mann.«

Frau Engel schlug erschrocken die Hände vor ihr Gesicht. »Um Himmels willen. Das ist entsetzlich! Wie ist das passiert? Hatte er einen Unfall?«

»Dazu kann ich nichts sagen.« Jessica beobachtete, wie Frau Engel Ewe und Paula zunickte, die die Stube betraten und an ihrem Tisch vorbeigingen.

»Es gibt Gerüchte«, fuhr Jessica fort. »Professor Bohnacker soll Unstimmigkeiten in der Finanzbuchhaltung der Uni aufgedeckt haben, die Ihren Mann schwer belasten.«

Frau Engel, die abgelenkt gewirkt hatte, griff nun nach der Tasse und sah Jessica ärgerlich an. »Unstimmigkeiten? Wollen Sie etwa behaupten, mein Mann hätte Gelder veruntreut und sich daran bereichert? Wie kommen Sie darauf, derart bösartige Vermutungen zu äußern? Mein Mann war integer und immer korrekt!« Sie hustete erneut und nahm einen großen Schluck von dem warmen Tee. Dann trank sie die Tasse in einem Zuge leer.

»Das habe ich nicht gesagt, aber wenn Sie es schon ansprechen ... Könnte es sein, dass Herr Bohnacker Ihren Mann erpresst hat?«

Frau Engel sagte nichts, starrte sie nur ausdruckslos an.

Plötzlich griff sie sich an den Hals, rang schwer nach Luft, stöhnte, röchelte und verdrehte die Augen, als wäre ihr schwindelig. Sie versuchte aufzustehen, glitt jedoch weg, schlug beim Fallen die Tasse vom Tisch und versuchte sich an der Tischdecke festzuhalten, die sofort nachgab und ihren Sturz nicht verhindern konnte.

Blitzschnell war Jessica aufgesprungen, doch es gelang ihr nicht, den heftigen Aufprall von Frau Engel abzufangen. Die Frau knallte der Länge nach auf den Boden und schlug sich heftig den Kopf an. Jetzt verkrampfte ihr Körper. Sie zuckte. Ihr Gesicht lief dunkelrot an. Sie drohte zu ersticken.

Wie aus dem Nichts tauchte Ewe neben der verzweifelt nach Luft japsenden Frau auf, riss sie hoch und stützte ihren Oberkörper, sodass sie aufrecht saß.

»Frau Engel? Versuchen Sie, ruhig zu atmen. Bleiben Sie bei mir«, sagte er gepresst. Der Schmerz in seiner verletzten Hand war fast unerträglich. Plötzlich hielt er inne, starrte die Frau an und hob blitzschnell seinen bandagierten Arm vors Gesicht. »Alle sofort weg! Sie riecht nach Bittermandel. Vermutlich eine Zyanidvergiftung. Alle müssen den Raum verlassen.« Er atmete in seine Armbeuge, prüfte am Hals von Frau Engel ihren Puls und wandte sich an Jessica. »Wir brauchen viel Wasser. Und einen Eimer. Schnell!«

»Wird sie es schaffen?« Jessica hatte die Arme vor sich auf dem Tisch verschränkt und ihre Stirn daraufgelegt. Nun sah sie auf.

Ewe war gekommen und reichte ihr einen Kakao.

»Danke.«

»Frau Engel geht es besser«, sagte er und setzte sich neben sie. »Sie schläft endlich. Ich habe ihr Kohletabletten verabreicht. Die sollten das verbliebene Gift in ihrem Körper binden. Ihre Vitalfunktionen scheinen alle okay zu sein. Über die Nierentätigkeit kann ich allerdings nichts sagen.«

»Wer vergiftet die arme Frau mit Blausäure?« Jessica seufzte tief, legte beide Hände an die warme Tasse, trank jedoch nicht. »Ob das etwas mit dem Mord an ihrem Mann zu tun hat?«

Ewe griff nach ihrem Arm, löste ihre Hand von dem Becher und nahm sie zwischen seine. Das war mit der Verletzung sehr schmerzhaft, aber er lächelte die Pein tapfer weg. »Jessy, dir ist schon klar, dass das dein Tee war? Du hast mir das erzählt, um mich abzulenken. Erinnerst du dich?« Er schaute ihr tief in die Augen. »Als ich Frau Engel dazu gebracht habe, sich zu übergeben, und mich selbst kaum beherrschen konnte ...« Er verzog bei dem Gedanken daran angeekelt das Gesicht. »Dieses Würgen ist schrecklich. Wenn ich nur daran denke, wird mir gleich wieder schlecht.«

»Du meinst ...« Jessica entriss ihm die Hand, zog die Beine auf die Bank und umschloss die Knie mit ihren Armen.

So zusammengekauert wirkte sie zerbrechlich und zart, doch Ewe wusste, dass sie eine Menge mehr aushalten konnte als das. Sie war nur übermüdet und gerade völlig durch den Wind.

»Du meinst wirklich, jemand wollte *mich* vergiften? Das kann nicht sein, Ewe. Der kleine Marco hat mir den Tee gebracht.«

»Und der hat ihn von Nevio Aldenhoven bekommen«, sagte Ewe. »Paula hat lange mit dem Jungen gesprochen und ihn kaum beruhigen können. Sie hat mir davon berichtet.«

»Nevio hat auch keinen Grund, jemanden zu vergiften. Der ist ein netter Kerl.«

»Das glaube ich auch«, stimmte Ewe zu. »Die ganze Sache ist alles andere als logisch.«

Jessica legte den Kopf schräg und sah ihn fragend an.

»Irgendetwas stimmt nicht«, begann er erneut, ließ sich aber mit einer Erklärung Zeit. Er schnappte sich die Tasse, nahm einen Schluck und drückte sie Jessica in die Hände.

»Hier. Jetzt trink. Den Kakao habe ich persönlich zubereitet. Der ist nicht vergiftet.«

Sie lächelte und trank. »Dann werde ich in Zukunft Tee lieber meiden«, scherzte sie.

»Ich glaube nicht, dass Zyanid darin war.« Ewe schüttelte zur Unterstreichung seiner Aussage den Kopf.

»Aber Frau Engel ging es verdammt schlecht, nachdem sie getrunken hatte.«

»Tatsächlich hat die Frau alle typischen Symptome einer Blausäurevergiftung gezeigt. Allerdings in einer Heftigkeit, die auf die Einnahme einer großen Menge dieses Giftes schließen lässt.«

»Und so viel passt nicht in die Tasse?«, riet Jessica.

»Doch. Locker. Und vermischt mit dem Tee würde man das auch nicht schmecken.«

»Dann verstehe ich deine Zweifel nicht«, bemerkte Jessica irritiert. »Kommt man eigentlich leicht an dieses Zyanid?«

»Das ist gerade irrelevant«, murmelte Ewe. »Ich versuche dir zu erklären, warum ich glaube, dass die ganze Sache ein Fake ist. Meiner Meinung nach hat es das Gift nicht gegeben.«

»Aber ihr Atem roch nach Bittermandel. Und diese schrecklichen Krämpfe?«

»Genau. Bei diesen spontanen Reaktionen in derartiger Heftigkeit wäre sie in Sekunden bewusstlos geworden und kurz darauf gestorben. Keine einzigen Erste-Hilfe-Maßnahmen hätten mehr helfen können.«

»Also war die Menge an Gift nicht ausreichend. Es war zu wenig Zyanid im Tee«, versuchte Jessica Ewes Logik zu folgen, begriff aber selbst, dass auch diese Annahme nicht stimmen konnte. »Die Symptome hätten viel später eingesetzt und wären schleichender gekommen«, schloss sie deshalb.

»Richtig. Vermutlich wäre ihr nur übel geworden. Oder sie hätte über Stunden heftige Kopfschmerzen gehabt. Erst später hätte sie blutigen Durchfall bekommen und ...«

»Stopp! So genau will ich das gar nicht wissen.«

Ewe lehnte sich zurück, schloss die Augen und gähnte laut. »Leider kann ich keine Analyse des Mageninhalts anordnen. Trotzdem würde ich darauf wetten, dass Frau Engel nur gut geschauspielert hat. Fragt sich, warum?« Er drehte sich zu Jessica und blinzelte müde. »Ich gehe jetzt schlafen. Kommst du mit?«

*

»So, Frau Hollfeld. Keine Ausreden mehr. Sie kommen jetzt mit!« Florian passte die junge Studentin ab, als sie aus dem Badezimmer neben der Treppe trat. »Ab in die Küche. Sie sind die Einzige, mit der ich noch nicht gesprochen habe.«

»Diese Aussage ist nicht korrekt«, ließ sie ihn wissen, ging an ihm vorbei und schlug den Weg Richtung Küche ein. »Wir haben bereits gestern ein paar Worte gewechselt.« Sie sah sich zu ihm um. »Und jetzt gerade sprechen Sie auch mit mir.«

»Richtig.«

Sie verschwand in der Küche, und Florian verdrehte genervt die Augen. Dieses Gespräch würde verdammt anstrengend werden. Davon war er überzeugt.

Davina Hollfeld hatte am Tisch Platz genommen.

Florian schloss die Tür. »Ich möchte genau wie Sie so schnell wie möglich in den Feierabend, deshalb ...«

»Feierabend? Dieses Wort beschreibt einen Zeitraum, der einsetzt, nachdem man tagsüber gearbeitet hat. Das trifft auf mich nicht zu. Ich habe mich gelangweilt.«

Florian heulte gequält auf und entlockte Frau Hollfeld damit einen fragenden Gesichtsausdruck.

»Ich verstehe Ihre Reaktion nicht«, sagte Davina verwirrt. »Habe ich etwas Falsches ...«

»Stopp!«, fuhr er dazwischen, ließ sich auf der Bank nieder und schlug den Notizblock auf. Er war sich bewusst, dass sinnloses Geplänkel und jede unklare Frage die junge Frau heillos überforderten. Und ihn vermutlich verzweifeln ließen. Er musste direkt und ohne Umschweife sprechen. Vielleicht war sie auch die Lösung für sein Dilemma. Sie konnte sicher nicht lügen.

»Ist Professor Niels Engel ermordet worden?«, fragte er deshalb geradeheraus.

»Nein.«

»Sie glauben, es war Selbstmord?«

»Nein.«

»Wie ist der Mann, der nebenan liegt, dann ums Leben gekommen?«

»Er wurde erschossen.«

»Er hat sich nicht selbst erschossen?« Florian fand langsam Gefallen an dieser Art der Befragung. Ihre Antworten kamen spontan und ohne nachzudenken. Vielleicht konnte er sie überrumpeln, wenn er immer neue Fragen in immer kürzeren Abständen stellte.

»Nein. Kein Selbstmord. Er wurde erschossen.« Sie saß so gerade und steif auf dem Stuhl, dass er jedem anderen Verdächtigen Nervosität diagnostiziert hätte. Frau Hollfeld allerdings wirkte ruhig und gelassen.

»Wer ist schuld an seinem Tod?«

»Professor Engel«, lautete ihre Antwort.

Florian war irritiert. »Wollen Sie damit sagen, dass dieser Mann ...«, er deutete in die Richtung, in der die Speisekammer sich befand, »... den Tod verdient hat?«

»Natürlich nicht! Er hat niemandem ein Leid zugefügt.«

Florian schüttelte resigniert den Kopf. »So kommen wir nicht weiter.« Er lehnte sich über den Tisch und sah Davina durchdringend an. »Was studieren Sie im Hauptfach, Frau Hollfeld?«

»Mathematik.«

»Wozu brauchen Sie dann Philosophie und Ethik?«

»Ich brauche die Fächer nicht.«

»Aber Sie interessieren sich dafür?«

»Nein.«

Florian seufzte. »Bitte erklären Sie mir den Grund für Ihr Nebenfach.«

»Meine Schwester hat es sich gewünscht. Ich mache das für sie.«

»Aha.« Florian hatte das dringende Bedürfnis, seinen Kopf irgendwo gegenzuschlagen. Dieses Gespräch war schlimmer als alle anderen davor. Arroganz, Wut und Lügen konnte er gut handhaben, aber mit dieser vermutlich autistisch geprägten Person wusste er nicht umzugehen. »Asperger?«, platzte es aus ihm heraus. Das hätte er nicht sagen dürfen.

»Richtig. Eine schwere Form. Doch bei meinem Studium ist es ein unschlagbarer Vorteil«, sagte sie ohne jede Spur von Gekränktheit.

Florian lächelte schief. »Aber beim Philosophiestudium ist es hinderlich.«

»Sehr«, gab sie zu. »Ich verstehe oft nicht, was der Professor meint.«

»Sie hätten das Fach aufgeben können.«

»Nein. Meiner Schwester wäre das nicht recht.« Sie erhob sich. »Ich habe Hunger. Es ist Zeit zum Abendessen.«

Florian nickte. »Okay, in ein paar Minuten. Vorher erzählen Sie mir noch von Ihrer Schwester.«

»Nein.«

»Warum nicht?«

»Ich habe es ihr versprochen.«

11

»Ich bin todmüde. Macht es dir etwas aus, wenn ich schon schlafen gehe?« Alois Sonnleitner deutete auf die Eckbank, auf der er letzte Nacht gelegen hatte. Er konnte die Augen kaum aufhalten. Sein Gang war schlurfend und langsam, als er die Küche durchquerte.

Florian sah auf die Uhr seines Smartphones. Es war noch nicht einmal neun. »Leg dich hier hin.« Er erhob sich von dem schmalen Sofa unter dem Fenster und sammelte seine Notizen zusammen, die er großflächig darauf verteilt hatte. »Ich muss noch arbeiten und setze mich zum Funkgerät. Vielleicht meldet sich meine Frau.«

»Ich habe über eine Stunde probiert, das Hotel zu erreichen. Möglicherweise haben sie unten Probleme mit der Stromversorgung. Es kommt keine Verbindung zustande, und es liegt nicht an unserem Gerät.« Alois setzte sich auf das Sofa und lächelte dankbar. »Du kannst mich später gern wecken. Ich ziehe dann auf die Bank um.«

Kurz vor der Tür zum kleinen Nebenraum, in dem das Funkgerät und der Akku der Solaranlage standen, entschied sich Florian um und ging in die Speisekammer. Ob er wollte oder nicht, er musste die Leiche des Professors auf weitere Spuren untersuchen, bevor er sich noch einmal mit Ewe kurzschloss. Vorausgesetzt, das Funkgerät funktionierte wieder.

In der Speisekammer herrschten Temperaturen nur knapp über dem Gefrierpunkt. Trotzdem war der Körper des Toten nach über 24 Stunden endlich aufgetaut. Die Arme ragten links und rechts jedoch noch immer steif über den schmalen Tisch hinaus, und darunter hatte sich eine große Pfütze gebildet. Bei der Flüssigkeit handelte es sich ausschließlich um geschmolzenen Schnee. Das hoffte Florian jedenfalls.

Noch roch es nicht nach Verwesung und Tod. Ewe hatte ihm versichert, dass das erst nach mehreren Tagen passierte und nur Wärme diesen Vorgang beschleunigen konnte. Die Erwähnung, dass der Zersetzungsprozess erst nach Beendigung der Leichenstarre einsetzte, hätte er sich sparen können. Noch jedenfalls war der Körper steif, stellte Florian erleichtert fest, als er vorsichtig versuchte, einen der Arme zu bewegen.

Wären die fade Gesichtsfarbe und diese weit aufgerissenen, stierenden Augen nicht, hätte man meinen können, Professor Engel wäre lediglich bewusstlos.

Florian entfachte die alte Öllampe, stellte sie neben den Kopf der Leiche und zog sich Einmalhandschuhe über. Bis auf das Blut, das dunkelrot und braun verkrustet das Hemd zierte, sah der Tote nicht schlimm aus. Das änderte sich auch nicht, als Florian den Stoff hochschob und sich das Einschussloch ansah. Es war klein, klar abgegrenzt und dunkelrot. Auf gar keinen Fall war der Lauf vor dem Schuss direkt auf den Brustkorb gesetzt worden. Derartige Verletzungen hatte er schon gesehen.

Es war kein Selbstmord.

Eindeutig.

Den schweren Körper alleine anzuheben, war unmöglich. Schließlich wollte Florian nicht riskieren, dass die Leiche ihm vom Tisch rutschte. An die Gesäßtaschen kam er trotzdem heran und fand darin einen weiteren gefalteten Zettel.

Er war feucht. Der Schnee, der an der Kleidung des Toten geklebt hatte, hatte ihn vollständig durchweicht.

Vorsichtig faltete er das fragile Papier auseinander und legte es zum Trocknen in eins der Regale. Erkennen konnte man darauf nur ein paar gerade Linien und Vierecke.

Merkwürdig war, dass Florian weder im Zimmer des Professors noch an der Leiche ein Smartphone, eine Brieftasche oder Ausweispapiere fand.

Als er gedankenverloren all die Beweismitteltüten betrachtete und sich immer noch keinen Reim darauf machen konnte, was die Zahlen und Buchstaben auf der Notiz bedeuteten, die er bereits gestern sichergestellt hatte, knarzte im Flur eine der Bodendielen. Er löschte das Licht, tastete sich im Dunkeln zur Tür und lauschte, indem er sein Ohr fest an das Holz drückte.

Jemand schlich durch den Gang. Eine der alten Klinken quietschte. Zuerst glaubte Florian, es wäre an der Eingangstür, doch die war abgeschlossen. Würde sie jemand mit dem Schlüssel öffnen, hätte Florian das Rascheln des Schlüsselbundes hören müssen, der daneben an einem der Garderobenhaken hing. Es musste die Tür zum Funkraum sein.

Vorsichtig spähte Florian aus der Speisekammer, glitt aber sofort in den Raum zurück, als die Person rückwärts aus dem Nebenraum trat und auf die Küchentür zuging. Er konnte nicht erkennen, wer es war. Mit Sicherheit einer der Jungs. Die beiden Studentinnen waren im Gegensatz zu diesem Menschen klein und zierlich.

Er konnte beobachten, wie die Person kurz den Kopf in die Küche steckte und die Tür leise wieder schloss.

Florian hielt den Atem an, als jemand dicht am Durchgang der Speisekammer vorbeischlich. Der nächtliche Wanderer hatte ihn nicht bemerkt und ging ins Wohnzimmer.

»Und? Schlafen die beiden?«, hörte er die Stimme von Wolfgang Faber, bevor die Stubentür sich hinter dem Eingetretenen schloss.

In Windeseile und so leise es Florian möglich war, lief er hinüber und stellte sich mit dem Rücken flach an die Wand unter die Treppe zum ersten Stock. Im Schatten dieser Ecke war er unsichtbar. Es sei denn, jemand leuchtete ihn direkt mit einer Taschenlampe an.

»Alte Männer brauchen ihren Schlaf«, scherzte Jonah Thies.

Florian erkannte den Jurastudenten sofort. Er hatte als Einziger diesen überheblich klingenden Tonfall mit der betont klaren Aussprache, die für einen angehenden Staatsanwalt vor Gericht sicher von Vorteil war.

»Die beiden schlafen wie die Murmeltiere. Ich habe auch im Funkraum nachgesehen.«

»Okay, dann machen wir jetzt Lagebesprechung.«

»Wir sollten endlich ehrlich sein. Wir sind unschuldig!« Dieser melodramatische Singsang kam von Emma Pfaff.

»Bist du bekloppt? *Du* hast nichts getan! Du hast leicht reden.«

»Wir sind alle unschuldig!«

»Strafrechtlich gesehen sieht das anders aus«, betonte der angehende Anwalt. »Allein aufgrund der Irreführung des ermittelnden Beamten kann man uns bereits belangen. Was das für mich bedeutet, brauche ich euch nicht erklären. Meine Karriere kann ich dann in den Wind schießen.«

»So ein Quatsch! Wenn wir bei unserer Strategie bleiben, kann uns nichts passieren. Und wir haben einen Pakt geschlossen. Hey, Leute, der kriegt eh nichts raus!«

»Unterschätze den Beamten nicht«, sagte Emma eindringlich. »Davor hat uns der Professor gewarnt. Erinnert ihr euch? Er hat gesagt, dass man sich niemals auf die

Dummheit der anderen verlassen darf. Wenn einer von uns wegbricht und sich nicht an die Abmachungen hält, sind wir alle verloren.« Nach einer kurzen Pause fügte sie hinzu: »Oder wir weihen ihn ein.«

»Auf gar keinen Fall! Das geht nicht. Ihr wisst nicht, was für mich auf dem Spiel steht.« Diese Aussage kam von dem dritten jungen Mann, Valentin Kobel. »Der Hauptkommissar würde mir, ohne mit der Wimper zu zucken, einen Mord aus Rache anhängen.«

»Aber du hast nicht geschossen«, sagte Davina Hollfeld sachlich. »Keiner ist schuld.«

»Na, wenn du das sagst, muss es schließlich stimmen«, war Valentins sarkastische Antwort.

»Vorschlag«, hörte Florian Emma Pfaffs Stimme. »Wir warten ab. Wenn es Herrn Forster gelingt, den Fall eindeutig als Kapitalverbrechen einzustufen, dann müssen wir aussagen. Keiner von uns darf deswegen ins Gefängnis gehen. Das müssen wir uns versprechen.«

»Okay, wir stimmen ab. Wer ist dafür?« Einen kurzen Moment war es still. »Gut, vier dafür, eine Gegenstimme. Die Sache ist abgemacht.«

Plötzlich wurde die Tür aufgerissen, und Davina Hollfeld stampfte mit ausholenden Schritten an ihm und der Treppe vorbei. Sie trug eine Laterne, in der eine Kerze mattes Licht spendete. Abrupt blieb sie vor der Badezimmertür stehen, ging rückwärts ein paar Schritte zurück und drehte sich zu ihm um.

Florian sah sie einige Sekunden schweigend an. Dann hob er die Hand und legte den Zeigefinger über die Lippen.

Sie nickte ohne die kleinste Regung im Gesicht, ging weiter und verschwand im Badezimmer.

*

»Wir haben endlich wieder Strom!« Frau Sonnleitner war in der Tür zum Schmankerlstüble stehen geblieben und drückte demonstrativ auf den Schalter.

Der Raum, der zuvor nur spärlich mit Kerzen beleuchtet war, wurde schlagartig taghell. Auch der Christbaum erstrahlte im weihnachtlichen Glanz.

»Und das Telefon funktioniert ebenfalls.«

Vom ersten Stock des Hotels konnte man seit dem Mittag am unteren Ende der Serpentinenstraße die Räumfahrzeuge beobachten, die sich langsam den Berg hinaufgruben. Die Aktion musste immer wieder wegen kleinerer Schneeabgänge unterbrochen werden und die Arbeiter kamen nur langsam voran. Bis zu dem zerstörten Oberlandkabel waren sie immerhin gekommen.

»Was ist mit dem Funkgerät?«, rief Jessica aus dem hinteren Teil des Saals. Neben Ewe hatte sich auch Paula zu ihr gesellt. Ansonsten waren nur die zwei Damen aus Hannover da. »Kann ich meinen Mann kontaktieren? Es wäre wichtig.«

»Tut mir leid. Ich habe keine Ahnung, wo das Problem liegt«, bedauerte Frau Sonnleitner. »Ich melde mich, sobald sich etwas rührt. Allen eine gute Nacht. Benutzen Sie bitte gern wieder die Elektroheizkörper.«

Die zwei alten Damen applaudierten erfreut.

»Spätestens morgen ist die Straße frei«, bemerkte Ewe und strich vorsichtig über den Verband an seiner Hand.

»Ich bin jedenfalls froh, dass ich nicht mehr mit dir in einem Zimmer schlafen muss«, neckte Paula ihn. »Du schnarchst, und Jessy wälzt sich ununterbrochen hin und her. Ich brauche meinen Schönheitsschlaf. Hey, Jessy, wo bist du mit deinen Gedanken?« Sie griff nach dem Oberarm ihrer Freundin und rüttelte heftig daran.

»Was ist?«, fuhr Jessica sie genervt an, erschrak selbst über ihren Ausbruch und entschuldigte sich. »Es ist nur … Ich habe das ungute Gefühl, dass der Vorfall mit der Vergiftung – echt oder gespielt – nur stattgefunden hat, weil die Lawine die Straße blockiert hat.«

»Wie meinst du das?« Ewe beugte sich über den Tisch, stützte den Kopf auf die unverletzte Hand und beobachtete Jessica neugierig. »Wie kann ein zufälliges Ereignis wie eine Schneekatastrophe damit zu tun haben? Niemand hätte den Lawinenabgang vorhersehen können.«

»Eben«, sagte Jessica. »Das war nicht geplant. Deshalb glaube ich auch, die Vergiftung war reine Ablenkung.«

»Von wem? Oder von was?«, mischte sich Paula ein und trank den letzten Schluck aus ihrem Weinglas, ohne ihre Freundin aus den Augen zu lassen.

»Ich denke schon den ganzen Abend darüber nach. Wenn der Krampfanfall eine schauspielerische Meisterleistung von Frau Engel war, ist sie dringend tatverdächtig. Wenn es keine Inszenierung war, müssen wir unseren Fokus auf Nevio Aldenhoven richten. Er könnte mit den fünf Studenten auf der Hütte gemeinsame Sache machen. Vielleicht ist Frau Engel dahintergekommen.«

Ewe schüttelte heftig den Kopf. »Nein, Jessy. Ich weiß, ich konnte keine Analyse durchführen, aber ich bin sicher, dass Frau Engel nie in Lebensgefahr war.«

»Ein Problem bleibt trotzdem, Freunde.« Paula grinste und blickte abwechselnd von einem zum anderen. »Sowohl der Student als auch die Frau des toten Professors waren nicht auf der Hütte, als der Mord passierte.«

*

»Ich weiß, es ist spät«, entschuldigte sich Jessica, als das Gespräch zustande kam. »Aber mir läuft die Zeit davon. Hast du schon geschlafen?«

»Es ist kurz nach Mitternacht«, antwortete Berthold mit belegter Stimme. Er räusperte sich vernehmlich. »Ist etwas passiert? Von wo rufst du an?«

»Vom Hotel. Die Leitungen sind wieder intakt. Hier überschlagen sich gerade die Ereignisse, und ich befürchte, wenn die Straße morgen frei ist, wird es schwierig, den Fall noch aufzuklären.«

»Aha. Wieso?«

»Das weiß ich nicht genau. Ist nur ein Gefühl.« Jessica saß in völliger Dunkelheit hinter dem Tresen der Rezeption auf einem unbequemen Barhocker. Im ganzen Haus war es still. Alle schliefen oder waren zumindest auf ihren Zimmern. Sie schaltete die kleine Lampe an, die neben dem Telefonapparat stand, und suchte nach einem Zettel, um sich Notizen zu machen. »Kannst du mir helfen?«

»Soll ich bei der Straßenmeisterei anrufen und denen sagen, dass sie die Räumungsarbeiten vorerst einstellen sollen?«

Sie hörte den Sarkasmus in seinen Worten. Berthold hatte sich eindeutig zu viel von seinem Chef abgeschaut. Sie schüttelte entnervt den Kopf und ignorierte die Frage. »Ich brauche sofort alles, was du zu den Studenten ausgegraben hast. Ich weiß, du bist nicht im Büro. Außerdem wäre es hilfreich, wenn du mir ganz privat an deinem Rechner alles heraussuchst, was du zu der Frau des Professors herausfindest.«

»Zu Frau Bohnacker?« Da war er wieder, der Berthold, wie sie ihn kannte.

»Zu Frau Engel. Und schnell«, wies sie ihn unmissverständlich an.

»Jetzt?«

»Ich bitte darum.«

Als sie ihn endlich dazu gebracht hatte, seinen Rechner anzuwerfen und mit der Arbeit zu beginnen, hörte er nicht mehr auf zu berichten. Sie schrieb alle wichtigen Infos auf den Block, den sie in der Schublade gefunden hatte, griff zwischendurch nach den Süßigkeiten, die für die Gäste bei der Anmeldung standen, und unterbrach seinen Redefluss nicht. Ab und zu brummte sie zustimmend. Ansonsten schwieg sie und lutschte auf dem Lakritzbonbon. Gut, dass Florian nicht da war. Er hasste diese pechschwarze Nascherei.

12

Wann er auf dem Bett des Professors eingeschlafen war, wusste er nicht. Als er aufwachte, war es kurz vor 5 Uhr in der Früh. Neben ihm lag noch das aufgeschlagene Buch. Und er fror erbärmlich. Es war bitterkalt in dem unbeheizten Zimmer.

Nachdem er eine ganze Weile damit verbracht hatte, das Problem mit der von innen verschlossenen Tür zu lösen – ohne Erfolg –, hatte er begonnen, jede einzelne der Seiten zu studieren, die im Buch mit bunten Post-its versehen waren. Manche Sätze auf diesen Seiten waren zusätzlich mit einem Textmarker hervorgehoben, doch kein einziger brachte ihm die Erleuchtung. Es handelte sich bei diesem Buch um reine Fachliteratur, die sich mit der klassischen Philosophie beschäftigte. Zuerst hatte Florian vermutet, das Buch wäre von Professor Engel verfasst worden, doch der Autor hieß Friedrich Bohnacker. Mit jedem weiteren Hinweis, den er fand oder den ihm jemand gab, wurde der Fall undurchsichtiger. Es war kaum noch möglich, wichtige Dinge von unwichtigen zu unterscheiden. Und dass er ausgerechnet im Zimmer seiner Leiche auf den Namen des Toten stieß, der seinen Kollegen Berthold gerade beschäftigte, konnte kein Zufall sein. Einen Zusammenhang fand er trotzdem nicht. Mysteriös.

Der Professor, der direkt unter ihm tot in der Speisekammer lag, hatte den Text des schweren Wälzers an diversen Stellen handschriftlich kommentiert. Florian hatte keine Vergleichsprobe und konnte die Handschrift ohne kriminaltechnische Untersuchung nicht verifizieren. Aber Randbemerkungen wie »Der Engel ist absolut anderer Meinung! Und ich bin nicht nur der Engel, ich bin der Gott der Philosophie!« oder »Bullshit! Kriech aus dem Arsch von Ludwig Wittgenstein und höre endlich, was der Engel dir sagt!« ließen kaum Spielraum für andere Interpretationen.

Ohne Rücksprache mit Berthold konnte er nur Mutmaßungen anstellen. Er hätte gern mehr über die Studenten erfahren. Die fünf jungen Menschen wussten, was geschehen war, doch sie gaben nichts preis. Auch Infos über ihr Privatleben, aus dem man als erfahrener Ermittler oft viel ableiten konnte, waren ihm bisher verwehrt. Was war zum Beispiel mit der Schwester von Davina Hollfeld? Davina konnte aufgrund der autistischen Veranlagung scheinbar nicht lügen. Ob sie Florians nächtliches Lauschen an der Stubentür verraten hatte? Und was hatte Valentin Kobel, der angehende Geologe, zu verlieren, wenn der Fall aufgeklärt wurde? Er war derjenige, der am heftigsten widersprochen hatte. Florian vermutete, dass Valentin der einzige Gegenpart der merkwürdigen, spätabendlichen Abstimmung gewesen war, die er gestern belauscht hatte.

Wenn alle beim Frühstück zusammensaßen, würde er das Gespräch auf den Fachbereich lenken. Vielleicht konnte er so den einen oder anderen aus der Reserve locken. Er wollte mehr über den Charakter des Verstorbenen erfahren und ganz nebenbei ein plausibles Motiv herauskitzeln.

Einen anderen Grund für den Mord als diese Geldveruntreuung an der Uni, von der Jessica ihm berichtet hatte, hatte er bisher nicht. Das wiederum erklärte den Tod des anderen Professors, nicht aber den der Leiche in der Speisekammer.

Er musste die Studenten zum Reden bringen.

*

Sie wusste nicht, wie viel Zeit vergangen war, seit sie auf den Dachboden geschlichen und mithilfe der Leiter in den Turm geklettert war. Vor wenigen Minuten hatte ihr Smartphone aufgrund niedriger Akkuladung den Betrieb eingestellt. Sie schätzte, dass es früh genug war, unbemerkt in ihr Zimmer zu schleichen, weil alle noch schliefen.

Das Gespräch mit Berthold hatte eine ganze Weile gedauert, und die Informationen, die er ihr gegeben hatte, waren brisant. Da das Funkgerät immer noch nicht sendete, war ihre letzte Hoffnung der kalte und unheimliche Speicher gewesen. Der einzige Ort, an dem es eine Internetverbindung gab.

Wenn es Florian nicht gelänge, ebenfalls einen empfangsbereiten Bereich zu finden, waren all die Nachrichten, die sie ihm geschickt hatte, vergebens. Dann blieb ihr nur die Möglichkeit, sich zu Fuß durch den aufgetürmten Schnee zur Hütte hochzukämpfen, bevor die Räumfahrzeuge das Hotel erreichten. Das war riskant. Die Lawinengefahr war laut Deutschem Wetterdienst noch immer akut.

Sie schob das Smartphone in ihre Gesäßtasche, klemmte sich die kleine Taschenlampe unters Kinn und stieg die leichte Aluleiter hinunter. Anschließend trug sie sie an ihren ursprünglichen Platz neben einer alten Kommode und legte die Lampe kurz darauf ab, um sich die müden Augen zu reiben. Der kleine Marco hatte ihr am Nachmittag gezeigt, dass man auch unterhalb der Dachbalken Empfang hatte, dass es aber in luftiger Höhe oben in dem Turm viel besser und schneller ging, notwendige Daten herunterzuladen. Der Junge hatte recht gehabt, außerdem saß man auf dem breiten Querbalken im Turm sicher und bequem. So bequem, dass Jessica beim Tippen der Nachrichten und beim konzentrierten Starren auf den kleinen Bildschirm beinahe eingeschlafen wäre. Ein paar Stunden Erholung wären jetzt schön. Sie gähnte ausgiebig.

»Hoffentlich kommen die Nachrichten bei dir an«, sagte sie gedankenverloren und griff nach der Taschenlampe.

Ein leises Poltern ließ sie erstarren.

Was war das für ein Geräusch gewesen? Blitzschnell drehte sie sich um und leuchtete Richtung Tür. Der Schlüssel zum Dachboden, der normalerweise hinter dem Holzverschlag auf der anderen Seite lag, steckte in ihrer Hosentasche.

Die Türklinke bewegte sich.

Jessica löschte die Lampe, duckte sich hinter die sperrige Anrichte und lehnte sich gegen einen eiskalten Stützbalken aus rauem Holz. Doch hier war sie nicht sicher. Wer auch immer durch die Tür kommen würde, könnte sie sehen, wenn das Licht aus dem Flur in den dunklen Raum fiel. Sie befand sich direkt gegenüber dem Durchgang. Sollte sie sich zu erkennen geben?

Im Bruchteil einer Sekunde entschied sie sich dagegen.

Sie zog einen Korb mit ordentlich gefalteten Gardinen zu sich heran, nahm die oberste und warf sie gerade noch rechtzeitig über Kopf und Körper, bevor die Tür sich quietschend öffnete.

Der schwere, undurchsichtige Stoff roch muffig. Er lag dicht vor ihrem Gesicht. Sie machte sich ganz klein, konnte kaum atmen, wagte aber nicht, sich zu bewegen und die Gardine anzuheben oder den Kopf zu drehen.

Die Tür wurde wieder geschlossen.

Jemand ging langsam durch den Raum. Die alten Holzdielen knarzten bei jedem Schritt.

Sie hörte die Person näher kommen, hielt die Luft an und unterdrückte den aufsteigenden Niesreiz, indem sie langsam den Arm hob und den Zeigefinger von unten fest gegen die Nase drückte.

Direkt vor ihr blieb der Mensch stehen, der hier nachts genauso wenig zu suchen hatte wie sie. Sie hörte einen rasselnden Atem, dann ein Räuspern.

Die Gardine ließ nicht die Spur eines Lichtstrahles durch. Die Person, die keinen halben Meter vor ihr stand, tippte etwas auf einer Handytastatur. Jessica vernahm bei jedem Drücken einer Taste einen leisen Signalton. Es musste sich um ein altes Gerät handeln. Auf dem glatten Bildschirm der Smartphones tippte man geräuschlos.

Die Person begann erneut, hin und her zu gehen, entfernte sich und kam wieder näher.

Für einen kurzen Moment war alles still. Das Signal einer eingehenden Nachricht erklang.

»Das ist unmöglich«, hörte Jessica.

Sie konnte unter der schweren Gardine nicht ausmachen, ob es eine männliche oder weibliche Stimme war, die die Worte sprach. Es klang gedämpft und heiser. Sie hielt den Atem an und lauschte gespannt, doch mehr gab der nächtliche Dachbodenbesucher nicht von sich.

Schritte entfernten sich, die Tür wurde geöffnet und schloss sich kurz darauf wieder.

Ohne abzuwarten, warf Jessica den schweren Stoff beiseite, sprang auf und hastete zum Ausgang.

Als sie hinausspähte, war trotz des hell erleuchteten Flures am Ende der Treppe niemand mehr zu sehen.

Eine der Zimmertüren fiel ins Schloss. Doch welche?

Die einzige Tür, die sie von ihrer Position aus sehen und damit ausschließen konnte, war die zum Zimmer von Nevio Aldenhoven. Dabei hätte sie schwören können, dass es der junge Student gewesen war.

Sie zog den Dachbodenschlüssel aus ihrer Hosentasche und verriegelte die Tür.

13

»Wo ist Herr Kobel?«

Als Florian die Küche betrat, saßen alle bereits beim Frühstück.

Alle außer dem Geologiestudenten.

»Valentin macht einen Spaziergang«, verkündete Emma Pfaff, sprang auf und holte eine frische Tasse aus dem alten Küchenbuffet neben der Tür. »Darf ich Ihnen einen Kaffee einschenken, Herr Forster?«

Florian brummte zustimmend und nahm auf der Eckbank neben Wolfgang Faber Platz, der genervt ein Stück beiseite rückte und seinen Banknachbarn Jonah rücksichtslos in die Seite knuffte.

»Rutsch rüber! Der alte Mann will sitzen!«

»Der alte Mann will vor allem wissen, wie man bei diesem Wetter auf die Idee kommt, draußen herumzulaufen. Bei dem heftigen Schneefall kann man die Aussicht nicht sonderlich genießen«, bemerkte er trocken und wies, ohne sich umzudrehen, mit dem Daumen über die Schulter auf das Fenster in seinem Rücken.

Draußen tanzten dicke Flocken vor der matten Glasscheibe. Auf der schmalen Fensterbank türmte sich der weiße Puder gute 20 Zentimeter auf. Wenn das so weiterging, würde auch heute kein Räumfahrzeug zu ihnen hinaufkommen. Die Arbeiten am Berghang waren bei schlechter Sicht viel zu gefährlich. Am Wanderweg zur Hütte gab es keine Markierungen wie an der Serpentinenstraße zum Hotel. Dazu kam die vermutlich immer noch vorherrschende Lawinengefahr.

»Was können Sie mir zu Ludwig Wittgenstein sagen?«
Florian nahm Emma Pfaff die Kaffeetasse ab und nippte
vorsichtig an dem heißen Getränk.

Die überraschte Stille, die schlagartig eintrat, hatte er
erwartet. Aufmerksam wanderte sein Blick von einem zum
anderen. Alle starrten ihn fragend an, nur Alois Sonnleitner tippte sich wortlos mit zwei Fingern auf die Brust und
zeigte dann auf die Küchentür.

Florian nickte, und der Gastwirt verließ den Raum.

»Ich habe im Zimmer des Professors ein Buch gefunden,
in dem eine handschriftliche Bemerkung zu diesem berühm-
ten Philosophen stand«, erklärte er der Runde.

»Von Professor Engel?« Emma Pfaff fand ihre Stimme
als Erste wieder und setzte sich auf den freien Stuhl neben
dem Hauptkommissar. »Dann war es sicher keine nette
Bemerkung.«

»Warum glauben Sie das?«

»Weil der Engel von diesem Mann gar nichts gehalten hat.«
Die Antwort kam von Jonah Thies. »Weshalb interessiert
Sie das? Hilft es bei der Aufklärung des Falls? Sicher nicht!«

Florians Mundwinkel zuckte verdächtig, doch er schaffte
es, nicht belustigt zu grinsen. »Reiner Small Talk«, sagte
er trocken. »Dieser Wittgenstein war, soviel ich weiß, ein
bedeutender Mann seiner Zeit. Seine Thesen und Abhand-
lungen haben noch heute großes Gewicht. Korrigieren Sie
mich, wenn ich falschliege, aber wenn Professor Engel diesen großen Denker derart plump kritisiert, war er möglicherweise bloß eifersüchtig.«

»Der Mann war ein Idiot!«, verkündete Wolfgang Faber
ohne die leiseste Regung im Gesicht.

Florian sah ihn lange an. »Reden Sie von Professor
Engel?«

Faber zog verständnislos eine Augenbraue hoch. »Von Wittgenstein«, ließ er Florian wissen. »Der Mann konnte keine klaren Gedanken fassen. Seine Ausführungen widersprachen sich. Kein roter Faden in seinem Lebenswerk. So ist es jeder Splittergruppe jedweder Abart der Philosophie möglich, seine fundamentalen Auswüchse für sich zu beanspruchen und in ihrem Sinne zu missdeuten.«

»Verstehe«, sagte Florian. »Dieser Meinung war auch Ihr Professor?«

Jonah Thies nickte. »Der Engel meinte, wenn es keine Klarheit in Moral, in der Ausdrucksweise und in den Grundsätzen gibt, kann man keine Perfektion erlangen. Dementsprechend war Wittgenstein für ihn ein schlechtes Beispiel von Konsequenzlosigkeit und Verpeiltheit.«

Eine Weile blieb Florian still. Er wollte den Eindruck erwecken, als würde er nachdenken, dabei wusste er genau, was er tat. Die Studenten hatten jeden Schritt, jede Aussage abgesprochen. Mit diesem scheinbar belanglosen Geplänkel über ein Thema, bei dem sich alle auskannten, konnte er den jungen Menschen eventuell eine unbedachte Äußerung entlocken.

»Das Buch mit den abfälligen Notizen von Herrn Engel hat Friedrich Bohnacker geschrieben. Er unterrichtet ebenfalls Philosophie an der Uni München. Sie kennen ihn sicher alle.« Einige der Studenten nickten. »Ich kann mir vorstellen, dass Ihr Professor den Bohnacker aufgrund seiner Faszination für diesen speziellen Philosophen für einen Trottel gehalten hat.«

Emma Pfaff lachte. »Das stimmt. Professor Engel hat ständig gesagt, die Liebe zu Wittgenstein würde Bohnacker irgendwann karrieremäßig das Genick brechen.« Dann verstummte sie abrupt.

Florian hatte bemerkt, wie Jonah Thies der jungen Frau unter dem Tisch gegen das Schienbein getreten hatte.

Der Jurastudent räusperte sich. »Kreieren Sie jetzt einen Mord aus Rache, Herr Hauptkommissar? Der Lehrstuhl von Professor Bohnacker war nie in Gefahr. Der Engel hat immer gesagt, dass der Bohnacker an der Uni bleiben soll ...«

»Weil er sonst keinen mehr hätte, über den er sich lustig machen könnte«, vervollständigte Davina Hollfeld den Satz und fing sich einen scharfen Blick von Wolfgang Faber ein.

»Jedenfalls gibt es für Professor Bohnacker keinen Grund, Niels Engel zu töten. Falls Sie das glauben, sind Sie auf dem Holzweg«, beschied Jonah dem Hauptkommissar.

»Vor allem hatte Friedrich Bohnacker keine Gelegenheit«, sagte Florian.

»Genau.« Emma deutete mit erhobenem Zeigefinger in die Runde. »Wie sollte der auch herkommen bei dem vielen Schnee und den Lawinenabgängen?«

»Vor allem, weil er tot ist«, bemerkte Florian kühl. »Jemand hat den Mann etwa zur gleichen Zeit erschlagen, zu der auch Ihr Professor getötet wurde.« Er machte eine kurze Pause und sah ausnahmslos entsetzte Gesichter. »Mit einer Marmorbüste von Ludwig Wittgenstein!«

*

»Bitte nehmen Sie Platz.« Berthold bot dem Besucher den Stuhl vor dem Schreibtisch an und setzte sich auf seinen eigenen. »Danke, dass Sie gekommen sind. Haben Sie mir die Kopien mitgebracht?«

Der Dekan der Philosophischen Fakultät der Uni München reichte Berthold einen USB-Stick und einen Stapel

Papier. »Ich habe die Unterlagen teilweise ausgedruckt und markiert«, erklärte er. »Wie, um Himmels willen, ist der arme Professor Bohnacker denn gestorben? Sie haben mir am Telefon keine Auskünfte gegeben.« Es klang verzweifelt, nicht vorwurfsvoll. »Und wie geht es Eva? Meinen Sie, ich sollte sie kontaktieren?«

»Frau Bohnacker hat ihren Aufenthalt auf Teneriffa sofort abgebrochen, als sie vom Tod ihres Mannes erfahren hat. Sie ist gestern Abend gelandet. Ich treffe sie später.«

»Was ist eigentlich passiert? Sie gehen von Mord aus, das kann ich gar nicht glauben!«, sagte der Mann und schüttelte heftig den Kopf. »Professor Bohnacker war ein so angenehmer und vor allem friedliebender Mensch. Er hatte keine Feinde. Hat er einen Einbrecher überrascht?«

»Wir sind noch ganz am Anfang der Ermittlungen. Sie verstehen sicher, dass ich Ihnen nichts dazu sagen darf«, belehrte ihn Berthold. »Was ist mit dem Brief, von dem Sie sprachen? Kann ich ihn sehen?«

»Natürlich.« Der Befragte kramte einen Umschlag aus seiner Ledertasche hervor. »Erst durch diese Zeilen sind wir auf die Missstände aufmerksam geworden. Herr Bohnacker hat ihn bei meiner Sekretärin hinterlegt. Er sollte erst im neuen Jahr geöffnet werden. Aber unter diesen Umständen …«

»Also stimmt es, dass Professor Niels Engel Gelder veruntreut hat?«, wollte Berthold wissen. »Was wären die Konsequenzen gewesen? Hätten Sie den Professor suspendiert?«

»Selbstverständlich! Er hätte seine Professur und seinen Beamtenstatus verloren. Keine verantwortungsvolle Uni hätte ihn mehr unterrichten lassen.«

»Wegen ein paar Euro, die er beiseitegeschafft hat? Wäre eine Abmahnung plus Rückzahlung nicht auch eine Möglichkeit? Ansonsten war er doch ein angesehener Lehrer, oder etwa nicht?«

Der Dekan räusperte sich und mied Bertholds Blick. Bevor er mit einer Antwort herausrückte, wischte er sich die verschwitzen Hände an seiner grauen Anzughose ab. Er seufzte. »Herr Engel ist ein schwieriger Zeitgenosse. Der Mann verwendet umstrittene Lehrmethoden, die bei seinen Kollegen nicht gut ankommen. Jede ihm zugetragene Kritik schmettert er arrogant und selbstgefällig ab. Besonders mit Professor Bohnacker ist er diverse Male aneinandergeraten. Herr Engel hat den armen Professor regelrecht gemobbt.« Der Fakultätsleiter dachte kurz nach und sah Berthold endlich direkt an. »Aber nicht, dass Sie denken, ich würde Herrn Engel einen Mord zutrauen. So skrupellos ist er nicht. Verstehen Sie mich bitte nicht falsch. Er ist nur recht unangenehm im Umgang mit Menschen, die er nicht mag.«

»Und jetzt kommt es Ihnen ganz gelegen, dass Sie Professor Engel aus Ihrem Fachbereich entfernen können«, riet Berthold, hob aber gleichzeitig die flache Hand, um dem Dekan zu signalisieren, dass er keine Antwort erwartete. »Wie erklären Sie die Tatsache, dass Professor Engel ebenfalls Opfer eines Kapitalverbrechens geworden ist? Er ist auch tot. Und wo waren Sie am Morgen des 28. Dezember?«

14

»Du siehst völlig fertig aus«, beschied Paula ihrer Freundin Jessica, als diese am Morgen das Schmankerlstüble betrat. »Hast du nicht geschlafen? Heute Nacht musstest du Ewes Geschnarche doch nicht ertragen.«

»He«, machte der Erwähnte nur und widmete sich wieder seinem Frühstück.

»Ich habe noch recherchiert«, sagte Jessica und ließ sich erschöpft auf die Bank nieder. »Habt ihr zufällig Frau Engel gesehen?«

Paula verneinte und Ewe sah sich im Speisesaal um. »Hier ist sie jedenfalls nicht. Außerdem muss die Dame das Bett hüten, wenn sie den Schein weiter wahren will, sie wäre vergiftet worden.«

»Du bist dir absolut sicher, dass ihr Auftritt nur Theater war, Ewe?« Jessica konnte das kaum glauben. Frau Engel war beim Sturz heftig mit dem Kopf aufgeschlagen. Und der Krampfanfall hatte echt gewirkt. Außerdem fand Jessica keinen Grund für eine Inszenierung. Oder lag sie total falsch und die Frau hatte doch etwas mit dem Mord an ihrem Mann zu tun?

»Tausend Prozent.« Ewe biss ein großes Stück von der Semmel ab und nuschelte ein paar Worte, die keine der beiden Frauen verstand.

Paula winkte genervt über Ewes Gebrabbel ab. »Soll ich die Frau suchen gehen?«, bot sie an. »Das wäre mal eine spannende Abwechslung zum tristen Dahinvegetieren neben einem wehleidig jammernden Hypochonder.«

»Sie ist gebrochen«, beschwerte sich Ewe und hielt Paula die bandagierte Hand direkt vors Gesicht. »Ein bisschen mehr Mitleid bitte mit einem kranken Mann!«

Jessica sah sich verstohlen im Raum um und beugte sich dann zu Paula hinüber. »Eigentlich bin ich auf der Suche nach einem Handy, von dem aus zu einem bestimmten Zeitpunkt eine Nachricht verschickt wurde«, flüsterte sie verschwörerisch. »Es muss irgendwo in diesem Hotel sein. Wenn ich könnte, würde ich die SpuSi anfordern und die Zimmer durchsuchen lassen, aber das geht leider nicht.«

»Und ohne Durchsuchungsbeschluss darfst du das auch gar nicht«, mischte sich Ewe ein, der ebenfalls dicht herangerückt war. »Das würde mächtig Ärger geben und ist außerhalb jedes rechtlichen Rahmens.«

Paulas Augen verengten sich zu schmalen Schlitzen, als sie ihn böse anstarrte. Sie schnaufte verächtlich und winkte erneut ab. »Hör nicht auf den Miesepeter«, wandte sie sich an Jessica und schmunzelte selbstgefällig. »Das wird ein Spaß! Du lenkst die Gäste ab, und ich gehe in die Zimmer und durchwühle ihre Sachen.«

»Wenn einer in die Privatsphäre der Hotelgäste eindringt, dann bin ich das«, bestimmte Jessica. »Ich habe gedacht, Ewe könnte die Bewohner in ein Gespräch verwickeln und du, Paula, würdest Schmiere stehen.«

Paula dachte eine Weile nach. »Nicht so spannend, aber okay.«

»Nichts ist okay«, maulte Ewe. »Du machst dich strafbar, Jessy. Lass dir wenigstens telefonisch von einem Staatsanwalt den Beschluss bestätigen und mach das Ganze offiziell.«

Sie schüttelte heftig den Kopf. »Das dauert zu lange. Sobald die Engel ihr Zimmer verlässt, fange ich bei ihr an.«

»Du bist genauso unbelehrbar wie dein Mann«, beschied ihr Ewe. Er starrte die Frau seines besten Freundes eine ganze Weile böse an, bevor er sagte: »Lass mich schnell zu Ende frühstücken, dann hole ich Frau Engel zu einem Spaziergang ab. Der wird für ihre Genesung sehr förderlich sein. Ich kenne mich da aus. Ich bin Arzt.«

»Danke, Ewe.« Jessica warf ihm einen Handkuss zu und lächelte zufrieden.

*

Valentin Kobel kam erst von seinem Spaziergang zurück, als die Frühstücksgesellschaft sich bereits aufgelöst hatte. Die anderen Studenten hatten sich ins Wohnzimmer verzogen.

Alois Sonnleitner legte im Ofen in der Küche ein paar Holzscheite nach und setzte sich anschließend zu Florian an den Tisch. »Möchten Sie noch etwas essen, Herr Kobel?«, rief der Gastwirt in den Flur. »Wir haben für Sie Brot und Aufschnitt stehen gelassen.«

Der junge Mann schaute in die Küche, trat aber nicht ein. »Ich möchte nichts. Vielen Dank«, sagte er höflich. »Ich gehe zu den anderen.«

»Einen Augenblick, Herr Kobel.« Florian goss ihm ungefragt einen Kaffee ein und wies mit der Tasse neben sich. »Sie sollten sich mit einem heißen Getränk aufwärmen. Sie waren fast eine Stunde draußen. Setzen Sie sich!«

Der Student kam mit gesenktem Blick näher, nahm Platz und vermied es, den Hauptkommissar anzusehen. »Ich werde mich nicht mit Ihnen unterhalten«, murmelte er und legte seine eiskalten Finger vorsichtig an das heiße Porzellan.

»Warum nicht?« Florian lehnte sich zurück und ließ ihn

nicht aus den Augen. »Ist es, weil Sie sich zwecks Absprache noch nicht mit Ihren Kommilitonen unterhalten konnten?«

»Quatsch!«, fuhr Kobel ihn wütend an. »Sie glauben tatsächlich, wir hätten einen Mord geplant und den Professor kaltblütig umgebracht? So ein Blödsinn! Jeder einzelne von uns ist schockiert über den Tod des Mannes. Hätten wir es verhindern können, dann hätten wir es getan.«

»Einer von Ihnen hat den Mann erschossen. Das ist Fakt«, war sich Florian sicher. »Und wenn ich nicht herausfinde, wer es war, werden pauschal alle bestraft.«

»Jonah sagt, das geht gar nicht. Im Zweifel für den Angeklagten«, belehrte ihn der Student und trank einen Schluck Kaffee. »Niemand von uns ist schuld.«

Seine Worte klangen für Florian so inbrünstig überzeugt, dass er kurz innehielt und nachdachte. Was meinte der junge Mann, wenn er so vehement behauptete, keiner wäre schuld? »Gut«, sagte Florian. »Nehmen wir an, ich würde Ihnen glauben ...«

Valentin Kobel fuhr herum und starrte den Hauptkommissar verwirrt an.

»Niemand ist für den Tod des Professors verantwortlich. Richtig?«

Der junge Mann nickte zögernd.

»Aber einer von Ihnen hat geschossen. Diese Tatsache kann ich keinesfalls ignorieren.«

Kobel presste die Lippen so fest aufeinander, dass sie ganz blass wurden. Seine Hände, die heftig zu zittern begannen, ballte er zu Fäusten. Er sprang auf und warf dabei fast den Stuhl um, auf dem er gesessen hatte. »Sie vergessen eins, Herr Forster«, rief er aufgebracht. »Die Zimmertür des Professors war von innen verriegelt. Niemand hätte hinein- oder herauskommen können. Ergo – niemand hat den

Professor ermordet.« Er kniff die Augen fest zu und jaulte, als hätte er Schmerzen, drehte sich auf dem Absatz um und verließ die Küche.

*

Paulas schrille Stimme drang gedämpft, aber deutlich durch die geschlossene Zimmertür. »Hallo, Nevio. Sie heißen doch Nevio, oder? Wenn Sie zu Frau Engel wollen, die ist gerade mit Doktor Buchmann draußen. Sie machen einen Spaziergang.«

Einen Augenblick war es still, dann hörte Jessica den jungen Mann antworten.

»Das wird ihr sicher guttun. Ich bin froh, dass es ihr besser geht. Ich hatte befürchtet, sie würde es nicht schaffen.«

»Halt!«, rief Paula aufgeregt. »Sie können nicht einfach ins Zimmer von Frau Engel gehen. Das wäre ihr bestimmt nicht recht.«

Die Türklinke, die sich eben bewegt hatte, schnellte in die Ursprungsposition zurück. Jessica sah sich hektisch um. Sollte sie sich verstecken? Aber wo? Sie lief ins angrenzende Bad.

»Das geht in Ordnung«, antwortete der Student. »Wir haben gestern die Zimmer getauscht. Ich wohne jetzt hier.«

Wieder wurde die Klinke gedrückt, doch anstatt abzuwarten, dass sich die Tür öffnete, riss Jessica, die hektisch aus dem Bad gerannt war, sie von innen auf. Im Arm hielt sie einen ganzen Schwung Handtücher. »Oh«, tat sie überrascht und lächelte Nevio unbeschwert an. »Frau Engel ist …«

»Das habe ich ihm schon erklärt«, platzte Paula dazwischen.

»Ich helfe Frau Sonnleitner bei der Zimmerreinigung«, plapperte Jessica unbekümmert weiter. »Der Strom geht wieder. Sie möchte waschen.«

Nevio sah sie ausdruckslos an. Seiner Reaktion und dem starren Blick entnahm Jessica, dass er ihr kein einziges Wort glaubte. Sie warf die Handtücher seufzend auf den Boden im Flur und trat zurück ins Zimmer. »Hätten Sie einige Minuten für mich, Herr Aldenhoven? Ich würde Ihnen gern ein paar Fragen stellen.«

Er nickte und folgte der Einladung. »Sie wissen von meinem nächtlichen Ausflug«, sagte er ihr auf den Kopf zu, als er an ihr vorbei in sein Zimmer ging. »Aber verraten Sie mir bitte eins: Ist das immer noch ein Spiel?«

*

Er zog den Reißverschluss seiner Jacke zu, schnappte sich die Handschuhe von der kleinen Anrichte neben der Eingangstür und meldete sich bei Alois Sonnleitner ab.

Als er nach draußen trat, schlug ihm sofort eisige Luft entgegen, die beim Atmen in der Lunge brannte. Er hustete, zog den Schal über den Mund und schlüpfte in die Fäustlinge. Die dicken Flocken, die massenhaft vom Himmel fielen, erschwerten die Sicht, hatten aber die Schneedecke noch nicht gänzlich geglättet. Man sah deutlich die Spuren, die Valentin Kobel hinterlassen hatte. An der Außenwand der Hütte standen Skistöcke. Alois hatte ihm dringend empfohlen, die Teile zu verwenden, denn der Untergrund sei tückisch. Die ebene Pulverdecke vermittle eine trügerische Sicherheit. Ein steiler Abgrund könne so perfekt kaschiert sein.

Florian folgte dem Pfad Richtung Osten. Er versank bis

weit übers Knie im kalten Weiß, kämpfte sich mühsam hindurch und kam nur langsam voran.

Mehr als zehn Meter weit konnte er nicht sehen, doch das war unwichtig. Hier gab es nichts außer Schnee. Alles war einfarbig und bergig vor grauem, durch den Niederschlag scheinbar funkelndem Himmel.

Was den jungen Mann bei diesem Wetter nach draußen getrieben hatte, wusste Florian nicht. Vielleicht konnte der Student wirklich die Enge in der Hütte nicht ertragen, wie er behauptete. Falls es einen anderen Grund gab, wollte er ihn herausfinden.

Er versuchte, in der ausgetretenen Spur zu bleiben, die immer schlechter zu sehen war, je weiter er kam. Wenn die Furche ganz zuschneite, würde er umkehren müssen. Er sah sich zur Hütte um, ging unbedacht einen Schritt zurück und verlor urplötzlich das Gleichgewicht. Sein Fuß trat ins Leere und versank tief im Schnee. Geistesgegenwärtig stieß er die Skistöcke mit Wucht in den Boden und warf sich nach vorn, bevor er gänzlich abrutschte. Dafür landete er der Länge nach im kalten Nass.

»Herr im Himmel! Das war knapp«, murmelte er, rappelte sich wieder auf und taste vorsichtig mit dem Stock nach der vermeintlichen Bruchkante. Er musste sich auf der Erhebung befinden, von der sowohl der Hotelier als auch der Geologiestudent gesprochen hatten. Der tiefe Einschnitt, der angeblich Lawinen ablenkte und von der Hütte fernhielt, verlief parallel zum Gipfel. Die Senke wirkte wie eine Art Wellenbrecher und schützte die Gebiete, die talabwärts vor ihr lagen. Vom Einschnitt war jedoch nichts zu sehen. Der meterhohe Schnee legte sich wie eine glatte Decke über die leicht hügelige Ebene.

Florian setzte seinen Weg fort, prüfte vor jedem Schritt den Untergrund. Weil sein Blick auf dem Boden haftete, bemerkte er die hölzerne Statue erst, als er mit dem Skistock gegen den Felssockel stieß.

Bei der lebensgroßen Figur musste es sich um einen Heiligen handeln. Florian legte die am Sockel angebrachte Inschrift frei, die die Statue als Bernhard von Menthon, den Schutzpatron der Alpenbewohner und Bergsteiger, auswies. »Gott schütze uns vor todbringenden Lawinen«, stand darunter.

Was hatte Valentin Kobel hier gewollt?

Bei allem Respekt vor Religion und frommen Menschen glaubte Florian nicht, dass der Student zum Beten hergekommen war. Ihm war das umgekehrte Pentagramm an der Halskette des jungen Mannes aufgefallen, das er vermutlich als Statement trug, nicht als Zeichen für eine Verehrung Satans. Er schien weder in die eine noch in die andere Richtung Wert auf spirituelle Hilfe zu legen. Dazu fehlte ihm die nötige Selbstsicherheit und Überheblichkeit.

Warum war er hier gewesen?

Florian untersuchte die Statue genauer, wischte den Schnee, so gut es ging, beiseite, stellte die Skistöcke ab und stapfte langsam um den Sockel herum.

In dem Moment, als er die Klappe an der hinteren Mönchskutte des Heiligen entdeckte und vergeblich versuchte, sie zu öffnen, in exakt dieser Sekunde, als er das kleine Stückchen Eis bemerkte, das den Holzdeckel blockierte, und es beiseiteschob, passierte alles auf einmal.

Sein Smartphone kündigte eine eingehende Nachricht an. Noch bevor er sich darüber wundern konnte, sah er im Augenwinkel etwas auf sich zufliegen, das ihn gleich darauf an der Schläfe traf und ihn schwanken ließ. Er stolperte, taumelte und verlor das Gleichgewicht. Er fiel rückwärts in den Schnee und begann unmittelbar zu rutschen, spürte, wie er über die Kante in den Abgrund glitt und unerbittlich hinabgerissen wurde. Er fiel, schlug hart auf dem Boden auf, keuchte, als die Luft aus seiner Lunge gepresst wurde, und rang hilflos nach Atem.

Dann brachen die Wände des Lochs, das er mit seinem fallenden Körper in den Schnee gerissen hatte, über ihm zusammen, stürzten auf ihn und begruben ihn tief in seinem eiskalten, dunklen Grab.

*

Nevio öffnete eins der Fenster und ließ frostige Winterluft und dicke Schneeflocken in den Raum strömen. Er atmete mehrmals tief ein und aus, bevor er es wieder schloss und am Fußende des Bettes Platz nahm.

»Was haben Sie dort oben gemacht?« Jessica saß auf dem zierlichen Sofa und deutete zur Decke. Direkt über diesem Zimmer musste die alte Kommode stehen, neben der sie sich versteckt hatte. »Und woher wussten Sie, dass ich auch dort war?«

»Das wusste ich nicht«, behauptete der junge Mann. »Ich gebe zu, ich hatte das Gefühl, jemand würde mich beobachten.«

»Was meinten Sie mit Ihrer Frage, ob das immer noch ein Spiel ist? Glauben Sie, ich ermittle zum Spaß? Ein Mensch ist gestorben! Mit wem haben Sie Kontakt aufgenommen?«

»Ich hab das wirklich nicht geahnt«, stammelte Nevio nervös. »Es tut mir alles so leid!«

Jessica wusste nichts mit seiner Aussage anzufangen und konnte ihn und seine Reaktion nicht deuten. Warum beantwortete er ihre Fragen nicht? »Sie haben oben auf dem Speicher eine Nachricht geschrieben. Woher wussten Sie, dass man direkt unterm Dach Handyempfang hat? Und an wen ging diese Nachricht?«

Anstatt zu antworten, jaulte Nevio gequält auf.

Jessica riss der Geduldsfaden. »Verdammt noch mal! Reden Sie endlich! Sie sind doch ein intelligenter Mensch! Glauben Sie, Sie kommen damit durch, einen Mord zu vertuschen und einen Mörder zu decken? Sie wissen, wer Professor Engel erschossen hat. Oder?«

Nevio starrte sie erschrocken an. »Dann ist das echt?«, brachte er flüsternd heraus. »Er lebt wirklich nicht mehr?«

Jetzt war es Jessica, der es kurzzeitig die Sprache verschlug. Sie dachte lange nach, bevor sie schließlich zum einzig möglichen Ergebnis kam. »Sie dachten, wir alle spielen ein Spiel?«

Zögernd nickte Nevio.

»Warum?«

»Das ist Teil der Exkursion«, erklärte ihr der Student, lehnte sich vor und vergrub das Gesicht in den Händen. Der nächste Satz war reines Genuschel.

»Ich verstehe Sie nicht, Herr Aldenhoven«, fuhr Jessica ihn an, sprang auf und ging auf ihn zu. Dann wiederholte sie sehr nachdrücklich ihre Frage: »Ich will wissen, mit wem Sie Kontakt aufgenommen haben. Sofort!«

Er sah unsicher zu ihr auf. »Ich habe das Gespräch gehört zwischen Ihnen und Ihrem Freund, dem Doktor. Das kam mir komisch vor.«

Als er erneut verstummte, verschränkte Jessica die Arme vor ihrer Brust, tippte ungeduldig mit dem Fuß auf den Boden und starrte ihn streng an.

»Bei Ihrem Gespräch über die Zyanidvergiftung hatte ich das erste Mal Zweifel.«

»Woran?«

»Dass es nur eine Inszenierung ist.«

»Die Vergiftung?«

»Ja, und alles andere. Ich habe mich gefragt, ob es echt ist.« Nevio Aldenhoven rieb sich die Augen. »Ich habe mich bei einem Freund in Kempten über Sie und Ihren Mann schlau gemacht«, erklärte er. »Ich wollte wissen, ob Sie die Hauptkommissarin nur spielen, oder ob Sie in Wirklichkeit eine sind.«

Ihr zynisches Lachen ließ ihn erschrocken zusammenfahren.

»Was für ein krankes Theaterstück soll das sein, in dem Hotelgäste einen Komplott schmieden und so tun, als würden sie einen Mord aufklären, der in Wahrheit nicht passiert ist? Ihr Professor ist mausetot! Toter geht es nicht. Er wurde erschossen! Wenn Sie wissen, von wem, dann heraus damit. Sie machen sich mitschuldig, wenn Sie den Täter decken«, drohte Jessica ungehalten.

»Sollte irgendjemand meiner Kommilitonen abgedrückt haben, war es nicht in böser Absicht. Das gehörte zur Exkursion. Professor Engel hat dieses Experiment jedes Jahr mit einer ausgewählten Gruppe an Studenten gemacht. Es geht dabei um Moral und Ethik und darum, ob beides ohne Schuld und Gewissenlosigkeit ausgehebelt werden kann. Es geht darum, mit einem imaginären Mord durchzukommen, ohne überführt zu werden. Der Professor hat das Spiel immer gewonnen. Jedes Jahr. In diesem Jahr waren wir Studenten uns sicher, dass wir den perfekten Mord begehen könnten. Nur fiktiv selbstverständlich, nicht real!«, fügte er hektisch hinzu und atmete schwer. Er rutschte vom Bett auf den Boden, zog die Beine an, legte das Gesicht auf die Knie und schlang die Arme fest um seinen Kopf.

Jessica hörte ihn schluchzend weinen.

15

»Hast du mehr über diesen Professor Engel herausgefunden?« Jessica hatte sich mitsamt dem Telefonapparat von der Rezeption in den Funkraum verzogen. Das Kabel war gerade so lang, dass sie die Tür hinter sich schließen konnte, aber nicht lang genug, um das Gerät auf dem Schreibtisch abzustellen. Nun saß sie neben dem Telefon auf dem Boden und spielte während des Gesprächs mit der spiralförmigen Leitung, die den Hörer mit dem Apparat verband. Warum die Sonnleitners das Teil nicht durch ein moderneres ersetzten, war ihr ein Rätsel. Nicht einmal ihre Eltern hatten in Jessicas Kindheit so ein altmodisches Telefon gehabt. »Ich bin für jede Info dankbar, Berthold.« Es war bereits das zweite Gespräch, das sie heute mit ihrem Kollegen aus Kempten führte.

»Das mit der Geldveruntreuung ist korrekt«, begann Berthold zu berichten. »Die Kontodaten sind alle geprüft. Die Eingänge stimmen nicht mit den realen Gehältern und erhobenen Kursgebühren überein. Wie der Professor das Geld beiseitegeschafft hat, weiß ich noch nicht, aber es handelt sich um mehr als 80.000 Euro.«

»Ja, Berthold. Danke. Doch ich meinte, ob es diese Exkursionen, von denen der Student mir berichtet hat, wirklich gab. Was können ehemalige Kursteilnehmer dazu angeben?« Sie hatte Berthold ausführlich über Nevios Annahme, es würde alles einem Plan folgen und nicht real sein, informiert. »Und zu der Schusswaffe hätte ich gern gewusst, ob die in jedem Jahr auf der Hütte zum Einsatz kam.«

»Ach so. Klar.«

Jessica hörte, wie Berthold mit Papier raschelte.

»Ich habe irgendwo eine Liste ...« Es polterte laut, und Berthold fluchte. »Die Uni hat mir die Teilnehmer der letzten drei Jahre gefaxt. Bin noch nicht dazu gekommen, die jungen Leute zu kontaktieren, aber die Sekretärin des Dekans, mit der ich kurz vorher gesprochen habe, hat so eine komische Andeutung gemacht.«

»Und?«, hakte Jessica ungeduldig nach, als Berthold nach einer langen Pause nicht weitersprach. Stattdessen hörte sie ihn leise schimpfen.

»Entschuldige«, sagte er. »Ich habe die Tasse umgeworfen. Jetzt steht hier alles unter Wasser beziehungsweise unter Kaffee.« Er räusperte sich.

Anhand der folgenden Geräusche schloss Jessica, dass der junge Kollege sich aus dem Bürostuhl erhob.

»Es gibt eine ehemalige Teilnehmerin, die den gleichen Nachnamen hat wie eine eurer Studentinnen. Die junge Frau war vor zwei Jahren bei solch einer Exkursion dabei. Danach habe es ›Ungereimtheiten‹ gegeben. Keine Ahnung, was die Sekretärin damit meinte.«

»Aha. Eine Verwandte? Wie heißt sie denn?«

»Anela Hollfeld. Die Sekretärin war so freundlich, mir Fotos der Teilnehmenden aus den Jahrgangsbüchern mitzuschicken. Und da ist mir etwas Merkwürdiges aufgefallen.«

»Und was?« Die Gereiztheit in Jessicas Stimme war nicht mehr zu überhören. Berthold antwortete immer erst auf Rückfragen. Wie es Florian mit seinem Kollegen aushielt, war Jessica schleierhaft. Ihr Mann war schließlich noch ungeduldiger als sie selbst.

»Anela Hollfeld trägt auf dem Foto den gleichen Schal,

den wir am Tatort in Oberstaufen gefunden haben. Dieses Tuch, mit dem das Mordopfer gewürgt worden ist. Ist das Zufall?«

»Das kannst du die junge Dame fragen, wenn du mit ihr sprichst. Beginne bitte mit ihr. Frag nach dem Ablauf des makabren Spiels, das Professor Engel mit den Studenten regelmäßig veranstaltet. Und vergiss nicht, dich nach der Waffe zu erkundigen. Ich warte auf deinen Rückruf.«

»Okay. Sag mal, ist Florian inzwischen wieder im Hotel? Bisher hattet ihr nicht viel von eurem Urlaub.«

Jessica lachte. »Da hast du recht, Berthold. Mein Mann amüsiert sich immer noch auf der Hütte. Er hätte seinen Urlaub eh viel lieber dort oben verbracht. Jetzt hat er, was er wollte.«

»Grüß ihn, falls du ihn siehst.«

»Mach ich. Die Hoffnung auf gemeinsame Urlaubszeit habe ich jedoch bereits aufgegeben.«

✳

Er konnte seine Beine nicht bewegen.

Das Atmen fiel ihm schwer. Die Last der Schneemassen, die beim Absturz auf ihn niedergeprasselt waren, lagen zentnerschwer auf seiner Brust. Dass er überhaupt noch Luft bekam, verdankte er seiner schnellen Reaktion beim Fallen. Er hatte die Arme hochgerissen und schützend vor seinen Kopf gehalten. Vor seinem Gesicht war eine kleine Lufthöhle entstanden.

Er versuchte, seine Panik in den Griff zu bekommen, atmete flach und hektisch, fror gottserbärmlich und vermied es, sich unnötig anzustrengen. Wenn er es richtig einschätzte, lag mindestens ein Meter Schnee über ihm. Selbst wenn es weniger wäre, würde es ihm nicht alleine gelingen, sich zu befreien. Seine Arme steckten fest, und nur mit den Händen könnte er nicht einmal 20 Zentimeter wegschaffen, ohne sich selbst zu gefährden. Er würde durch die Anstrengung nur schneller kraftlos werden und durch den herabfallenden Schnee nicht mehr atmen können. Ihm blieb eine knappe halbe Stunde, bevor er an Unterkühlung starb. Doch das war irrelevant, denn der stetig steigende CO_2-Gehalt in dem kleinen Luftraum zwischen Armen und Gesicht würde ihn in wenigen Minuten qualvoll ersticken lassen.

Ihm wurde schwindelig. Das Denken fiel ihm immer schwerer.

Falls ihn jemand von der Hütte aus stürzen gesehen hatte, käme die Rettung trotzdem zu spät. Er selbst hatte über eine Viertelstunde gebraucht, um die Statue zu erreichen. Niemand würde rechtzeitig hier sein, um ihn auszugraben.

Er war verloren.

Der Sauerstoff nahm merklich ab. Die Luft war stickig, und diese unerträgliche Benommenheit wurde von Atemzug zu Atemzug schlimmer.

Er wollte nicht sterben!

Er musste hier raus!

Mit aller Kraft, die ihm geblieben war, drückte er die Arme nach oben, versuchte, die schwere Last über ihm wegzuschieben, sich auszugraben, die befreiende Luftschicht zu erreichen, um den erlösenden Atemzug zu tätigen, der ihm das Leben retten würde.

Nichts, aber auch gar nichts bewegte sich. Sein Körper war fest und unnachgiebig in den tödlichen Massen gefangen.

Das bedeutete sein Ende.

Ihm wurde schwarz vor Augen und er verlor das Bewusstsein.

*

»Grab schneller«, schrie er panisch. »Er hat nicht mehr lange. Wenn er überhaupt noch lebt.«

Davina Hollfeld schaute ihren Studienkollegen Wolfgang Faber streng an, ohne innezuhalten. Sie schaufelte in Ermangelung eines geeigneten Werkzeugs den Schnee mit den Armen beiseite und hatte neben sich schon einen beachtlichen Haufen aufgetürmt. Glücklicherweise war der Schnee nicht vereist, dafür schwer und klebrig. Die großen Brocken, die sie mit den Händen herausbrach, konnte sie kaum heben. Auch Wolfgang schnaufte vernehmlich.

»Es ist wie bei Schrödingers Katze«, keuchte Davina. »Theoretisch ist er bereits tot. Aber solange wir es nicht wissen, können wir immer noch annehmen, dass er lebt.«

Wolfgang schüttelte verständnislos den Kopf. »Was redest du denn für einen Schwachsinn!« Er fiel auf die Knie, stützte sich mit einer Hand auf der festen Schneedecke ab und grub nun ein kleines Loch genau dort, wo er den Kopf des Hauptkommissars vermutete. Er hatte den Mann stürzen sehen. Das war vor wenigen Minuten gewesen. Er musste hier irgendwo sein. »Verdammter Mist, wo sind Sie? Wie tief kann der Kerl denn gefallen sein?«, brüllte er ungläubig. »Wann kommen die anderen? Wir brauchen Hilfe! Alleine schaffen wir das nie!«

»Sein Schuh«, sagte Davina trocken. »Ich habe seinen Schuh ausgegraben.«

»Mit oder ohne Fuß?«, fauchte Wolfgang sarkastisch. Er erwartete keine Antwort, verschaffte sich einen kurzen Überblick und stellte fest, dass der Kopf des Verschütteten weiter links sein musste, wenn er ausgestreckt auf dem Rücken lag. »Komm hierher und hilf mir. Atmen ist wichtiger als Pediküre.«

Er wusste, dass Davina seinen geschmacklosen Scherz nicht verstanden hatte, doch sie sprang über den angehäuften Schneeberg zu ihrer Rechten und ließ sich ihm gegenüber ebenfalls auf die Knie fallen.

Urplötzlich hielt Wolfgang inne.

»Ich glaube, ich hab ihn.« Er zog seinen Arm aus dem etwa 30 Zentimeter tiefen Loch und riss seinen Handschuh herunter, um unter dem Schnee besser tasten zu können. Was er fühlte, war ein eiskaltes Gesicht, Augen, Nase, Mund. Keine spürbare Atmung. Keine noch so kleine Regung. Der Student befreite seinen Arm aus dem engen Loch und starrte entsetzt auf seine blutverschmierten Finger.

16

Der heftige Schneefall vom Vormittag hatte endlich aufgehört. Der neuerliche Niederschlag hatte ihnen fast 20 Zentimeter frischen Schnee auf dem freigeräumten Parkplatz beschert.

Der Vater des kleinen Marco, der neben Jessica vor der Eingangstür des Hotels stand, zog seufzend die Hände aus den Taschen seiner Skihose. »Gut. Dann fangen wir eben noch einmal ganz von vorne an.« Er schlüpfte in seine Handschuhe und griff nach der Schneeschaufel, die neben ihm an der Wand lehnte. »Eigentlich dachte ich, wir machen hier alle einen erholsamen Winterurlaub.«

»Ihrem Sohn scheint es gut zu gefallen«, sagte Jessica und deutete auf den Jungen, der fröhlich jauchzend mit einem Rodel einen kurzen Abhang hinuntersauste und bei voller Fahrt in einen aufgetürmten Schneehaufen raste. Er lachte, als er aus dem weißen Berg herauskrabbelte, und winkte ihnen zu.

»Ist jedenfalls besser als dieses dumme Handyspiel.« Der Vater nickte Jessica zu und begann mit dem Schieben.

In der Ferne hatten die städtischen Räumfahrzeuge ihre Arbeit wieder aufgenommen. Das leise Brummen war noch weit weg. Vor heute Abend würden sie das Hotel nicht erreichen.

»Ach, hier bist du.« Paula trat ins Freie und schlang, erschrocken über die Kälte, die Arme fest um ihren Körper. »Kalt!«, sagte sie und begann, auf der Stelle zu hüpfen. »Telefon für dich.« Sie wies mit einem Ruck des Kopfes in

Richtung Rezeption. »Es ist die Kemptener Dienststelle«, sagt Frau Sonnleitner.«

Wenig später schnappte sich Jessica den Hörer, der neben dem Apparat auf dem Tresen lag. »Berthold?«

»Klar. Wer sonst«, maulte er durchs Telefon. »Warum dauert es so lange, bis du rangehst? Ich dachte, du wartest auf meinen Rückruf.«

»Entschuldige bitte. Was hast du herausgefunden?«

»Sie ist tot«, sagte er trocken. »Selbstmord.«

Jessica wusste nicht, was sie antworten sollte, und versuchte, seine unausgesprochenen Worte zu erraten. Das, was er gesagt hatte, ergab nämlich keinen Sinn. Schließlich gab sie auf. »Wer ist tot?«

Berthold stöhnte genervt. »Diese Hollfeld, die ältere Schwester von eurer Studentin auf der Hütte.«

»Oh!« Jessica ging um den Tresen herum und setzte sich auf den Hocker dahinter. »War sie depressiv? Du sprachst von Suizid.« Sie griff nach einem der Lakritzbonbons und wickelte es aus.

»Laut Aussage der Mutter, mit der ich mich fast eine Stunde unterhalten habe, ist euer Toter schuld. Der Philosophie-Professor habe das Mädchen verbal drangsaliert und bloßgestellt. Das waren ihre Worte. Ich habe sie mir notiert«, erklärte er.

Jessica hörte, wie er mit einem Stift auf die Tischplatte klopfte.

»Sie hat sich vor zwei Jahren nur wenige Wochen nach der Exkursion auf der Berghütte die Pulsadern aufgeschnitten. Ihre Mutter behauptet, es habe keinen Abschiedsbrief gegeben, aber Anela habe sich kurz vor dem Suizid zwei volle Tage mit ihrer Schwester Davina in ihrem Zimmer eingeschlossen.«

»Erschütternd und tragisch. Was ist da nur Schreckliches passiert?« Jessica legte das Bonbon auf das Papier. Ihr war der Appetit vergangen. »Hast du nach der Waffe gefragt?«

»Bei dem gespielten Mordfall vor zwei Jahren musste Anela das Opfer mimen. Ihr Tod sollte wie ein Selbstmord aussehen. Fiktive Tatwaffe war ein einfaches Küchenmesser.«

»Lass mich raten, Berthold: Sie hatte beim Spiel aufgeschnittene Pulsadern.«

»Richtig. Ist das nicht pervers? Was hat dieser kranke Professor mit den Studenten gemacht? Ein guter Lehrer hätte die seelische Belastung, die seine Lehrmethoden bei den Schülern verursachen, doch erkennen müssen. Aber Engel hatte wohl Spaß an der Quälerei«, polterte Berthold angewidert. »Ich verstehe nicht, warum die Uni diese Exkursionen nicht verboten hat, nachdem so etwas passiert ist.«

»Es spricht also alles dafür, dass die Schwester den Suizid der jungen Frau nach zwei Jahren gerächt hat. Das muss ich Florian mitteilen. Nur wie?«, sinnierte Jessica. Das Funkgerät funktionierte immer noch nicht, und der Weg zur Hütte war nach wie vor gefährlich.

»Das kann gut sein«, bestätigte Berthold. »Das Tuch, mit dem Bohnacker gewürgt wurde, gehörte übrigens wirklich der Studentin, also Anela. Laut Mutter Hollfeld hat Davina es seit dem Tod ihrer Schwester nie aus der Hand gelegt. Wir haben es identifiziert, weil es an einer Ecke ausgefranst ist. Die KTU meinte zwar, das sei bei der Folterung meines Mordopfers, Professor Bohnacker, passiert, doch die Mutter hat exakt denselben Makel beschrieben. Ich hoffe, die Bestätigung der KTU folgt zeitnah.«

»Willst du behaupten, die junge Frau in der Berghütte, die mit meinem Mann dort oben ist, hat sowohl Professor Engel erschossen als auch Professor Bohnacker mehrere Kilometer entfernt und beinahe zeitgleich ermordet? Das kann nicht sein! Unmöglich.«

»Es war ihr Tuch«, wiederholte Berthold. »Mehr kann ich zurzeit nicht beweisen. Ich schicke euch die Spurensicherung hoch, sobald du das Okay gibst, Jessy. Bis dahin müssen wir weiterspekulieren.«

*

Eiskalte Finger pressten sich gegen seinen Hals und seine Stirn.

Blitzschnell drehte er sich unter ihnen weg und schlug wild um sich. Dabei verhedderten sich seine Arme in der dicken Daunendecke, die fest um seinen Körper gewickelt war. »Was soll das? Was wollen Sie?«

Endlich nahm er die Umgebung wahr und beruhigte sich schlagartig.

Er lag auf der schmalen Chaiselongue in der Küche der Hütte. Es war dunkel. Der flackernde Ofen neben der Tür war nebst einer alten Öllampe die einzige Lichtquelle.

Vor ihm stand Davina Hollfeld mit ausdruckslosem Gesicht.

Ohne den Blick von ihm zu wenden, rief sie laut: »Er ist wach! Kein Fieber. Puls normal.«

Die Tür öffnete sich und Alois Sonnleitner, gefolgt von den anderen Studenten, betrat die Küche.

Alois bekreuzigte sich. »Herrgott, bin ich froh, dass du wohlauf bist, Florian! Wir haben uns ernsthaft Sorgen um dich gemacht.«

»Was ist passiert?« Florian sah von einem zum anderen.

»Sie sind in die Senke gefallen«, sagte Emma. »Wenn Davina und Wolfgang nicht in der Nähe gewesen wären, hätte niemand etwas mitbekommen, und Sie wären jetzt tot.«

Florian winkte ab. »Das weiß ich. Ich bin Ihnen allen sehr dankbar! Vor allem Herrn Faber, der mich nach Hause getragen hat.«

»Ja, das habe ich«, brummte Wolfgang.

Es klang vorwurfsvoll, doch Florian sah die Erleichterung in seinen Augen.

»Viel schlimmer war allerdings, dass ich Sie umziehen und mit Ihnen aufs Klo gehen musste, als Sie im Fieberwahn nur wirres Zeug vor sich hingebrabbelt haben und nicht mehr wussten, wer Sie sind. Warst ganz schön wackelig auf den Beinen.«

Dass Faber ungefragt zum Du überging, quittierte Florian mit einem dankbaren Lächeln. Erst jetzt stellte er fest, dass er eine fremde Jogginghose und ein Sweatshirt trug. Seine Skikleidung hing zum Trocknen über einem Stuhl neben dem Feuer. »Wie spät ist es?«

»Fast Mitternacht«, informierte ihn Emma Pfaff. »Sie haben – mit kurzen Unterbrechungen und ein paar heftigen Albträumen – über zwölf Stunden geschlafen.«

Er hob die Hand und betastete vorsichtig die Stelle an der Stirn, an der ihn bei der Statue etwas getroffen hatte. Ein großes Pflaster klebte direkt über seiner Augenbraue.

»Das sah schlimmer aus, als es war. Ist nur eine kleine Platzwunde«, erklärte Jonah Thies, der angehende Staatsanwalt. »Und da es ein Versehen war, ist es auch nicht strafrechtlich relevant.«

»Aha.« Florian setzte sich auf, rutschte nach oben und lehnte sich mit dem Rücken an die Wand. »Ich lass das auf sich beruhen«, sagte er und musterte Valentin Kobel aufmerksam.

Dieser senkte betrübt den Blick.

»Dafür müsst ihr mir sagen, was hinter der Klappe in der Heiligenfigur versteckt ist. Ich bin übrigens Florian.«

Niemand gab ihm eine Antwort.

»Davina? Was sagst du dazu? Oder ist Valentin der Einzige, der heimlich bei der Statue telefoniert?«

Die Köpfe der drei Jungs fuhren zu ihm herum. Nur Emma Pfaff lächelte erleichtert.

Davina räusperte sich. »Hinter der Klappe sind ein Dualbandverstärker und ein winterfester Akku«, erklärte sie trocken. »Fürs Telefonieren reicht es kaum, aber Nachrichten verschicken kann man ganz gut damit. Man muss nur in der Nähe des Gerätes sein.« Sie sah sich zu den anderen um. Als alle nickten, fuhr sie fort: »Auf Ihrem Smartphone sind 17 Nachrichten eingegangen.«

»Auf ›deinem‹ Smartphone«, korrigierte Florian. Er hatte ihnen allen schließlich gerade das Du angeboten.

»Nein«, sagte Davina nur, griff nach Florians Handy auf dem Küchentisch und reichte es ihm. »Mein Smartphone hast immer noch du!«, ließ sie ihn wissen und lächelte zaghaft.

Florian hob fragend eine Augenbraue. »War das Sarkasmus?«

Davina zuckte mit den Schultern und verschränkte die Arme vor der Brust.

»Gilt euer Angebot noch?«

»Wir haben Ihnen … ähm … dir nie ein Angebot gemacht.« Jonah wirkte das erste Mal nicht überheblich und selbstsicher.

Florian warf die Decke, die noch über seinen Beinen lag, beiseite, stellte die nackten Füße auf die kalten Holzdielen und stand auf, nur um sich sofort wieder hinzusetzen. In seinem Kopf drehte sich alles.

»Soll ich dir …« Emma stürmte auf ihn zu, doch Florian hob die Hand und deutete ihr an, von ihm fernzubleiben.

Er atmete ein paarmal tief durch und kniff die Augen fest zu, bis sein Kreislauf wieder stabil war. »Gestern im Wohnzimmer habt ihr versprochen, mich in die Geschichte einzuweihen, wenn ich darauf komme, wie ihr das mit der verriegelten Tür gemacht habt.«

»Das hast du gehört?«, fragte Valentin entsetzt.

»Er stand unter der Treppe und hat gelauscht.« Davina ließ sich auf einen der Stühle nieder und zog Valentin neben ihr am Ärmel. »Ich weiß, du warst dagegen. Aber ich glaube, es wäre jetzt der richtige Zeitpunkt.«

Emma nickte zustimmend.

Der Spalt unter der Tür zum Zimmer des toten Professors war nicht einmal einen Zentimeter breit. Seine Finger, geschweige denn die ganze Hand, bekam er da niemals durch.

Florian, der bäuchlings vor der Tür gelegen hatte, stand auf und sah sich suchend um.

»Können wir helfen?«, bot Wolfgang Faber belustigt an. »Ich denke, du hast keine Ahnung, wie es funktioniert.«

»Immerhin weiß ich jetzt, dass meine Annahme richtig war«, sagte Florian, nahm die alte Kuhschelle, die gegenüber an der Wand als Dekoration angebracht war, und untersuchte den Schlegel. Er ließ sich problemlos aushängen. »Einer von euch hat diese Tür von außen verschlossen. Ergo hat auch einer von euch den Professor erschossen.«

Erneut probierte er sein Glück, ließ sich auf den Boden nieder, leuchtete mit der Taschenlampenfunktion seines

Smartphones unter dem Spalt hindurch und versuchte, mit dem Schlegel etwas zu angeln, das hinter der Tür auf dem Boden lag. Doch vergeblich. Das Metallteil war zu kurz.

»Holt mir bitte jemand den Schürhaken aus dem Wohnzimmer?«, rief er in die Runde.

»Das geht nicht«, sagte Jonah. »Alle potenziellen Waffen wie Schürhaken und scharfe Messer hast du in der Speisekammer eingeschlossen.«

»Ich erinnere mich.« Florian sparte es sich, aufzustehen, und lehnte sich stattdessen sitzend gegen die Tür. »Dann eben nur theoretisch.« Er schaltete die Taschenlampe aus und überlegte kurz, ob er die Nachrichten lesen sollte. Da sie unmöglich von Jessica sein konnten und auch Berthold wusste, dass er telefonisch nicht erreichbar war, handelte es sich vermutlich um belanglose Mitteilungen oder Urlaubsgrüße der Kinder. Er würde sich später damit beschäftigen.

»Und?«, wollte Emma wissen. »Wie haben wir es gemacht?«

»Auf dem Boden lag ein flaches Stück Holz. Ich dachte erst, es wäre unter dem Tischbein herausgerutscht, da das Möbelstück wackelte.« Er zog die Beine an und legte seine Unterarme auf die Knie. »Zusammen mit dem Löffel und dem Stück Styropor lässt sich daraus hervorragend eine Art Keil basteln. Das Holz flach auf den Boden, Styropor darüber und den Löffel upside down drauflegen. Wenn man nun das Holzstück von außen an den Spalt heranzieht, sodass der Löffel sich unter der Tür verkeilt, ist diese blockiert.«

»Aber der Riegel war zu. Das hast du gesehen«, argumentierte Valentin und vergrub das Gesicht in seinen Händen. Er wusste, dass sie überführt waren.

»Der Riegel war schon vorher kaputt«, behauptete Florian. »Jemand hat die Tür mit Gewalt bei verschlossenem

Riegel aufgebrochen. Er war von außen sichtbar zwar zugeschoben, doch nicht mehr in der Verankerung, als ich Stunden später davorstand. Der Löffel hat die Funktion des Riegels imitiert und die Tür blockiert. Der Bügel für den Riegel lag zu diesem Zeitpunkt vermutlich bereits auf dem Fußboden.«

Fast eine Minute sagte niemand etwas, bis Florian sich erhob.

»Wie bist du draufgekommen?«, durchbrach Wolfgang das Schweigen. »Unser Plan war meiner Meinung nach genial.«

Florian sah, dass Emma Tränen in den Augen hatte. Doch nicht nur sie fühlte sich unwohl. Auch Valentin wandte sich ab und schniefte vernehmlich.

»Bei der Statue vom heiligen Bernhard lag ein kleines Stück Eis vor der Klappe. Ich konnte sie erst nicht öffnen und habe einen Riegel gesucht, bis ich meinen Irrtum bemerkt habe. Dann hat mich Valentin ausgeknockt.«

»Das wollte ich nicht«, jammerte der Student. »Ich wollte Sie mit dem Schneeball nur an der Schulter treffen.« Er sah Florian flehend an und korrigierte sich hektisch. »Dich, meine ich. Ich wollte dich nicht verletzen, nur ablenken. Es tut mir leid.«

Florian quittierte Valentins Erklärung mit einem abfälligen Laut und ging wortlos zur Treppe. Als er die ersten Stufen nach unten genommen hatte, sagte er, ohne sich umzudrehen: »Ich erwarte denjenigen von euch, der abgedrückt hat, in spätestens zehn Minuten in der Küche.«

17

»Dann danke ich Ihnen. Kommen Sie gut ins neue Jahr!«
Berthold beendete das Telefonat und sah zum Dienststellenleiter auf, der seit geraumer Zeit vor seinem Schreibtisch stand und ungeduldig wartete. »Was kann ich für Sie tun, Herr Götze?«

Berthold rieb sich mit den Fingern die Augen. Er war ausgelaugt und müde. Mit seinen Recherchen kam er nur schleppend voran. Es gab kaum verwertbare Ergebnisse. Rückwirkend ließen sich die vorherigen Exkursionen des Philosophie-Professors nur schwer rekonstruieren. Die Befragung der ehemaligen Studenten, wenn er überhaupt das Glück hatte, am Silvestertag jemanden zu erreichen, brachte ihn nicht weiter. Die Hintergrundinformationen zu den jungen Leuten, die sich aktuell auf der Hütte nahe Oberstdorf aufhielten, waren geringfügig ergiebiger.

»Wie lange sind Sie heute schon auf dem Revier, Oberkommissar Willig? Ich denke, es wird Zeit für den Feierabend«, befahl Götze und setzte sich auf den Besucherstuhl. »Zuvor bringen Sie mich aber bitte auf den neuesten Stand.«

»Klar«, seufzte Berthold und kramte auf seinem Schreibtisch nach den relevanten Notizen. »Wir konnten zwei der Tatwerkzeuge eindeutig zuordnen. Das Halstuch mit dem floralen Muster gehörte einer jungen Studentin, die vor zwei Jahren Suizid begangen hat. Ihre Schwester, Davina Hollfeld, war seitdem im Besitz des Tuches.«

»Davina Hollfeld? Der Name ist mir schon einmal untergekommen.« Götze runzelte die Stirn.

»In meinem gestrigen Bericht hatte ich die Namen der Studenten erwähnt, die in diesem Moment oben auf der Hütte sind«, half Berthold. »Hauptkommissar Forster bemüht sich um Aufklärung.«

Der Dienststellenleiter schien verwirrt. »Ich habe es so verstanden, dass das Opfer in Ihrem Fall mit besagtem Tuch gewürgt wurde. Was hat das mit der Studentin in Oberstdorf zu tun?«

Berthold zuckte mit den Schultern. »Das ist die Frage. Noch merkwürdiger ist, dass die KTU Fingerabdrücke auf der Büste sichergestellt hat, mit der Professor Bohnacker letztendlich erschlagen worden ist. Auch die stammen von einem Studenten, der jetzt gerade auf der Hütte bei Florian ist. Er heißt Jonah Thies, ein Jurastudent, der in Verbindung mit Rauschmitteln aufgefallen ist. Damals war er erst 15. Deshalb waren seine Daten im Jugendstrafregister. Die Sache ist längst verjährt, aber die Personendaten sind noch im System.«

»Gibt es ein Motiv?«

»Es gibt weder ein Tatmotiv noch eine Gelegenheit. Keiner der Studenten ist von dort oben weggekommen. Die Wege waren allesamt von der Lawine verschüttet.«

Götze starrte gedankenverloren auf die Rückseite des Bildschirms, bevor er resigniert den Kopf schüttelte. »Ohne direkten Kontakt zum Kollegen Forster kommen wir hier nicht weiter. Sie, Herr Willig, machen Feierabend. Genießen Sie den Neujahrstag morgen. Wir sehen uns am 2. Januar in aller Frische wieder. Vielleicht hat Forster bis dahin wenigstens seinen Fall geklärt. Guten Rutsch!«

✻

Florian saß seit fast einer Stunde am Esstisch in der Küche. Er hatte nicht erwartet, dass einer der Studenten freiwillig zugab, den Abzug der Waffe betätigt zu haben. Er hatte gehofft, die ganze verzwickte Geschichte ein wenig zu entknoten. Zu diesem Zweck war er seine Aufzeichnungen der Befragungen wieder und wieder durchgegangen. Viele der Informationen hatten sich schnell als unwahr herausgestellt. Das ganze Wirrwarr der angeblichen Alibis diente nur dazu, ihn permanent auf einem Level zu halten, in dem er ununterbrochen nachdachte und keinen klaren Gedanken fassen konnte. Ob Emma Pfaff wirklich bei Wolfgang Faber gewesen war, als der Schuss fiel, ließ sich nicht zweifelsfrei beweisen. Alle anderen konnten ebenfalls gelogen haben. Die zeitlichen Abläufe und die jeweiligen Aufenthaltsorte waren reines Hörensagen der Studenten. Und die hatten sich perfekt abgesprochen. Gerade so perfekt, dass sie mit leichten Abweichungen ihrer ursprünglichen Aussagen das komplette Gerüst zum Einsturz bringen konnten. Wo anfangs alles klar schien, war von jetzt auf gleich alles unlogisch. Er musste sich aus diesem Gedankenkarussell befreien, in dem ihn die jungen Leute gezielt gefangen hielten. Er musste wieder klar sehen, anders würde er den Fall nicht lösen.

Bei einer letzten Durchsicht seiner Notizen, riss er jede Seite aus dem Block heraus, auf der Dinge vermerkt waren, die sich nicht beweisen ließen. Er zerriss den Zettelstapel, der dabei entstanden war, stand auf und warf ihn in das glimmende Feuer des Ofens. Was übrig blieb, waren sehr wenige, dafür unumstößliche Tatsachen. Er würde beim gemeinsamen Abendessen noch einmal ganz von vorn beginnen und das Gespräch auf den Professor lenken. Vielleicht konnte er das Motiv besser verstehen, wenn er den Toten und seinen Charakter besser einschätzen konnte.

Am Smartphone an der Ladestation auf der Fensterbank hinter dem Sofa leuchteten für einen kurzen Augenblick Uhrzeit und Datum auf, was ihm signalisierte, dass
der Akku vollständig geladen war.

Er machte es sich bequem, zog die Schuhe aus und
streckte die Beine auf dem Sitzmöbel aus, griff nach dem
Apparat und zog das Kabel ab. Die bei seinem abenteuer-
lichen Absturz von der schneebedeckten Bruchkante eingegangenen Nachrichten würden ihn für einige Minuten
ablenken. Nicht nur von dem irren Fall, sondern auch von
dem deprimierenden Gefühl, das neue Jahr nicht mit Jessica begrüßen zu können. Das alte war in gut neun Stunden vorbei. Dabei hatte er sich für diesen Anlass extra eine
kleine Überraschung ausgedacht. Kurz nach Mitternacht
vor genau acht Jahren waren sie ein Paar geworden. Es wäre
schön gewesen, diesen Moment mit ihr gemeinsam zu verbringen. Stattdessen steckte er in dieser Hütte fest, und es
war fraglich, wie lange es noch dauern würde, bis der Weg
zum Hotel wieder sicher begehbar war.

Alois Sonnleitner beugte sich durch die halb geöffnete
Küchentür, wagte aber nicht, den Raum zu betreten. »Ich
will dich nicht belästigen«, sagte er und deutete auf die
Küchenzeile. »Ich wollte nur anbieten, uns allen einen Kaffee zu kochen. Ich könnte dazu ein paar Marmeladenbrote
herrichten – als Ersatz für Kuchen.«

Florian reagierte nicht. Er starrte irritiert auf den Bildschirm. Es waren 17 Nachrichten eingegangen. Allesamt
von seiner Frau.

»Tut mir leid. War nur so eine Idee. Ich wollte nicht stören«, entschuldigte sich der Gastwirt und wollte die Tür
wieder schließen.

»Warte, Alois.« Florian grinste breit, als er die ersten Zeilen überflogen hatte. »Das ist eine hervorragende Idee! Ich habe ein paar sehr dringende Fragen an die jungen Menschen.«

18

»Was für eine Freude!«, jubelten die Damen aus Hannover, als das riesige Räumfahrzeug mit dem imposanten Schaufelaufsatz mitten auf dem Parkplatz vor dem Hotel stehen blieb und der dröhnende Motor abgeschaltet wurde. »Wir sind gerettet!« Die Damen fielen sich jauchzend in die Arme.

»Etwas theatralisch. Findest du nicht?« Paula, die zusammen mit Jessica an der Hauswand neben der Eingangstür stand, schüttelte belustigt den Kopf. »Ist schließlich nicht so, dass wir ernsthaft in Lebensgefahr waren.«

Hinter dem schweren Fahrzeug hielt ein kleineres Räumfahrzeug auf Laufrollen an, das aussah wie ein winziger Panzer mit Schaufel statt Kanonenrohr. Es dauerte nicht lange, da folgte der ersehnte Krankenwagen.

»Endlich!« Ewe lächelte glücklich. »Ihr habt doch nichts dagegen, wenn ich mich ins nächste Krankenhaus verabschiede. Der Urlaub mit euch war … ach, Schwamm drüber. Lasst uns nicht darüber reden.«

»Kannst uns wohl nicht schnell genug loswerden! Dabei habe ich mich aufopfernd um dich und deine Wehwehchen gekümmert«, spottete Paula. »Und dein Auto sollen wir dir bestimmt nachliefern, oder?«

Ewe zog einen Schlüssel aus der Hosentasche und reichte ihn Jessica. »Florian bringt euch sicher nach Hause.« Er wandte sich an Paula. »Ich danke dir von Herzen für deine Fürsorge. Um nichts in der Welt würde ich auf deine Gesellschaft verzichten wollen. Normalerweise.« Er sah zu den zwei Sanitätern, die ausgestiegen waren, und winkte ihnen zu. »Aber die beiden haben sicher eine nette Dröhnung Opioid-Analgetika für mich. Das ist im Moment definitiv verlockender.«

»Opio... was?«

»Morphium«, sagte Jessica. »Der Mann will Drogen.«

»Vor allem will ich keine Schmerzen mehr. Ihr macht euch keine Vorstellung ...«

»Was soll's«, unterbrach ihn Paula. »Hauptsache, du hörst endlich auf zu jammern.« Sie begrüßte die zwei Ersthelfer und deutet auf Ewes verletzten Arm. »Er behauptet, er hätte sich die Hand gebrochen.«

»Das schauen wir uns gleich einmal an.« Der Sanitäter legte Ewe die Hand auf den Oberarm. »Gibt es noch weitere Verletzte?«

»Ja«, sagte Paula.

»Nein«, grätschte Jessica dazwischen. »Ansonsten geht es allen gut.«

»Aber Frau Engel ...«

»Die Dame hat sich nur den Magen verdorben«, erklärte Ewe, als er den misstrauischen Blick des Helfers sah. »Ihr geht es wieder gut. Ich habe mich erst vorhin selbst davon überzeugt. Ich bin Arzt.«

»Verstehe.« Der Sanitäter ließ es auf sich beruhen. »Dann nehmen wir nur Sie mit. Wie wär's für den Anfang mit einem Schmerzmittel?«

»Da sag ich nicht Nein!«

»Bitte, Herr Doktor. Folgen Sie mir zum RTW.«

»Warum hast du die Engel nicht mitgeschickt?«, wollte Paula wissen, als sie kurz darauf mit Jessica in der Küche die Thermoskannen mit Kaffee und Tee befüllte und

Kuchen auf einem großen Tablett anrichtete. Frau Sonnleitner hatte die städtischen Mitarbeiter des Räumdienstes zum Aufwärmen ins Schmankerlstüble gebeten. »Im Prinzip vertraue ich Ewe, aber wenn er sich doch geirrt hat, gehört die Frau mit einer schweren Vergiftung in ein Krankenhaus.«

Jessica schüttelte energisch den Kopf. »Frau Engel spielt ein falsches Spiel. Da bin ich mir sicher. Bevor ich nicht ausschließen kann, dass sie ihren Mann umgebracht hat, darf sie nicht gehen.«

»Du meinst, sie war es?« Jessicas Freundin sah sich verstohlen um. »Sie hätte nachts heimlich zur Hütte hinauflaufen können. Erinnerst du dich, dass Nevio sie bei unserer Ankunft vergeblich gesucht hat, sie aber nicht finden konnte? Weißt du das noch?« Sichtlich stolz über ihren detektivischen Spürsinn straffte sie die Schultern. »Absolut richtig, sie im Auge zu behalten.«

Jessica dagegen hielt Paulas Theorien für zu abwegig. Vielleicht war die Frau des Professors tatsächlich schuld an dessen Tod, ausgeschlossen war das nicht, aber es war unwahrscheinlich, durch den Schnee zur Hütte zu kommen, ohne dass es jemandem aufgefallen wäre. Wie passte das Ganze mit dem angeblichen Spiel zusammen, von dem Nevio berichtet hatte? Wenn Professor Engel diese Exkursion zu der Berghütte jährlich wiederholte und dieses Projekt mit dem inszenierten Mordfall bereits mehrmals durchgeführt hatte, wieso sollte ihn jemand töten? Die Studenten waren von ihm selbst handverlesen. Seine Frau hatte vermutlich über das Jahr kaum Kontakt zu den jungen Menschen. Wie hätte sie einen der Schüler dazu bringen sollen, in ihrem Auftrag ihren Mann zu töten? Oder war es die alleinige Motivation von einer oder einem der Studierenden gewesen? Berthold hatte immerhin zwei Kandidaten mit einem Motiv ausfindig gemacht. Wenn sie mit Florian reden könnte, wäre vieles leichter.

Das Funkgerät funktionierte immer noch nicht.

*

Nachdem Florian einen großen Schluck aus der Kaffeetasse genommen hatte, stellte er sie neben den Teller, lehnte sich zurück und legte unter dem Tisch ein Bein über das andere.

»Mich würde noch eins interessieren«, unterbrach er mit fester Stimme das geschwätzige Geplapper der Anwesenden, die sich zuerst misstrauisch an den Küchentisch gesetzt, sich dann jedoch erleichtert über die süßen Häppchen hergemacht hatten, als vom Hauptkommissar die Frage nach dem Täter ausgeblieben war.

Nun verstummten sie und sahen ihn skeptisch an. Nur Emma Pfaff, die Psychologiestudentin, lächelte verunsichert.

Florian überlegte kurz. »Ach, wisst ihr was? Wir spielen ein Spiel. Das ist hier doch üblich, oder?«

Wolfgang Fabers Augen verengten sich zu schmalen Schlitzen, und Valentin räusperte sich nervös.

»Ich mag keine Spiele«, bemerkte Davina Hollfeld trocken.

»Fangen wir am besten gleich mit dir an, Davina. Dann hast du es hinter dir«, entschied Florian, entsperrte sein Smartphone und rief Jessicas Nachrichten auf. Sie hatte ihm allerlei Informationen gegeben, die er hoffentlich zielführend gegen die Tatverdächtigen verwenden konnte. Zurzeit wollte er keine einzige Person vom Mord am Professor entlasten. »Ich beschreibe dir einen Gegenstand. Du sagst mir anschließend, was dir dazu einfällt beziehungsweise ob du den Gegenstand kennst.«

In Davinas Gesicht zeigte sich nicht die Spur einer Regung. Sie sah ihn ausdruckslos an.

»Gut. Es handelt sich um ein Halstuch. Leichter Stoff. Florales Muster. An einer Ecke ist der Schal beschädigt.«

Sie rührte sich nicht. Nicht das leiseste Zucken in ihrem Gesicht verriet eine Gemütsregung.

»Und? Fällt dir dazu gar nichts ein?«

»Das Tuch gehörte meiner Schwester Anela.« Sie kniff die Augen fest zu und zog lautstark die Nase hoch. »Wo haben Sie es ... wo hast du es gefunden?«

»War es in deinem Besitz?« Florian ignorierte ihre Frage. »Ich weiß, dass deine Schwester nicht mehr lebt. Seit wann vermisst du das Tuch?«, mutmaßte er und schien richtig zu liegen, denn sie sah ihn jetzt direkt an.

»Es ist mir exakt am 2. Dezember zwischen 17 und 19 Uhr abhandengekommen.«

»Woher weißt du das?«

Davina begann, unruhig mit dem rechten Bein zu wippen, und ballte die Hände in ihrem Schoß zu Fäusten. »Ich hatte es beim Volleyballtraining in der Umkleide gelassen. Danach war es weg. Kann ich es zurückbekommen?«

Ihre Frage überhörte er absichtlich. »Ein Mannschaftssport? Ist das nicht schwierig für ... ähm ... für Menschen wie dich?«

»Davina ist seit einem halben Jahr im Team«, mischte sich Emma ein. »Sie ist nie sehr gesprächig, aber sie macht sich gut.«

»Du spielst auch, Emma? Weißt du, wo das Tuch sein kann?«

Die Psychologiestudentin schüttelte den Kopf. »Ich wusste gar nicht, dass Davina es vermisst. Geschweige denn, dass sie so ein Tuch besaß. Außerdem war ich an diesem Wochenende nicht beim Training. Über den ersten Advent musste ich mit einer Erkältung das Bett hüten.«

Florian sah sich in der Runde um. Ihm fiel auf, dass ausnahmslos jeder im Raum ihn anstarrte und gebannt dem Gespräch folgte. Er durfte keinen Fehler machen. Seine momentane Überlegenheit wollte er nicht gefährden, indem er preisgab, dass er zu den übrigen Tatwaffen in Bertholds Mordfall kaum etwas wusste. Wenn er mit seiner Vermutung richtig lag, hatten alle hier Anwesenden etwas mit dem Tod des Philosophieprofessors in Oberstaufen zu tun. Zumindest indirekt, denn mindestens ein weiterer Kandidat ließ sich eindeutig einer der Tatwaffen zuordnen.

»Jonah Thies!« Florian sah den jungen Mann streng an, der sofort in eine Abwehrhaltung wechselte, die Arme vor der Brust verschränkte und ihn bitterböse anstarrte.

»Ich kenne das Halstuch von Davina auch nicht«, lenkte der Student ab. »Wenn jemand behauptet, ich hätte es aus der Umkleide gestohlen, dann lügt derjenige. Was hat das überhaupt zu bedeuten? Mit dem Tod von Professor Engel hat das sicher nichts zu tun.«

»Wir spielen doch nur«, behauptete Florian und lächelte entwaffnend. Er wartete einige Sekunden, bevor er weitersprach. »Eine Büste von Ludwig Wittgenstein. Was fällt dir dazu ein, Jonah?«

Der Student sagte nichts.

»Der Bohnacker hatte so ein Teil in seinem Büro«, antwortete stattdessen Wolfgang Faber und kombinierte: »Der Hauptkommissar befragt uns gerade zum Mord an dem anderen Professor!«

Valentin Kobel lachte verzweifelt auf. »Sind wir in dem Fall jetzt auch verdächtig? Das darf doch nicht wahr sein!«

»Ludwig Wittgenstein«, wiederholte Florian gelassen. »Es ist nur ein Spiel. Also, Jonah?«

»Wolfgang hat recht. So eine Büste steht im Büro von Professor Bohnacker«, bestätigte der Jurastudent. »Ehrlich gesagt verstehe ich nicht, was das alles zu bedeuten hat.«

»Wie kommen deine Fingerabdrücke auf die Büste?« Florian beobachtete die jungen Menschen am Tisch aufmerksam. Alle starrten ihren Kommilitonen Jonah gebannt an. Außer Valentin. Der junge Mann hatte den Blick gesenkt und schien angestrengt nachzudenken.

»Wir sind noch nicht erkennungsdienstlich erfasst«, bemerkte Wolfgang. »Es gibt keine Vergleichsprobe von Jonah. Das ist ein wirklich beklopptes Spiel. Reine Zeitverschwendung!« Er verschränkte die Arme hinter seinem Kopf und lehnte sich zurück.

»Mein Rauschgiftdelikt«, murmelte Jonah. »Ich dachte, Jugendstrafen sind Verschlusssache. Die Daten sind geheim.« Er rieb sich mit den Fingern über den Nasenrücken und seufzte gequält. »Ich kann mir nur vorstellen, dass ich Abdrücke auf der Büste hinterlassen habe, als ich Professor Bohnacker beim Umzug in sein neues Büro geholfen habe. Worum geht es hier eigentlich?«

»Ja«, mischte sich Emma Pfaff ein. »Was ist das für ein Spiel? Wieso fragst du nach dem Tuch und der Büste?«

»Das teile ich euch mit, wenn ihr mir drei offene Fragen ehrlich beantwortet. Es wird nicht zu eurem Nachteil sein. Deal?«, schlug Florian vor. »Ich weiß, dass niemand von euch als Täter im Mordfall Bohnacker infrage kommt.«

Als schließlich alle zögernd nickten, fuhr er fort: »Ein

Elektroschocker, ein Steakmesser und ein chlorhaltiger Reiniger. Was gibt es dazu zu sagen?«

*

»Meinen Sie, Sie schaffen es heute noch, den Pfad bis zur Hütte freizuräumen?«, fragte Jessica. Sie schenkte den Mitarbeitern des Räumdienstes Kaffee nach und sah dabei beunruhigt aus dem Fenster. Es war bereits 16 Uhr. Nicht mehr lange, und es würde zu dunkel sein, um den Weg noch sicher mit einem Fahrzeug zu bewältigen.

»Keine Sorge, junge Frau«, lachte der Mann in der orangen Latzhose und griff nach einem weiteren Stück Sandkuchen. »Unser Kollege ist vor zehn Minuten raus. Mit dem Dicken kommen wir da eh nicht hoch.« Er deutete auf die riesige Räummaschine, die den halben Parkplatz einnahm, und fuhr fort: »Er hat die kleine Raupe genommen. In Nullkommanichts ist die Sache erledigt. Noch bevor die Nacht anbricht, ist alles wieder frei«, nahm er Jessica die Sorgen.

Sie lächelte erleichtert.

Jemand zog hektisch an ihrem Ärmel.

»Servus, Jessica. Wir fahren nach Hause!« Der kleine Marco schaute grinsend zu ihr auf.

»Ich hoffe, es ist in Ordnung, wenn wir abreisen, Frau Forster«, sagte sein Vater und reichte ihr die Hand. »Ursprünglich wären wir gestern schon gefahren. Wenn wir jetzt gleich aufbrechen, würden wir bis Mitternacht zu Hause sein. Am 2. Januar muss ich wieder zur Arbeit.«

Seine Frau hinter ihm winkte zum Abschied.

»Ich wünsche Ihnen eine angenehme und sichere Heimfahrt«, stimmte Jessica zu und strich Marco lächelnd über das Haar. »Danke für deine Hilfe.« Sie zwinkerte ihm zu.

Der Junge strahlte und folgte seinen Eltern ins Foyer.

»Wir müssen noch bleiben«, trällerte eine der Damen aus Hannover, als sie das Schmankerlstüble betrat, und nahm Jessica die Kaffeekanne ab. »In unserem Alter bevorzugen meine Freundin und ich es, mit dem Zug zu reisen. Herr Sonnleitner muss uns zum Bahnhof bringen, wenn er von der Hütte zurück ist. Aber ich freue mich schon, mit Ihnen allen das neue Jahr zu begrüßen. Wird es eine Party geben?«

Auf dem Weg in die Küche wurde Jessica von der Wirtin abgefangen. »Ihr Kollege von der Kripo Kempten ist am Telefon.«

»Danke, Frau Sonnleitner.« Jessica ging um den Empfangstresen an der Rezeption herum und griff nach dem Hörer, der neben dem Apparat lag. »Gibt es Neuigkeiten, Berthold?« Sie schob das schwere Buch beiseite, in dem Frau Sonnleitner die Reservierungen, die Ankunftszeiten und die Abreisen notierte. Der neuste Eintrag war der von Marco und seinen Eltern. An den drei Tagen davor gab es keinen Vermerk.

Der junge Oberkommissar hatte einige Informationen aus den sozialen Medien ausgegraben, die er Jessica mitteilen wollte. Die meisten hielt sie für unwichtig, bei einer aber wurde sie hellhörig.

»Das ist interessant. Und da ging es auch um einen Giftmord?« Aufmerksam hörte sie zu, als Berthold etwas weiter ausholte und ihr ausführlich über seine neusten Erkenntnisse berichtete. Währenddessen fischte sie sich das letzte Lakritzbonbon aus der kleinen Schüssel auf dem Tresen und wickelte es aus. Jetzt waren nur noch Fruchtbonbons übrig.

Jemand lachte.

»Ich hätte nicht gedacht, dass es hier noch andere Verrückte gibt, die auf Lakritz stehen«, wunderte sich Nevio Aldenhoven und wühlte ebenfalls in der Schüssel. »War das das letzte?«

»Ja, Entschuldigung, aber ich liebe diese Dinger«, sagte Jessica und bot ihm das Bonbon an.

Nevio schüttelte den Kopf und winkte dankend ab.

Sie nahm den Hörer vom Ohr, lächelte und schob sich die Süßigkeit in den Mund. »Vielleicht sind noch welche in der Speisekammer. Soll ich Frau Sonnleitner um Nachschub bitten?«

»Nicht nötig. Und entschuldigen Sie meine Unterbrechung. Ich habe nicht gesehen, dass Sie telefonieren.«

Als er im Begriff war zu gehen, rief sie ihm nach: »Da können wir beide froh sein, dass Professor Engel nicht alle Bonbons auf die Hütte mitgenommen hat.«

Nevio drehte sich zu ihr um. »Der Professor hat diesen Bärendreck, wie er ihn nannte, gehasst. Studenten, die in seiner Vorlesung eine solche Süßigkeit gelutscht haben, sind achtkantig rausgeflogen. Mir ist das auch einmal passiert.«

19

Ein immer lauter werdendes Dröhnen kündigte die näher kommende Pistenraupe an. Es übertönte dennoch kaum den Lärm aus dem Wohnzimmer. Von dort erklang Musik aus einem alten Radio. Der einzige Sender, den die jungen Leute einstellen konnten, waren Oldies aus den 1960er- und 1970er-Jahren. Doch das schien niemanden zu stören.

Florian sah aus dem Fenster neben dem Sofa und beobachtete das kleine Räumfahrzeug. Obwohl er jubeln müsste, dass er noch heute ins Hotel und zu Jessica zurückkonnte, zeigte sein Gesicht Besorgnis.

»Was ist? Freust du dich nicht?« Alois, der auf der Eckbank saß, beobachtete ihn aufmerksam. »Ich bin froh, wenn ich endlich wieder in meinem Bett schlafen kann. Und wenn ich ehrlich bin, gehen mir die Burschen da drüben gehörig auf die Nerven.«

»Die Mädels sind nicht besser«, stimmte Florian zu. »Mich beunruhigt, dass ich die eingeschworene Truppe nicht knacken kann. Normalerweise kippt auf kurz oder lang immer jemand um, aber die da …«, er wies mit dem Daumen über seine Schulter auf die Wand zum Wohnzimmer, »haben sich perfekt abgesprochen.«

Vor einer halben Stunde hatte Florian für einen kurzen Augenblick gedacht, er hätte die jungen Menschen endlich so weit. Im Mordfall seines Kollegen Berthold schienen sich tatsächlich alle Tatwerkzeuge einem der Studenten zuordnen zu lassen. Emma Pfaff war ein Elektroschocker auf einer Party gestohlen worden, den sie zu ihrer eigenen Sicherheit immer dabeihatte. Das Steakmesser gehörte vermutlich dem Geologiestudenten Valentin Kobel. Er behauptete, er hätte es mitsamt diversen zusammengewürfelten Tellern und Tassen von seinem Vormieter übernommen und es oft benutzt. Dessen Verlust hatte er einem seiner zahlreichen Besucher zugeschrieben, die bei ihm ein- und ausgingen. Und Wolfgang Faber war zukünftiger einziger Erbe einer kleinen Firma, die industrielle Reinigungsmittel produzierte. Das alles war kein Zufall!

Es gab jedoch keinen einzigen Hinweis oder hinreichenden Verdacht, dass die Studenten gemeinsam den Philosophieprofessor Bohnacker getötet hatten. Das schloss Florian kategorisch aus. Wollte jemand den fünfen etwas anhängen? Diente der Mord nur als Ablenkung von der Straftat in der Hütte? War der Täter in beiden Fällen dieselbe Person?

Dagegen sprach, dass die Tötungsdelikte nahezu zeitgleich stattgefunden hatten. Aber stimmte diese Annahme überhaupt? Schließlich hatte Florian keinen einzigen kriminaltechnisch erwiesenen Nachweis zum Todeszeitpunkt seiner Leiche.

Die Studenten hatten beharrlich geschwiegen. Florian hatte die Gruppe mit dem Bericht über den vierfach versuchten und beim fünften Mal erfolgreichen Mord an Bohnacker zwar kurzzeitig erschüttert, doch nicht zu Fall gebracht.

Die Einzige, die zu dem Sachverhalt etwas gesagt hatte, war Davina Hollfeld gewesen. Ihr Satz war gleichzeitig unlogisch und pietätlos. »Dann hat Professor Engel schon wieder gewonnen!«, hatte sie gemeint, und alle waren verstummt.

Nur Valentin Kobel hatte gequält aufgejault und fluchtartig die Küche verlassen. Nach ihm waren nach und nach auch die anderen hinausgegangen. Seither saßen er und Alois alleine am Tisch.

»O wie schön!«, hörte Florian Emmas Stimme aus dem Flur. »Endlich befreit uns jemand!«

Er sah die junge Frau an der Küchentür vorbeilaufen. Die Haustür wurde aufgerissen, und sie erschien am Fenster hinter Alois' Rücken.

Der Pflug hatte inzwischen direkt vor der Hütte angehalten. Der Fahrer hatte sich nicht die Mühe gemacht, den Motor auszuschalten, war aber abgestiegen und begrüßte Emma. Florian sah, wie die junge Frau ihm jauchzend in die Arme sprang, sich dann besann und sich für ihr unangebrachtes Verhalten entschuldigte. Verlegen blickte sie zu Boden.

»Kein Problem, junge Frau.« Die dröhnende Stimme des Fahrers war auch in der Küche zu vernehmen. Er hatte einen Berliner Akzent. »Ist bei Ihnen in der Hütte alles in Ordnung?« Jetzt schaute er zum Fenster hinein und klopfte fröhlich grinsend an die Scheibe. Mit seiner breiten Skibrille und der Kapuze mit dem dicken Fellbesatz wirkte er wie ein Lebewesen von einem anderen Planeten. »Ich drehe wieder um. Es wird gleich dunkel«, brüllte er den zwei Männern entgegen und winkte zum Abschied.

Wenig später steckte Emma ihren Kopf zur Küchentür herein. »Gehen wir heute noch zum Hotel zurück, Hauptkommissar Forster? Wenn wir uns beeilen, schaffen wir es noch in der Dämmerung!«

*

»Selbstverständlich kann Nevio Sie nicht nach Hause fahren, Frau Engel!« Jessica baute sich am Fuß der Treppe vor der Ehefrau des Ermordeten auf. »Ich habe Verstärkung aus Kempten angefordert. Bevor nicht alle erkennungsdienstlich erfasst wurden, darf niemand gehen.«

»Das Ehepaar mit dem Kind durfte auch gehen«, widersprach sie. »Sie haben meine Adresse. Wenn ich meinen Mann im neuen Jahr in der Rechtsmedizin identifizieren soll, kontaktieren Sie mich gern. Ich muss eine Beerdigung vorbereiten. Auf Wiedersehen!« Sie versuchte, sich an Jessica vorbeizudrängeln.

»Wie ich schon sagte: Alle bleiben hier! Bitte begeben Sie sich ins Schmankerlstüble. Ich hätte noch ein paar Fragen zu Ihrem Hobby. Ich habe erfahren, Sie spielen Theater?«

Frau Engel stellte ihren Koffer ab, den sie mühsam die Treppe hinuntergeschleppt hatte, und nickte ergeben. »Gut, dann warten wir. Kommen die Studenten meines Mannes heute noch zum Hotel zurück, oder müssen die auf der Hütte bleiben?«

»Das entscheidet mein Mann.« Jessica wies mit der Hand in Richtung Speisesaal. »Frau Sonnleitner hat uns ein leckeres Silvestermahl zusammengestellt.«

Frau Engel seufzte. »Bringst du bitte meinen Koffer zurück aufs Zimmer, Nevio? Ich gehe davon aus, dass wir eine weitere Nacht hier verbringen müssen.«

Nevio tat, wie geheißen, und auch sie wollte gehen.

»Bitte warten Sie, Frau Engel«, rief Jessica ihr nach. Als Nevio nicht mehr zu sehen war, sagte sie leise: »Ich frage mich, warum Sie Herrn Aldenhoven nach wie vor vertrauen. Es ist doch sehr wahrscheinlich, dass er für Ihre Vergiftung verantwortlich war.« Ihre Frage war provokant, weil Frau Engel aufgrund der Anspielung auf ihre schauspielerischen Fähigkeiten annehmen musste, dass Jessica sie nur aus der Reserve locken wollte. Doch sie ließ sich nichts anmerken.

»Nevio hat mit dem Anschlag nichts zu tun«, sagte sie. Ihr Mundwinkel zuckte, doch sie vermied es, zu lächeln. »Außer er wollte Ihnen schaden, Frau Forster. Der Tee war ursprünglich für Sie.«

Jessica beobachtete, wie die Frau des ermordeten Professors durch die große Doppeltür in den Saal verschwand, drehte sich um und sah aus dem kleinen Fenster neben der Eingangstür. Noch konnte man in der Dämmerung die Autos und die Einfahrt erkennen. In einer halben Stunde würde es stockfinster sein. Sie hatte Berthold gebeten, zwei Beamte zur Unterstützung zu schicken. Sollten die Studenten aus der Hütte heute noch zu ihnen stoßen, würde es schnell unübersichtlich werden. Niemand konnte dann garantieren, die vielen Leute im Zaum zu halten. Der eine oder andere würde mühelos stiften gehen können.

»Haben Sie auf mich gewartet, Frau Forster?«, rief Nevio von der Treppe, als er ohne Koffer zurückkkam.

»Das habe ich tatsächlich.« Sie schritt mit ausholenden Schritten auf den Durchgang zu und öffnete die Tür zum Schmankerlstüble. »Ich fühle mich wohler, wenn Sie alle beisammen sind, bis der Streifenwagen eintrifft.«

Nevio Aldenhoven hielt abrupt an, öffnete den Mund, als wollte er etwas sagen, blieb aber stumm. Er schüttelte kaum wahrnehmbar den Kopf und ging an Jessica vorbei.

20

Alois Sonnleitner kontrollierte die Taschenlampen, die er aus dem Nebenraum mit dem Funkgerät geholt und in die Küche getragen hatte, und die jetzt aufgereiht auf dem Tisch standen. Bei einigen wechselte er die Batterien aus.

Florian stopfte in der Speisekammer die gesammelten Beweise, die Waffe, die Smartphones der Studenten und den Block mit seinen Notizen in einen großen Rucksack. Die Ausweise der jungen Leute schob er in die Innentasche seiner Jacke. Er warf einen letzten Blick auf die Leiche von Professor Engel. Ihm war nicht wohl dabei, sie unbewacht zurückzulassen. Er hatte überlegt, eine weitere Nacht hierzubleiben und auf die Spurensicherung zu warten, die Jessica bestimmt bereits angefordert hatte. Doch er wollte Herrn Sonnleitner auch nicht mit den Studenten allein zum Hotel gehen lassen. Und wenn alle bis morgen in der Hütte blieben, wäre es unmöglich zu verhindern, dass einer der Tatverdächtigen des Nachts stiften ging, wenn alle anderen schliefen. Der Weg war jetzt frei und der Abstieg zum Hotel relativ sicher.

Er verließ den Raum, schloss die Tür ab und schob den Schlüssel in seine Hosentasche.

»Leute, seid ihr endlich fertig?«, brüllte er. »Ich dachte, ihr könnt es gar nicht abwarten, hier wegzukommen.«

Emma und Davina traten aus der Wohnstube. Sie trugen Skikleidung, warme Mützen und Handschuhe. Jede hatte einen Rucksack mit ihrem Gepäck auf dem Rücken.

Alois reichte ihnen eine Taschenlampe. »Könnt ihr euch

die teilen? Ich habe nur vier Lampen, die funktionieren.« Er hielt Florian eine entgegen.

»Ich brauche keine. Danke, Alois.« Er schlüpfte in seine Jacke und zog den Reißverschluss zu. »Wir gehen gemeinsam. Gib die Lampe den Jungs.«

Valentin und Jonah kamen aus dem Obergeschoss.

»Wo ist Wolfgang Faber?«

»Wolfgang ist nicht oben. Vielleicht ist er schon draußen«, mutmaßte Valentin und wickelte sich einen Schal um den Hals. »Was passiert jetzt mit uns?«

»Sobald wir im Hotel sind, werde ich veranlassen, dass man euch alle zur Kripo Kempten bringt. Dort kommt ihr in Untersuchungshaft, bis ich entscheide, wer von euch unschuldig ist und gehen kann.«

»Ja, aber …« Jonah Thies hatte die Hand mit ausgestrecktem Zeigefinger erhoben, ließ den Arm nun sinken und sah zu Boden. »Du kannst niemanden als Täter ausschließen, weil …« Er verstummte.

»Richtig, Jonah. Solange keiner von euch die Verantwortung übernimmt, werden alle eingesperrt.«

»Das darfst du gar nicht!«, versuchte es der Jurastudent ein letztes Mal.

Florian legte den Kopf schräg und sah den jungen Mann aufmerksam an. »Selbstverständlich darf ich das. Jeder Staatsanwalt wird mir den Beschluss unterschreiben, wenn ich glaubhaft darlegen kann, dass ihr alle gemeinsam einen Mordkomplott geschmiedet habt. Und glaub mir, Jonah Thies, ich kann sehr überzeugend sein.« Florian hörte Jonah leise jammern. »Gib einfach zu, dass du abgedrückt hast. Dann können deine Kommilitonen vom Hotel direkt nach Hause fahren, und wir können die ganze Angelegenheit endlich beenden. Die Damen und Herren werden dir dankbar sein.«

»Er hat nicht geschossen.« Valentin Kobel schob Jonah beiseite und baute sich direkt vor dem Hauptkommissar auf. »Wir haben vorhin beschlossen ...« Er hielt inne und sah sich in der Runde um.

Alle nickten.

Dann schaute er zur Haustür, hinter der er Wolfgang vermutete. »Nur einer war gegen den Vorschlag!«

»Wolfgang Faber?«

»Ja«, bestätigte Jonah und stellte sich neben Valentin. »Wir werden dir auf dem Präsidium sagen, wer geschossen hat. Wenn wir mit unseren Anwälten gesprochen haben. Ich möchte nur erwähnen – im Namen und im Interesse eines jeden hier –, dass die Person, die abgedrückt hat, keine Ahnung hatte, dass die Waffe scharf war. Unsere Exkursion sollte ein Krimispiel sein, das der Professor jedes Jahr veranstaltet. Du kannst das nachprüfen, es ist die Wahrheit.«

»Das weiß ich bereits«, teilte Florian den jungen Leuten mit und versuchte es erneut. »Wenn es keine Absicht war und ihr das alle bezeugen könnt, dann wird euch auch nichts passieren.« Er sah jeden einzelnen an.

Niemand reagierte.

»Abgesehen natürlich von dem Vergehen, die Ermittlungen behindert zu haben.«

Sekundenlang war es absolut still in der Hütte.

»Wollen wir gehen?«, fragte Davina plötzlich. »Es ist schon fast dunkel.«

Die Lichtkegel der Taschenlampen schafften es kaum, den Weg adäquat auszuleuchten. Ihr geplanter Abstieg zum Hotel war riskant, doch Herr Sonnleitner beruhigte sie alle, indem er behauptete, er würde die Strecke blind laufen können und sie sollten ihm nur folgen.

»Wo ist Wolfgang Faber?«

Florian hatte mehrmals die dunklen Gestalten vor der Hütte durchgezählt. Der Kunststudent war groß. Er überragte die anderen jungen Leute um einen halben Kopf. Er war nicht dabei.

»Ich habe im Obergeschoss noch etwas vergessen. Ich werde ihn suchen. Geh du mit der Gruppe vor, Alois. Ich komme mit Herrn Faber nach«, sagte Florian und tauschte mit dem Hotelbesitzer seinen Rucksack gegen eine Taschenlampe. In der Hütte gab es kein Licht mehr. Alle Sicherungen waren rausgedreht.

Er betrat den Flur.

»Wolfgang? Bist du hier irgendwo?«

Oben polterte es laut. Eine Tür wurde zugeschlagen und jemand stolperte auf die Treppe zu.

»Könnt ihr nicht warten? Welcher Idiot hat das Licht ausgeschaltet?« Der gesuchte Student kam, schwer bepackt mit Taschen und Leinwänden, ins Erdgeschoss und hob schützend die Hand vors Gesicht, als der Strahl der Taschenlampe ihn traf. »Forster?« Er wartete die Antwort auf seine Frage nicht ab. »Du glaubst doch nicht, dass ich meine Bilder am Tatort zurücklasse!«

»So war das nicht abgesprochen«, bemerkte Florian gereizt. »Warte hier auf mich. Ich muss kurz nach oben. Wir gehen zusammen zum Hotel, verstanden? Ohne Taschenlampe ist es zu gefährlich.«

»Klar. Beeil dich!«

Er hätte die Sicherungen wieder reindrehen sollen. Im Zimmer des Professors war es so dunkel, dass er ohne Taschenlampe die Hand vor Augen nicht sehen könnte. Er wollte nicht versehentlich auf den herausgerissenen Riegel oder den am Boden liegenden Löffel treten und bewegte sich deshalb sehr vorsichtig durch den Raum. Auf dem Bett lag nach wie vor das Buch mit den Notizen. Das wollte er mitnehmen, um es im Hotel genauer zu untersuchen. Vielleicht fand er doch den einen oder anderen Hinweis darin. Bei einem letzten Blick durch das kleine Fenster neben der Tür zum Balkon stieß er schmerzhaft mit dem Schienbein gegen das kleine Nachtschränkchen, das gefährlich schwankte. Gerade noch rechtzeitig warf er das dicke Buch aufs Bett zurück und verhinderte mit der nun freien Hand, dass das Tischchen umkippte. Die Teetasse allerdings fiel klirrend zu Boden.

»Verdammter Mist!«, fluchte er, rieb sich die geprellte Stelle am Bein und überlegte kurz, ob er die Scherben aufsammeln sollte. Er entschied sich dagegen, schob aber den Nachtschrank wieder neben das Bett, indem er die Taschenlampe obenauf legte, mit dem Daumen fixierte und die Finger unter den Rand der Deckelplatte legte. Er hob das leichte Möbel an. Der Lichtkegel fiel dabei direkt an die Wand neben dem Bett.

Was war das?

Er stellte den Tisch ab, ging in die Knie und schaute sich die Stelle, die er eben entdeckt hatte, genauer an. Da war eindeutig ein Einschussloch. Die Kugel steckte nach wie vor im Holz. Er hatte dieses Beweisstück bei der Untersuchung des Tatortes übersehen, weil die leere Teetasse es verdeckt hatte. Das war unentschuldbar und hätte nicht passieren dürfen. Und es bedeutete, dass zweimal geschossen worden war, denn das Projektil, dass den Professor getötet hatte, steckte in seinem Körper. Keiner der Studenten hatte einen zweiten Schuss erwähnt. Warum? Sie hätten doch ahnen müssen, dass er die Kugel finden würde.

Florian sparte es sich, die Kugel aus der Wand zu lösen, und machte ein Foto mit seinem Smartphone.

In Ermangelung einer Tasche schob er den schweren Wälzer auf dem Bett in seine Jacke, schloss den Reißverschluss, verließ den Tatort und klebte ein neues Polizeisiegel über den Türspalt. Unten polterte es laut.

»Alles okay bei dir, Wolfgang?«

Keiner antwortete.

Der untere Flur war menschenleer.

»Hatte ich nicht angewiesen, du sollst warten?« Er leuchtete über die Türen zu den einzelnen Räumen. Die zur Küche stand als einzige weit offen. »Was willst du da drinnen? Wir gehen jetzt los!«

In der Hütte blieb es still.

»So ein Idiot«, murmelte Florian, als er jeden Winkel nach dem Kunststudenten abgesucht hatte. »Wenn ich den jetzt noch aus irgendeinem Schneehaufen retten muss, bekommt er was zu hören.« Er ging durch den Flur, riss wütend die Eingangstür auf und trat hinaus in die Dunkelheit.

Vom heftigen Schlag an seinen Hinterkopf bekam er kaum etwas mit.

Der Schmerz wich augenblicklich einer schwindeligen Benommenheit. Er taumelte und fiel.

Als sein Kopf auf das Pflaster vor der Hütte schlug, war er bereits bewusstlos.

*

»Da sind Sie ja endlich!«, rief Alois Sonnleitner. Der Lichtkegel seiner Taschenlampe suchte den Weg hinter den Studenten ab. »Wo ist Florian?«

Wolfgang Faber stellte sein Gepäck ab, streckte seinen

Rücken durch und atmete schwer. Er war die letzten Meter gejoggt.

Nun strahlte der Gastwirt ihm direkt ins Gesicht und wiederholte seine Frage. »Wo ist der Hauptkommissar?«

Wolfgang legte seine Hand schützend über die Augen. »Nehmen Sie das verdammte Licht weg!« Er griff nach den Taschen und hängte sich alle über die rechte Schulter. »Herr Forster zieht es vor, in der Hütte zu bleiben, bis die Spurensicherung kommt. Wir sollen zum Hotel gehen und einen Glühwein für ihn mittrinken, hat er gesagt.«

Einen kurzen Moment starrte Sonnleitner den Studenten misstrauisch an.

»Er wird schon wissen, was er tut.« Wolfgang zuckte mit den Schultern. »Für mich wäre das nichts. Alleine in dieser einsamen Hütte.«

»Puh! Für mich auch nicht«, warf Emma Pfaff ein und schüttelte sich, als würde ihr ein kalter Schauer über den Rücken laufen. »Gruselig!«

Wolfgang klopfte Herrn Sonnleitner freundschaftlich auf die Schulter. »Wollen wir gehen?«

Die Gruppe setzte ihren Weg fort.

Ein paarmal drehte sich Alois Sonnleitner um, doch die Hütte war von ihrer Position aus nicht mehr zu sehen. Dafür konnte man bereits das warme Licht wahrnehmen, das aus dem hell erleuchteten Schmankerlstüble strahlte. Der Rest des Hotels lag im Dunkeln. Die weihnachtliche Außenbeleuchtung, die Lichterkette aus künstlichen Eiszapfen, war nicht eingeschaltet.

In einer halben Stunde wären sie endlich raus aus Kälte und Finsternis.

*

Der pochende Schmerz in seinem Kopf setzte in dem Moment ein, als er zu sich kam.

Er lag mit dem Gesicht nach unten auf einem kalten, harten Untergrund.

Zuerst bemerkte er dieses zischende und knisternde Geräusch, dann nahm er den beißenden Geruch wahr.

Feuer!

Blitzschnell rappelte er sich auf und hustete heftig.

Direkt vor ihm brannte es lichterloh.

Er war in der Speisekammer, und der Tisch, die Leiche des Professors loderten. Die Flammen züngelten bis hoch zur Decke und produzierten giftigen, stinkenden Rauch, der den Raum schwarz färbte und Florian die Luft zum Atmen raubte.

Mit einer Hand presste er sich den Schal vor den Mund. Keuchte und versuchte, nicht mehr zu atmen. Die andere suchte den Türgriff in seinem Rücken.

Die Speisekammertür war verriegelt.

Panisch suchte er den Schlüssel in seiner Hosentasche, fand ihn nicht, hustete, ließ sich auf die Knie fallen und schaute sich hektisch nach etwas um, womit er das verdammte Feuer löschen konnte.

Er musste hier raus!

Auf allen vieren kroch er am Tisch vorbei, spürte das Feuer, das den Raum unerträglich aufheizte, und erreichte das kleine Fenster. Es war nur angelehnt.

Keuchend und hustend rutschte er über die schmale Fensterbank nach draußen und fiel auf der anderen Seite in den eiskalten Schnee. Er sprang auf die Füße und stolperte um die Hütte herum, stürmte vorn wieder hinein und riss den Feuerlöscher, der neben der Garderobe angebracht war, aus der Halterung.

Der Schlüssel, den er vorhin in seiner Hosentasche gehabt hatte, steckte im Schloss der Speisekammertür.

Als er die Tür aufriss, strömte heißer Rauch heraus und raubte ihm die Sicht. Glühende Asche flog ihm entgegen und versengte seine Jacke. Der alte Läufer unter seinen Füßen fing Feuer. Wenn er den Brand nicht schnell in den Griff bekam, würde die ganze Hütte abfackeln.

Er trat die Glutnester aus, zielte mit dem Schlauch des Feuerlöschers auf die offene Tür und drückte den Griff fest zusammen. Weißer Schaum sprühte heraus und verteilte sich zischend in der ganzen Kammer.

21

Frau Sonnleitner fiel ihrem Mann erleichtert um den Hals.

»Endlich«, sagte sie. »Das ist wirklich eine Tragödie! Aber uns geht es gut. Das ist die Hauptsache.«

Als Alois Sonnleitner Jessicas suchenden Blick bemerkte, befreite er sich aus den Armen seiner Frau und ging zu ihr hinüber. »Ihr Mann bleibt diese Nacht noch in der Hütte«, erklärte er ihr. »Ich vermute, er will auf die Beamten warten, die den Tatort untersuchen.«

»Verstehe«, murmelte Jessica enttäuscht. »Hat er sonst noch etwas gesagt?«

»Ich habe nicht direkt mit ihm gesprochen. Die Entscheidung war wohl sehr spontan. Aber ich habe die sichergestellten Beweise mitgebracht.« Er reichte Jessica den Rucksack. »Die Handys der jungen Leute sind auch drin. Florian meinte, es wäre besser, die Herrschaften können nicht telefonieren.«

»Das geht auf der Hütte doch sowieso nicht«, seufzte Jessica, nahm dem Gastwirt die Tasche ab und schaute kurz hinein.

»Er hat Ihre Nachrichten bekommen.« Herr Sonnleitner klopfte Jessica aufmunternd auf die Schulter. »Die Informationen haben ihm sehr geholfen.« Er ließ sie im Foyer stehen, legte seiner Frau den Arm um die Schulter und ging mit ihr zusammen in die Küche.

»Jetzt bist du enttäuscht, stimmt's?« Paula hatte das Gespräch mit angehört. »Typisch Mann. Eine kurze Rückmeldung, dass deine Informationen angekommen sind, hätte Florian geben können, oder?«

»Das wäre schön gewesen«, seufzte Jessica. »Aber viel trauriger bin ich, dass er nicht hergekommen ist. Was will er noch auf dieser Hütte? Ganz allein!«

»Begreife mir einer die Männer«, schloss Paula die Unterhaltung, hakte sich bei Jessica unter und zog sie in Richtung Schmankerlstüble. »In drei Stunden ist es Mitternacht, und ich habe noch keinen einzigen Tropfen Alkohol getrunken!«

Seit die fünf Studenten von der Hütte zurück waren, war der Geräuschpegel im Speisesaal unerträglich hoch. Der kleine Aufenthaltsraum war immer noch Sperrzone. Anfangs hatten die jungen Leute der Witwe des Professors alle artig ihre Aufwartung gemacht, Beileid gewünscht und Frau Engel beteuert, wie traurig sie selbst über den Verlust ihres Lehrers waren. Wenig später war von dieser Betrübtheit nichts mehr zu spüren. Die Studenten feierten ausgelassen und man merkte ihnen an, dass sie erleichtert waren, den Tatort mit der Leiche hinter sich gelassen zu haben.

Dienststellenleiter Götze hatte Jessica kontaktiert und ihr mitgeteilt, dass die Verstärkung noch auf sich warten ließ. Die Beamten der Spurensicherung würden morgen bei Schichtwechsel eintreffen. Die zwei angeforderten Streifenwagen würden losfahren, sobald sie abkömmlich waren. In der Silvesternacht überstieg die Anzahl der Einsätze häufig die Kapazität bereitgestellter Einsatzfahrzeuge. Da Jessicas Fall nicht dringlich war, würde sie nun Geduld haben müssen.

»Und einer oder eine von denen hat den tödlichen Schuss abgegeben?« Paula saß neben Jessica auf der Eckbank am Durchgang zum Foyer. Sie hatte sich weit zu ihr hinübergebeugt, ohne die laut grölende Truppe am anderen Ende des Saals aus den Augen zu lassen. »Wenn in diesem Raum ein Mörder ist, ist das irgendwie beunruhigend. Kannst du sie nicht alle verhaften und oben in eins der Zimmer sperren?«

»Solange ich keine Fingerabdrücke auf der Tatwaffe, glaubhafte Zeugenaussagen oder ein Geständnis habe, gilt für alle die Unschuldsvermutung«, erklärte Jessica, stützte die Ellenbogen auf den Tisch und den Kopf in ihre Hände.

»Ich befürchte, das wissen die jungen Leute ganz genau«, sinnierte Paula.

»Es wäre auch hilfreich, mich endlich mit Florian auszutauschen. Er hat oft eine gute Intuition. Aus den wenigen Notizen, die von ihm im Rucksack waren, geht leider nicht hervor, wem er die Tat zutraut.«

»Welcher von denen ist der, der laut Berthold seine Freundin rächen wollte?«, fragte Paula. »Der war's. Da bin ich mir sicher. Der hat das größte Motiv.«

Jessica kicherte. »Ach, Paula. Berthold hat gesagt, dass Valentin Kobel – das ist der in dem gestreiften Pullover – mit dem Mädchen liiert war, das vor zwei Jahren Selbstmord begangen hat. Alles andere hast du dazugedichtet.«

»Kombiniert!«, behauptete Paula. »Rache ist eine starke Triebfeder. Dieser Kobel gibt dem Professor die Schuld am Suizid seiner Freundin.«

»Das ist möglich«, ließ Jessica sich auf die Theorie ein. »Aber zwei Jahre später? Und du darfst nicht vergessen, dass Davina Hollfeld dasselbe Motiv haben könnte. Die Freundin von Valentin war ihre Schwester.«

»Ehrlich? Das ist ja spannend!« Sie trank einen großen Schluck aus ihrem Weinglas. »Die ist mir auch nicht geheuer. Die ist so verstockt und humorlos.« Sie dachte einen Moment nach. »Jetzt haben wir zwei Täter. Das ist wirklich nicht einfach.«

»Wenn es eindeutig wäre, könnten wir alle ganz entspannt das neue Jahr begrüßen, Florian wäre bei uns und der Täter in Kempten in einer Arrestzelle. So aber sitze ich bis in die frühen Morgenstunden hier neben der Tür und passe auf, dass niemand heimlich das Hotel verlässt. Nicht einmal die Kinder kann ich anrufen.«

Paula seufzte theatralisch, dann grinste sie plötzlich breit. »Ich glaube, das letzte Problem lässt sich lösen. Warte!«

Sie sprang auf und verließ das Schmankerlstüble.

*

Alois Sonnleitner zog den Schlüsselbund aus der Hosentasche und entsperrte die Haustür. Wäre er nicht gerade aus der Küche gekommen und durch das Foyer gegangen, hätte er das Klopfen nicht wahrgenommen.

»Oh Gott! Was ist mit dir passiert?«

Florian griff nach Sonnleitners Arm und zog den Hotelier nach draußen. Gleichzeitig legte er den Zeigefinger über den Mund, um ihm anzudeuten, er solle leise sein.

Im Blick des Mannes blitzte Panik auf.

»Alles okay, Alois«, flüsterte Florian. »In der Hütte hat es gebrannt, aber ich konnte das Feuer löschen. Die Speisekammer ist beschädigt. Der Rest des Hauses ist verschont geblieben.«

»Die Leiche?« Mehr brachte Herr Sonnleitner nicht heraus.

»Ebenfalls verbrannt. Ich denke, jemand wollte Beweise vernichten. Und mich gleich dazu.«

»Der Faber!«, platzte es aus Alois heraus. Er sah sich nervös um. Die Haustür hinter ihm war nur angelehnt. Dann betrachtete er den Hauptkommissar im Schein der Außenbeleuchtung. »Du siehst schlimm aus. Bist du verletzt? Soll ich einen Krankenwagen rufen?«

»Nein. Mir geht es gut. Ich habe nur eine Bitte.«

Florian erklärte dem Gastwirt, dass es besser sei, wenn niemand im Hotel erfahre, dass er hier sei. Er wollte den Täter in dem Glauben lassen, er wäre im Feuer umgekommen. Alois sollte ihm helfen, heimlich in sein Zimmer zu kommen.

Dieser nickte zustimmend. »Und deine Frau? Die war sehr enttäuscht, dass du vorhin nicht mitgekommen bist. Tu mir den Gefallen und melde dich wenigstens bei ihr zurück.«

Laut Alois waren alle Gäste im Speisesaal.

Florian schlich durch das Foyer, lief – immer zwei Stufen auf einmal nehmend – die Treppe zum ersten Stock hinauf und glitt lautlos durch den Eingang ins Appartement. Aus Sorge, jemand könnte durch den Spalt einen Lichtschein erkennen, ließ er die Beleuchtung im Wohnbereich aus, als er leise die Tür zudrückte. Im Dunkeln tastete er sich vorsichtig an der Wand entlang und fand die Tür zum Schlafzimmer. Er trat ein und betätigte den Lichtschalter. Der kleine Wecker neben seinem Bett zeigte 23.30 Uhr an. In einer halben Stunde begann das neue Jahr.

Wenn er sich beeilte, schaffte er es noch, schnell zu duschen, bevor Jessica kam. Er hatte Alois gebeten, sie unauffällig zu benachrichtigen. So sehr er sich wünschte, Mitternacht mit seiner Frau gemeinsam zu erleben, hoffte er dennoch, ihr nicht so dreckig und verrußt zu begegnen. Er roch penetrant nach Qualm. Auf Gesicht und Händen hatten sich die schwarzen Rauchpartikel durch die feuchte Luft im Freien zu schleimigen Schlieren verwandelt. Er sah aus, als wäre er nach stundenlanger Arbeit unter Tage endlich wieder an die Oberfläche gekommen.

Er brauchte Wasser und ganz viel Seife.

Und neue Kleidung, Deo und Zahncreme.

Und das Geschenk, das er aus Kempten in den Urlaub mitgenommen hatte.

*

Als er die schrille Stimme von Paula durch die geschlossene Badezimmertür hörte, griff Florian panisch nach dem Handtuch über der Heizung und schaffte es gerade noch, es sich hektisch um die Hüfte zu wickeln.

Die Tür wurde mit Schwung aufgestoßen.

»Ich habe gedacht, du wolltest mit den Kindern telefonieren«, rief Paula in den dichten Nebel, der den kleinen Raum erfüllte. »Stattdessen gehst du duschen. Was ist nur …?« Sie verstummte für einen kurzen Moment. »Florian? Was machst du hier? Ich dachte, du bist noch auf der Hütte.«

»Wie du siehst, bin ich dort nicht mehr«, sagte Florian trocken und wischte den beschlagenen Spiegel über dem Waschbecken mit der Hand frei. »Würdest du bitte die Tür schließen? Es wird langsam kalt.«

Paula trat ins Badezimmer und machte die Tür hinter sich zu. Dann setzte sie sich auf den Rand der Badewanne.

»Von außen, meinte ich. Merkst du nicht, dass du störst?«

Paula ignorierte seine Worte. »Warum erzählst du Herrn Sonnleitner, dass du heute Nacht auf der Hütte bleibst, kommst dann aber trotzdem her?« Sie musterte ihn von oben bis unten.

»Davon war nie die Rede. Würdest du bitte aufhören, mich anzustarren?«

»Nein.« Sie grinste frech. »Weiß Jessy, dass du da bist? Die war ganz schön enttäuscht, als du nicht mit den Studenten angekommen bist.«

»Tu mir den Gefallen und sage ihr Bescheid. Dann kann ich mich endlich in Ruhe anziehen. Es ist gleich Mitternacht.« Er deutete mit ausgestrecktem Arm auf die Tür und sah streng zu ihr hinunter. »Und niemand sonst darf wissen, dass ich hier bin. Verstanden?«

»Einen Moment noch.« Sie rührte sich nicht vom Fleck. »Hast du gewusst, welche Körperstelle eines Mannes Jessy am erotischsten findet? Sie hat es mir mal bei einem feuchtfröhlichen Mädelsabend gestanden.«

Florian seufzte und schüttelte genervt den Kopf. Paula würde nicht lockerlassen, bevor sie ihre brisanten Informationen losgeworden war. »Nein, das weiß ich nicht.«

Paula stand auf und schmunzelte. Sie beugte sich dicht zu ihm. »Dann frag sie«, flüsterte sie, drehte sich auf dem Absatz um und verließ den Raum.

Er hörte sie draußen glucksend lachen.

22

Es war kalt.

Trotz der Daunenjacke und der dicken Wolldecke, die Jessica sich zusätzlich um den Körper gewickelt hatte, fror sie. Die Handschuhe hatte sie ausgezogen, um auf dem Display des Smartphones besser tippen zu können.

Gerade ging eine Nachricht von Svenja, ihrer großen Tochter, ein. »Hallo Mama. Wir haben dich lieb. Frohes neues Jahr. Viele Grüße von Svenja, Tobias und Opa.«

Jessica lächelte, legte das Handy auf den Knien ab und blies warme Atemluft an ihre eisigen Finger.

Alle hatten auf ihre Neujahrsgrüße geantwortet.

Alle außer Florian.

Ewig würde sie nicht auf eine Nachricht warten können. Oben im Turm auf dem breiten Balken saß sie sicher und dank des mitgebrachten Kissens auch bequem, aber sie durfte Herrn Sonnleitner mit den Studenten und dem Rest der Hotelgäste nicht zu lange allein lassen. Der Gastwirt hatte ihr versichert, dass niemand das Hotel verlassen konnte. Die neuen Sprossenfenster, die sie im vorletzten Jahr eingebaut hatten, waren alle mit Schloss verriegelt. Die Fronttür war nachts immer abgeschlossen, und die hintere Tür zur Küche – der Lieferanteneingang – war von der Lawine komplett verschüttet, genau wie die Terrassentür im Fernsehzimmer.

Nach den Gesprächen mit den jungen Leuten hatte Jessica nicht den Eindruck gehabt, dass einer von ihnen fliehen wollte oder gewalttätig sein würde, aber was in den Köpfen vorging, konnte man nie wissen. Es wäre schön gewesen, sich diesbezüglich mit Florian auszutauschen. Er hatte mit den Tatverdächtigen mehrere Tage verbracht. Doch ihr Mann zog es vor, oben auf der Hütte zu bleiben.

Aus der Hosentasche zog sie ein Paar In-Ear-Kopfhörer und schloss das Kabel an das Smartphone an. Die Befragungen hatte sie aufgezeichnet und wollte die Wartezeit damit überbrücken, einige von ihnen noch einmal anzuhören. Eine Viertelstunde wollte sie Florian noch einräumen, dann würde sie ihren Posten auf dem Dachbalken verlassen und sich im Speisesaal aufwärmen.

Endlich ging eine Nachricht ein. Auf dem hell erleuchteten Display erschien für einen Moment Florians Name.

»Ich habe Mitternacht verpasst. Bitte verzeih mir«, las sie und rümpfte verärgert die Nase.

»Ja, hast du«, sagte sie in die Dunkelheit. »Weil du lieber allein auf der Hütte bleibst, anstatt bei mir zu sein. Ich vermisse dich schrecklich, du Idiot!«

Das Handy piepte erneut. »Du musst gottserbärmlich frieren. Möchtest du ein heißes Getränk?«

Jessica blickte irritiert auf die neu eingegangene Mitteilung, als eine weitere ankam.

»Ich habe dich auch vermisst. Darf ich raufkommen?«

Jetzt riss sie die Kopfhörer aus den Ohren und starrte in die Dunkelheit des weiten Dachbodens. Nichts und niemand war zu sehen. Dort, wo das Licht ihres Handys endete, war tiefschwarze Nacht.

»Florian? Bist du da?«

»Nimmst du mir bitte die Tassen ab?«, hörte sie seine Stimme unter sich.

Als sie mit der Taschenlampenfunktion nach unten leuchtete, stand er auf der ersten Stufe der Leiter, hielt sich mit einer Hand fest und streckte ihr mit der anderen zwei dampfende Tassen entgegen, die herrlich nach Fruchtpunsch rochen.

»Rutsch nach vorn, damit ich auch Platz habe.«

Ohne die Tassen war es ein Leichtes, schnell nach oben zu klettern und sich rittlings auf den 50 Zentimeter breiten Balken zu setzen. Im matten Licht sah Florian, dass Jessica Tränen in den Augen hatte, hob seine Hand und strich ihr zärtlich über die Wange. »Nicht gut, dass ich da bin?«, wollte er wissen.

»Du hättest mir kein schöneres Geschenk machen können!« Sie hatte die Punschtassen hinter sich gestellt, rutschte näher zu Florian und schlang die Beine um ihn. Mit den Händen hielt sie die Ecken der Wolldecke, legte die Arme um seinen Hals und wickelte sie beide fest ein. Ihre Nase berührte seine, als sie ihn ganz fest an sich drückte. »Du bist schön warm.«

»Und du bist eiskalt. Das ist definitiv schlimmer als deine frostigen Füße unter der Bettdecke.«

»Deine Haare sind feucht«, stellte sie verwundert fest, als ihre Hand seinen Hinterkopf berührte. »Schneit es draußen wieder?«

Er legte ihr den Zeigefinger über die Lippen. »Nicht mehr reden!« Er lächelte schief. »Ich wünsche dir ein frohes neues Jahr, Liebe meines Lebens.«

Sein nicht enden wollender Kuss war atemberaubend und wärmte sie mehr, als jeder Punsch es vermocht hätte.

*

»Was ist mit Ihnen?«, rief Paula panisch und rüttelte an Frau Engels Schulter. Diese lag reglos mit Oberkörper und

Gesicht auf der Tischplatte. Ihre Arme hingen schlapp herunter.

»Was ist passiert?« Paula hatte nichts mitbekommen, weil sie erst vor Kurzem den Saal betreten hatte.

Niemand in der Runde gab ihr eine Antwort. Wolfgang Faber kam herein.

In ihrer Verzweiflung suchte Paula unbeholfen die Halsschlagader der Bewusstlosen und fühlte ein schwaches Pochen unter ihren Fingerspitzen. Als sie die Frau aufrichten wollte, sackte diese kraftlos in sich zusammen, fiel zur Seite und blieb bewegungslos auf der Eckbank liegen. »Herrgott, ich bin doch keine Ärztin«, jammerte Paula. »Ich habe keine Ahnung, was ich tun soll!«

»Atmet sie?«, mischte sich Wolfgang ein. Weil Paula mit den Schultern zuckte, schob er sie beiseite und kontrollierte Frau Engels Atmung. »Rufen Sie einen Notarzt!«

»Das erledige ich.« Alois Sonnleitner stürmte aus dem Speisesaal und verschwand im Foyer.

Seine Frau griff nach einer Wolldecke, die über einer Stuhllehne hing, und breitete sie auf dem Boden aus. »Legen Sie sie am besten hier drauf.«

Der Kunststudent hievte die bewusstlose Frau Engel hoch und legte sie auf den Boden. Nach einer weiteren Kontrolle ihrer Atmung brachte er sie in die stabile Seitenlage und legte seine Finger an ihren Hals. »Der Puls ist verdammt schwach. Wie lange braucht der Krankenwagen?«

»Vermutlich mindestens eine Viertelstunde. Bei den widrigen Wetterverhältnissen eher länger«, mutmaßte die Gastwirtin und machte ein besorgtes Gesicht. »Jemand sollte die Hauptkommissarin informieren.«

Paula nickte. »Ich weiß, wo sie ist.« Sie rannte los, durchquerte das Foyer und stolperte die Treppe hinauf. Oben lief sie weiter durch den langen Flur. Auf den Stufen zum Dachboden schnaufte sie bereits so schwer, dass Jessica und Florian sie vermutlich schon vor ihrem Betreten bemerken würden. .

Die Tür war abgeschlossen.

Paula machte auf dem Absatz kehrt, sprang mehrere Stufen auf einmal hinunter, erreichte völlig außer Atem die Tür zum Appartement und verschaffte sich Zutritt. Sie hatte Florian versprochen, ihn und Jessy für mindestens eine Stunde in Ruhe zu lassen, aber darauf konnte sie keine Rücksicht nehmen.

Nach kurzem Zögern und einem lauten Rufen trat sie unaufgefordert ins Schlafzimmer ihrer Freunde.

Es war leer.

Wo waren die beiden?

*

»Ist dir jetzt wärmer?«, flüsterte Florian dicht an ihrem Hals und küsste sanft die pochende Stelle unter ihrem Ohr.

»Das schon.« Jessica brummte wohlig. »Aber du wirst nicht drumherum kommen, meine kalten Füße auch noch aufzuwärmen.« Sie spürte, wie er grinste.

»Das geht definitiv nur unter der Bettdecke«, behauptete er. »Kommst du freiwillig mit, oder muss ich dich über die Schulter werfen und in unser Schlafzimmer verschleppen?«

Jessica lachte immer noch, als sie die Stufen der Leiter hinabstieg und sich vorsichtig an der Wand entlang zur Tür vorantastete. Dabei wich sie geschickt den Möbeln und Kisten aus, deren Positionen sie inzwischen gut kannte. »Legst du noch die Leiter auf den Boden? Richtig aufräumen können wir später.« Sie erreichte die Tür, bekam sie aber nicht auf. Im ersten Moment vermutete sie, jemand hätte von außen abgeschlossen. Ihr fielen Frau Sonnleitners Worte ein, die erzählt hatte, es würde nur einen einzigen Schlüssel zum Dachboden geben, weshalb dieser immer in dem Versteck außerhalb neben der Tür lag. Genau dieser Schlüssel steckte in ihrer Hosentasche. Von innen gab es nur einen Griff, aber kein Schlüsselloch. Als sie das Licht ihres Smartphones betätigte, fand sie das Problem.

Unter der Tür war ein Keil, der das Öffnen verhinderte. Sie stieß ihn mit dem Fuß beiseite.

Florian legte seine Arme von hinten um sie. »Du bist immer noch nicht da, wo du hingehörst. Ab mit dir!« Er öffnete die Tür und schob sie hinaus.

Paula erreichte das Foyer in dem Moment, als Herr Sonnleitner den eingetroffenen Sanitätern die Tür aufschloss.

»Danke, dass Sie so schnell gekommen sind. Bitte dort entlang.« Er wies auf den offenen Durchgang zum Speisesaal.

Die zwei Männer liefen los.

»Ich habe überall gesucht. In jedem Zimmer. Ich konnte Jessica nicht finden«, sagte Paula, als sie den Hotelier erreichte, und fügte flüsternd hinzu: »Florian auch nicht.«

»Sie müssen oben sein. Ich war die ganze Zeit hier am Eingang. Zuerst habe ich telefoniert, danach auf die Rettungskräfte gewartet. Hier ist niemand vorbeigekommen.«

»Wo sind sie dann?« Paula blickte ins Obergeschoss, konnte aber nur etwa zwei Meter in den hell erleuchteten Flur hineinsehen. Etwas weiter links war die Tür zum Appartement. Auch dort waren die beiden nicht. Sie hatte sogar im Bad nachgesehen.

»In den Zimmern der Gäste?«, schlug Sonnleitner vor.

»Auch nicht.« Sie hielt den Generalschlüssel hoch, den die Wirtin ihr vorhin gegeben hatte. Da alle Bewohner des Hotels zurzeit im Schmankerlstüble waren, hatte sie sämtliche Räume unkompliziert betreten können. Nirgends hatte sie ihre Freunde gefunden.

»Ich schaue in der Küche und in unseren Privaträumen nach den beiden. Bitte bleiben Sie hier und lassen gegebenenfalls die Rettungskräfte hinaus beziehungsweise den Notarzt oder die Polizei herein, falls sie kommen. Ich habe beim Notruf den Verdacht auf eine Straftat geäußert.« Er reichte Paula den Schlüsselbund und verließ das Foyer.

Im kleinen Flur des Appartements trat Florian mit dem Fuß gegen die Tür. Sie fiel klackend ins Schloss. Er zog seine Jacke aus und ließ sie achtlos zu Boden fallen, griff nach Jessicas Arm, drehte sie zu sich herum und küsste sie, während er hektisch versuchte, den Reißverschluss ihrer Daunenjacke zu öffnen.

Jessica kicherte und befreite sich kurz aus seiner Umarmung. »Langsam, dann geht es besser.« Sie half ihm und schlüpfte ebenfalls aus der warmen Kleidung. »Hast du tatsächlich gedacht, wir würden dort oben auf dem Dachboden … ähm … Du weißt schon.« Sie verstummte und sah ihn grinsend an. »Oder warum hast du den Keil unter die Tür geschoben?« Seinen erschrockenen Blick nahm sie nicht wahr. Ein entferntes, kaum wahrnehmbares Geräusch lenkte ihre Aufmerksamkeit in eine andere Richtung. »Hörst du das? Sind das Sirenen?«

Als Jessica die Tür zum Flur öffnete, sah sie das flackernde Blaulicht, das das Foyer ausfüllte. War das Einsatzteam der Polizei endlich gekommen?

Florian drängte sich an ihr vorbei. Er hatte eine Taschenlampe in der Hand. »Geh du nachsehen, was unten los ist. Mich soll hier niemand sehen. Offiziell bin ich noch auf der Hütte. Ich erkläre dir alles später.«

»Wo willst du hin?«, rief sie ihm nach, als er sich mit großen Schritten entfernte.

Er blieb stehen, drehte sich zu ihr um und wies mit dem Zeigefinger stumm an die Decke.

Nach seinen wortlos erklärenden Gesten vermutete Jessica, er würde sich oben verstecken wollen. »Im Appartement wird dich auch keiner suchen.« Sie schüttelte ungläubig den Kopf. »Nimm wenigstens deine Jacke mit.«

Florian winkte ab, als er jemanden die Treppe heraufkommen hörte, und rannte schnell außer Sicht um die Ecke.

»Jessy. Gott sei Dank!« Paula blieb schwer atmend vor ihr stehen und griff nach ihren Oberarmen. »Komm schnell mit nach unten. Frau Engel ist vergiftet worden.«

*

Jessica hatte darauf bestanden, den Dachboden abzuschließen, als sie ihn vor wenigen Minuten verlassen hatten. Mit einem mulmigen Gefühl im Magen kramte er den Schlüssel aus dem kleinen Versteck und schloss auf. Er schaltete die Taschenlampe ein, atmete tief durch und öffnete die Tür. Wenn er recht hatte, war irgendjemand nach wie vor hier oben, denn er hatte definitiv keinen Keil zum Verriegeln benutzt. Warum hätte er das tun sollen?

Der Lichtkegel schaffte es kaum, auch nur einen Bruchteil des riesigen Raumes auszuleuchten. Es gab hier so viele Gegenstände, Truhen, Möbel und Umzugskartons, dass es ein Leichtes war, sich zu verstecken. Wo sollte er anfangen zu suchen?

Zuerst schloss er die Tür und verkeilte sie. Wenn er sich an dem einem Ende des Speichers befände, könnte hinter ihm schnell jemand das Weite suchen.

»Hallo?«, rief er in die Dunkelheit und horchte.

Kein einziges Geräusch war zu vernehmen. Man hörte hier oben nicht einmal die Sirenen der Streifenwagen, die sich angekündigt hatten. Florian wunderte sich zwar, dass die angeforderte Verstärkung mit Blaulicht anrückte, dachte sich aber nichts weiter dabei.

»Wer auch immer sich hier versteckt. Kommen Sie heraus! Ich finde Sie doch sowieso«, versuchte er es erneut und leuchtete in jede Richtung. Nirgends bewegte sich etwas.

Im angrenzenden Turm konnte man sich nicht verbergen, ebenso wenig auf der Nordseite, denn die Möbel dort waren alle sehr niedrig. Gegenüber dem Eingang standen mehrere Kleiderschränke und ein mannshoher Spiegel.

Er ging langsam hinüber, strahlte jeden Winkel aus und erschrak heftig, als das Licht plötzlich auf eine Schaufensterpuppe fiel, die ihn mit zerzaustem Haar und lädiertem Gesicht anstarrte.

»Herrgott!«, stöhnte er entsetzt und griff sich instinktiv an die Brust. »Wer bewahrt so einen Schrott auf?« Sein Herz schlug heftig und raste noch mehr, als eine der Schranktüren sich unerwartet quietschend öffnete. Er strahlte das Möbelstück an, konnte aber aus seiner Position nicht hineinsehen.

»Sofort raus aus dem Schrank!«, befahl er streng, blieb jedoch in einiger Entfernung stehen. »Und zeigen Sie mir zuerst die Hände!« Florian hatte keine Waffe dabei und suchte im Dunkeln mit der freien Hand auf der Anrichte neben ihm nach etwas, das er zur Abwehr verwenden konnte. Wenn jemand auf ihn zustürmen und ihn angreifen sollte, wollte er sich wehren können.

Seine Finger ertasteten neben allerlei Gerümpel unerwartet eine eiskalte, steife Hand. Panisch sprang er zurück, zielte mit dem Licht in die Richtung und erkannte einen der Arme der Schaufensterpuppe. Er lag lose neben künstlichem Blumenschmuck und einer großen Blechschüssel. Wütend starrte er das menschliche Plastikmodell an. »Sehr witzig. Hast du noch mehr Scherze auf Lager?«

Wieder quietschte die Tür.

In Ermangelung einer besseren Waffe nahm er den Kunststoffarm und ging langsam auf den offenen Schrank zu. »Raus da! Sofort!«

Nichts rührte sich.

Blitzschnell zog er mit dem künstlichen Arm die hohe Tür des Möbels auf, die herumschwang und krachend gegen die Seitenwand des Schrankes schlug. Im gleichen Augenblick traf ihn etwas am Kopf. Er taumelte, stolperte zurück und trat auf einen am Boden liegenden Gegenstand, der augenblicklich wegrutschte und ihn zu Fall brachte. Mit Oberarm und Schulter schlug er schmerzhaft gegen die Anrichte, fand keinen Halt und prallte rücklings auf den staubigen Holzboden, mit dem Hinterkopf genau auf die Stelle, an der ihn am gestrigen Abend der Angreifer oben auf der Hütte getroffen hatte.

＊

»Entschuldigen Sie«, sprach Jessica den Notarzt an, der beobachtete, wie die Sanitäter die bewusstlose Frau auf die Trage hoben. »Besteht die Möglichkeit, dass die Frau simuliert?«

Der strenge Blick des Arztes war eine Mischung aus Ungläubigkeit und Verachtung.

»Es ist nur, weil sie uns erst vorgestern recht glaubwürdig eine Zyanidvergiftung vorgespielt hat. Ich bin Hauptkommissarin und ermittle in einem Mordfall, der ganz in der Nähe stattgefunden hat. Frau Engel ist eine der Verdächtigen«, versuchte sie zu erklären.

»Wohl kaum«, sagte er trocken. »Die Vitalfunktionen sind extrem schwach. Wir mussten die Frau – wie Sie sicher mitbekommen haben – reanimieren. Das kann man unmöglich spielen. Wir haben ihr bei der Herzmassage mindestens eine Rippe gebrochen. Wäre sie nicht bewusstlos, hätte sie vor Schmerz geschrien.«

»Ich bin eben erst dazu gekommen«, rechtfertigte Jessica sich. »Wie erklären Sie sich den aktuellen Zustand der Patientin? War es eine Vergiftung?«

Der Arzt nickte versöhnlich. »Ich glaube – und das ist nur eine Vermutung –, dass es sich um eine Überdosierung von GHB handelt.« Als Jessica verständnislos beide Augenbrauen hob, erklärte er: »Gammahydroxybutyrat. K.-o.-Tropfen.«

»Oh. Aber soviel ich weiß, hat sie seit der angeblichen Zyanidvergiftung nur noch Leitungswasser getrunken. Kann man die Drogen auch anders verabreichen?«

»Klar, man muss nur den leicht salzigen und seifigen Geschmack überdecken. Im Wasser wäre das sicher aufgefallen. Vor allem bei der Überdosierung, die in diesem Fall vorliegt. Doch wir spekulieren nur. Die Beamten haben eine Blutuntersuchung angeordnet. Später wissen wir Genaueres. Ich muss jetzt.« Er wies mit dem Daumen auf die Sanitäter, die Frau Engel nun hinaustrugen.

»Nehmen Sie bitte einen der Polizeibeamten mit? Frau Engel darf nicht unbeaufsichtigt bleiben.«

Der Notarzt lachte schallend. »Die läuft Ihnen bestimmt nicht davon. Aber klar, wenn Sie drauf bestehen, kann Ihr Kollege mir gern nachfahren.«

»Sie hat um Mitternacht mit den Schülern ihres Mannes mit Aperol angestoßen.« Paula reichte Jessica eine Cola und setzte sich zu ihr an den Tisch neben dem Durchgang.

Alle außer Florian befanden sich ebenfalls im Speisesaal, saßen jedoch am anderen Ende des Raumes. Herr Sonnleitner fachte den Kamin neu an, und seine Frau hatte sich zu den zwei Damen aus Niedersachsen gesellt.

»Weißt du zufällig, wer Frau Engel das Glas gegeben hat?«

»Das war der im gestreiften Pullover. Valentin?«, riet Paula den Namen. »Ich kann mir nicht merken, wie die alle heißen.« Sie beobachtete die jungen Leute, die nach der langen Nacht und den erneut erschütternden Ereignissen geknickt und sehr still in der Turmnische saßen und grübelten. »Glaubst du, der ist der Mörder?«

»Ehrlich gesagt habe ich nicht die geringste Ahnung. Es wäre gut, wenn ich endlich mit Florian sprechen könnte.«

»Er hat dich auf dem Speicher vorhin doch gefunden, oder?«

Sie sprach so leise, dass Jessica sie fast nicht hörte, dennoch bestätigend nickte.

»Und wo ist er jetzt? Im Appartement?«

»Das hoffe ich«, sagte Jessica. »Er wollte zwar zurück auf den Dachboden, aber da wird es ihm schnell zu kalt geworden sein.«

»Frau Forster?« Alois Sonnleitner rieb sich die Holzspäne an seinen Händen an der Jeans ab und sah sie fragend an. »Meine Frau und ich würden gern ein paar Stunden schlafen. Wenn Sie nichts dagegen haben, gebe ich den Generalschlüssel Ihrem Kollegen.«

Nachdem einer der beiden Beamten mit dem Streifenwagen dem Notarzt gefolgt war, hatte der andere an der Rezeption Stellung bezogen.

»Machen Sie das. Vielen Dank für Ihre Hilfe.« Jessica legte die Hand auf seinen Unterarm. »Meine Freundin und ich kümmern uns um die Gäste. Dürfen wir zwecks Kaffee und Tee Ihre Küche benutzen?«

»Selbstverständlich. Und zögern Sie nicht, mich um Hilfe zu bitten, wenn Not am Mann ist.« Er legte seine Hand auf ihre. »Sie können mich jederzeit wecken.«

»Wir sollten auch ein wenig schlafen«, sagte Paula und gähnte ausgiebig, als der Gastwirt und seine Frau gegangen waren.

»Geh du ruhig. Ich muss die Studenten im Auge behalten.« Sie warf ihrer Freundin einen Handkuss zu. »Schlafe gut und träume süß von gebratenen Ferkelfüß!«

Paula rümpfte angeekelt die Nase. »Igitt!«

Jessica lachte. »Das hat meine Oma immer gesagt, als ich klein war. Und es hat wunderbar funktioniert. Bei meiner Omi habe ich jedes Mal ausgezeichnet geschlafen.«

23

»Bist du noch ganz bei Trost!«

Paula fuhr erschrocken zusammen, als sie Florians wütende Stimme hörte. Sie verschluckte sich und hustete gequält.

»Warum trinkst du das? Ungefragt!« Er hatte wenig Mitleid, dass sie kaum genug Luft bekam, um adäquat zu antworten.

Das Einzige, was sie unter Keuchen schaffte, war, die Dose sicher auf den Couchtisch zu stellen. Schließlich beruhigte sie sich, drehte sich um und blickte schuldbewusst in sein wütendes Gesicht. Er hatte die Arme vor der Brust verschränkt und schnaufte ärgerlich.

»Ich hatte Durst. Was ist dein Problem?«

»Das war ein Geschenk für Jessica!«

»Bier? Seit wann trinkt Jessy so was?«

Florian seufzte resigniert. »Vergiss es. Tust du mir einen Gefallen und besorgst mir einen Schlüssel für die Zimmer der Gäste? Die sind doch alle noch unten, oder?«

»Klar.« Sie stand auf und zog einen Schlüssel aus der Hosentasche. »Den hat Herr Sonnleitner mir gegeben, als er sich seinen Schlüsselbund wieder abgeholt hat.« Seinen verwirrten Blick kommentierte sie mit einer wegwischenden Handbewegung. »Das ist ein Generalschlüssel. Der passt hier oben für jede Tür.« Sie warf ihn Florian zu, der ihn geschickt auffing. »Ich gehe schlafen. Das Zeug macht einen ordentlich müde«, behauptete sie und wies auf die geöffnete Dose.

Auf dem Speicher hatte er jeden Winkel abgesucht, aber niemanden gefunden. Der Schrank, dessen Tür aufgegangen war, war mit so viel Gerümpel beladen, dass niemand sich darin hätte verstecken können. Etwas war beim Aufschwingen der Tür vom Möbel runtergefallen und hatte ihn an der Stirn getroffen. Gestolpert war er über den zweiten Arm der Schaufensterpuppe. Seine beim Sturz verletzte Schulter schmerzte immer noch heftig.

Ihm war eingefallen, dass die Person, die den Keil unter der Tür platziert hatte, eventuell denselben Trick angewendet hatte wie der Schütze auf der Hütte. Das Zimmer des toten Professors war nur scheinbar von innen verschlossen worden. Er hatte den Spalt unter der Dachbodentür untersucht und festgestellt, dass es unmöglich war, einen Keil von außen zu bewegen. Es passte unten nichts hindurch. Nicht einmal ein Blatt Papier, weil auf der Treppe ein dicker Teppich den Schlitz komplett verdeckte. Jemand musste den Keil von innen unter die Tür geschoben haben. Daraus hatte er gefolgert, dass diese Person nach wie vor auf dem Dachboden sein musste, denn die von Jessica abgeschlossene Tür ließ sich von innen nicht öffnen.

Da er jedoch niemanden entdeckt hatte, als er den Dachboden erneut betreten hatte, musste es einen weiteren Fluchtweg geben. Diesen wollte Florian jetzt finden.

Auf dem Boden im Speicher fand er nichts dergleichen. Sämtliche Bretter, die er sehen konnte und die nicht von Möbeln verstellt waren, waren mindestens zwei Meter lang. Es gab offensichtlich keine Klappe oder Öffnung, durch die man in ein Zimmer im ersten Stock kommen konnte.

Er verließ den Dachboden und betrat nun nacheinander alle Zimmer. Bisher waren alle an der Decke mit Holzpaneelen vertäfelt. Florian entdeckte keine einzige Stelle, die als Luke infrage kam. Alles war fest verschraubt. Die zwei Abstellräume waren verputzt.

Im letzten Zimmer – seiner Erinnerung nach das von Nevio Aldenhoven – wich die Deckenverkleidung vom üblichen Muster ab. Hier zierte ein akkurat angelegtes Kassettenmuster aus Echtholz den Raum. Die einzelnen quadratischen Elemente waren breit genug, dass ein erwachsener Mensch hindurchpasste.

Auf dem gemachten Bett fielen Florian sofort die wenigen Partikel Späne und die kleinen Steinchen auf. Er stieg aufs Bett. Mit den Fingerspitzen erreichte er die Decke und bemerkte schnell eine lose Platte. Er sprang auf den Boden, nahm den Stuhl vom kleinen Schreibtisch neben der Tür und platzierte ihn auf der Matratze. Es war eine wackelige Angelegenheit, als er auf die schwankende Konstruktion kletterte, doch jetzt konnte er das Element hochdrücken, beiseiteschieben und sich hinaufziehen.

Tatsächlich.

Es gab einen weiteren Zugang zum Dachboden.

*

Die Verdächtigen noch länger zu zwingen, auf die eintreffenden Streifenwagen zu warten, grenzte an Folter. So jedenfalls hatte sich Jonah Thies, der Jurastudent, ausgedrückt, als er vehement gefordert hatte, ihn und seine Kommilitonen endlich schlafen zu lassen. Es war bereits 5 Uhr in der Früh. Draußen war es noch stockfinster.

Alois Sonnleitner hatte nach zwei Stunden Schlaf die Privaträume verlassen und bot Jessica erneut seine Hilfe an.

»Verstanden«, sagte er, als sie ihm ihren Plan mitteilte. »Ich gehe ihn suchen.«

Er verschwand im oberen Stockwerk, und Jessica ging zurück in den Speisesaal.

»Vorschlag von mir«, brüllte Jessica, um die laute Diskussion, die unter den Studierenden im Gange war, zu übertönen.

Endlich wurde es ruhiger.

»Ich werde jeden Einzelnen von Ihnen noch einmal befragen. Wir gehen dafür in einen Nebenraum, während mein Kollege sich zu Ihnen gesellt.«

»Warum?«, rief Jonah erbost. »Wir haben Ihnen bereits alles gesagt. Wir wollen endlich schlafen! Ich werde mich bei Ihrem Vorgesetzten beschweren!«

»Jeder, der verhört wurde, darf nach oben und sich ausruhen«, erläuterte sie ihren Plan. »Herr Sonnleitner ist so freundlich, Ihnen Zimmer herzurichten, sofern Sie nicht – wie Herr Aldenhoven – bereits eins haben. Er führt Sie dann hinauf.«

»Aber …«, mischte sich nun auch Valentin ein.

Jessica unterbrach ihn rüde. »So wie ich es vorschlage, oder gar nicht.« Sie wandte sich direkt an den Jurastudenten. »Und vor einer Dienstaufsichtsbeschwerde habe ich keine Angst, falls Sie mir erneut drohen wollen.« Sie streckte den Arm aus und deutete an, ihn an der Schulter zu berühren, hielt aber Abstand. »Fangen wir gleich mit Ihnen an. Sie scheinen Schlaf am nötigsten zu brauchen.«

Der Elektroheizkörper hatte die Raumluft auf eine angenehme Temperatur gebracht. Florian hatte sogar seinen Pullover ausziehen können und saß nun im T-Shirt auf dem unbequemen Stuhl neben dem Funkgerät.

Jessicas Plan war gut. Sie würde ihm jeden einzelnen Studenten präsentieren und im Anschluss von der Gruppe isolieren, sodass die anderen nicht vorgewarnt werden konnten. Er war auf die Reaktionen sehr gespannt. Einer von ihnen hatte ihn gestern niedergeschlagen, Feuer in der Hütte gelegt und ihn mitsamt den Beweisen vernichten wollen. Am wahrscheinlichsten kam Wolfgang Faber als Täter infrage, doch Florian wollte unvoreingenommen sein. Immerhin hatte der Kunststudent ihm zuvor im Schnee das Leben gerettet.

Als Jessica das kleine Zimmer betrat, schloss sie die Augen und sog genussvoll die Luft durch die Nase ein. »Herrlich, Kaffee! Darf ich einen Schluck?« Sie nahm ungefragt Florians Tasse und nippte an dem heißen Getränk. »Ich habe dir Herrn Thies mitgebracht.«

»Den Jurastudenten. Komm rein, Jonah. Möchtest du einen Tee? Herr Sonnleitner hat für alle Tassen bereitgestellt. Da ich weiß, dass jeder von euch gleich schlafen gehen will, wäre Kaffee kontraproduktiv.« Unverlangt goss er Kräutertee in einen Porzellanbecher und stellte ihn auf den Tisch.

»Nevio Aldenhoven möchte nach oben gehen. Ich denke, dagegen spricht nichts«, sagte Jessica. »Er war nicht auf der Hütte, und die Sonnleitners haben beide bestätigt, dass er zur Tatzeit im Speisesaal war.«

Florian stimmte zu. Er wusste inzwischen von seiner Frau, dass Nevio das Zimmer mit Frau Engel getauscht und seit einigen Tagen keinen Zugang mehr zum geheimen Eingang in den Dachboden gehabt hatte.

Jonah Thies setzte sich. Sein Gesicht zeigte kaum Regung. Er wirkte gereizt, blieb aber höflich. »Wie kann ich helfen? Hast du es auf der einsamen Hütte nicht mehr ausgehalten? Oder ist die Spurensicherung bereits eingetroffen?«

Ob ihn diese Fragen wirklich interessierten, konnte Florian nicht ausmachen. »Wie kommst du darauf, dass ich oben bleiben wollte?«

»Wolfgang hat uns informiert. Er ist etwas später zu uns gestoßen.«

»Weißt du, wer Professor Engel erschossen hat?«

Jonah Thies rollte genervt mit den Augen. »Du kannst es nicht lassen! Der Hauptkommissar hat wohl nie Feierabend. Ja, ich weiß, wer geschossen hat, doch ich werde keinen Namen nennen, bevor ich nicht mit meinem Anwalt gesprochen habe. Es war nur ein Spiel. Dass es so ernst wurde, konnte keiner ahnen.«

»Wenn die Person, die abgedrückt hat, es für ein Krimispiel hielt, wird es kaum Konsequenzen haben«, behauptete Florian und lehnte sich zurück. »Komm schon, mach der ganzen Farce ein Ende. Jeder will endlich schlafen.«

»Niemand wird glauben, dass es keine Absicht war«, beklagte der Student.

»Ich glaube dir. Und mit den Aussagen der anderen wird das auch jeder Richter glauben.«

»Du willst nur den Fall lösen«, warf Jonah Florian vor. »Wir interessieren dich gar nicht. Wenn keiner uns unsere Version der Geschichte abnimmt, sieht unsere Zukunft nicht rosig aus. Unsere einzige Chance ist es, niemandem zu erzählen, was passiert ist.«

»Du bist doch ein intelligenter Mensch«, versuchte es Florian ein letztes Mal. »Du müsstest erkennen, dass nach kriminaltechnischer Auswertung der Spuren der Tathergang für mich viel klarer wird, ich den einen oder anderen von euch als Schützen ausschließen kann und die wenigen Übrigen im Zweifel als Tätergruppe gemeinsam angeklagt werden. Das kann doch nicht dein Anliegen sein, vor allem, wenn es keine Absicht war! Jonah, denk nach: Ein Mensch ist gestorben. Ich werde nicht aufhören, bis ich weiß, wer es war.«

Jonah starrte ihn verzweifelt an.

»Sag mir den Namen!«

Der junge Mann kaute nervös auf seiner Unterlippe. Er schwieg beharrlich.

»Warst du es? Hast du geschossen?«

Zaghaft schüttelte er den Kopf. »Darf ich gehen?«, flüsterte er so leise, dass man es kaum hörte. Er war den Tränen nahe.

Florian nickte, und Jonah verließ fluchtartig das Zimmer. Draußen wartete Alois Sonnleitner auf ihn und führte den Studenten nach oben.

Jessica, die hinter ihrem Mann stand, legte die Hände auf seine Schultern. »Der war es nicht.«

»Das glaube ich auch«, sagte Florian und lehnte den Kopf an ihren Bauch. »Aber er weiß, wer es war.« Er atmete tief durch. »Und diese Person ist ihm wichtig.«

Jessica zweifelte: »Vielleicht haben die nur einen Pakt geschlossen und niemand will den heiligen Schwur brechen.«

»Möglich. Machen wir weiter?«

»Wen möchtest du als Nächstes sprechen?«

»Den Geologiestudenten Valentin Kobel.«

Jessica lachte. »Paula meint, er wäre der Täter. Ich glaube, sie mag bloß seinen gestreiften Pullover nicht.«

»Paula ist klüger, als ich gedacht habe. Ich denke auch, dass er geschossen hat.«

Valentin wirkte gebrochen, als er mit zitternden Händen nach der Teetasse griff, die noch von seinem Vorgänger auf dem Tisch stand, und einen Schluck daraus trank.

»Wunderst du dich gar nicht, dass ich nicht mehr auf der Hütte bin?«

»Du wirst deine Gründe haben«, sagte er und stellte den Becher vorsichtig ab.

»Ich weiß, dass deine Freundin Anela sich vor zwei Jahren das Leben genommen hat. Warum machst du bei einem Experiment von Professor Engel mit, an dem Anela seelisch zerbrochen ist?«

Valentin fragte nicht, woher der Hauptkommissar die Informationen hatte, ließ nur den Kopf sinken und schniefte.

»Du wolltest dich am Professor rächen«, riet Florian.

Der Student hob langsam den Kopf und sah ihn direkt an. »Ja, das wollte ich. Aber nicht, wie du denkst.«

»Erkläre es mir.«

»Ich wollte dieses verdammte Spiel gewinnen! Ich wollte ihm beweisen, dass er nicht Gott ist. Dass er nicht alles vorausplanen kann.«

»Seinen Tod hat er mit Sicherheit nicht eingeplant«, bemerkte Florian zynisch. »Dieses Schmierentheater hat er definitiv nicht gewonnen.«

»Wir aber auch nicht. Wir werden in den Knast wandern. Der Engel hat es fertiggebracht, dass uns auch der Mord an Professor Bohnacker in die Schuhe geschoben wird. Ich verstehe nicht, wie er das alles durchdenken konnte. Es sind viel zu viele Parameter, viel zu viele Möglichkeiten. Doch alles hat wie am Schnürchen geklappt. Alles ist perfekt. Alles endet in einer riesigen Katastrophe.« Valentin redete sich dermaßen in Rage, dass sein Gesicht ganz rot wurde und er wild mit den Armen fuchtelte.

»Stopp!« Florian befahl ihm mit erhobener flacher Hand, endlich zu schweigen. Ihn störte an der Ausführung des Jungen, die durch und durch schlüssig klang, eine Sache: Wenn Professor Engel so ein brillanter Stratege gewesen war, warum hatte er dann seinen Tod nicht vorhergesehen?

Alles schien perfekt. Die Auswahl der Studenten war gezielt darauf ausgerichtet, jeden Einzelnen in beiden Mordfällen verdächtig zu machen. Oder hatte er sein Ableben eingeplant? Hatte der Mann sterben und sich posthum einen letzten Scherz erlauben wollen? Blödsinn!

»Valentin, warum hast du abgedrückt? Warum hast du auf einen Menschen gezielt und eine Waffe abgefeuert?«

Der Student sah panisch zur Tür. Seine Unterlippe zitterte und er schlang beide Arme fest um seinen Körper. »Hat Jonah ...?«

»Thies hat dich nicht verraten. Berichte mir, was passiert ist.«

Valentins Worte kamen sehr zögerlich. »Wir haben beschlossen, dass ich den Mörder spielen soll. Ich habe die Pistole bekommen.«

»Von wem? Wer hat das beschlossen?«

»Keine Ahnung. Sie lag in einem Jutebeutel zwischen uns auf dem Tisch. Wir waren gerade angekommen und saßen alle in der Wohnstube.« Er schob die Hände zwischen die Oberschenkel und wippte nervös vor und zurück. »Ich habe das kürzeste Streichholz gezogen. Es war purer Zufall.«

»Und dann?«

»Ein paar Stunden später bin ich rauf, habe geklopft ...«

»Du hast geklopft? Warum?«

Er zuckte mit den Schultern und fuhr fort: »Ich bin ins Zimmer, habe auf den Professor gezielt und laut gerufen: ›Das ist die Rache für Anela. Wir werden gewinnen!‹ Dann habe ich abgedrückt.«

»Hat der Professor im Bett gelegen? Immerhin war er stark erkältet.«

»Nein, er hat vor der offenen Balkontür gestanden.«

»Ist er sofort über die Brüstung gefallen oder zeitverzögert? Musstest du ein zweites Mal schießen?«

Valentin schüttelte so heftig seinen Kopf, dass er beinahe das Gleichgewicht verlor. »Nein, nein, er ist nicht gefallen. Der Professor hat mich panisch angesehen, mehr nicht. Ich habe ein einziges Mal geschossen, habe die Waffe fallen gelassen und bin rausgerannt. Nach unten. Als Jonah später sagte, Herr Engel sei tot, konnte ich es nicht glauben. Es waren doch angeblich nur Platzpatronen! Niemand sollte zu Schaden kommen.« Er wurde hysterisch. Seine Stimme überschlug sich beim Sprechen. »Ich hätte schwören können, dass ich gar nicht richtig auf ihn gezielt habe. Ich kann keine Waffe auf einen Menschen richten. Nicht einmal zum Spaß. Das ist doch falsch!« Er sprang so schnell auf, dass der Stuhl krachend umfiel, dann brüllte er aus Leibeskräften: »Ich wollte das nicht!«

Immer und immer wieder wiederholte er den Satz, bis Florian ihn an sich zog und seinen Kopf an seine Schulter presste. Es dauerte eine Weile, bis Valentin aufhörte zu zittern und zu schluchzen und sich aus Florians Griff befreite.

»Jonah meint, dass mir vermutlich niemand glauben wird. Ich kann nicht lebenslänglich ins Gefängnis. Wie konnte das nur passieren?«

»Ich glaube dir. Geh erst einmal schlafen. Ich werde Herrn Sonnleitner bitten, dir zur Beruhigung einen weiteren Tee aufs Zimmer zu bringen. Mach dir nicht allzu große Sorgen. Ich denke, du bist nicht schuld am Tod des Professors.«

Der Geologiestudent war zu schwach, um irgendetwas zu erwidern. Florian wusste nicht, ob er seine Worte wahrgenommen hatte.

Als Kobel den Raum verlassen wollte, hielt Florian ihn zurück. »Eine kleine Frage habe ich noch. Meine Frau hat erzählt, dass du Frau Engel kurz vor Jahreswechsel den Aperol gereicht hast. Stimmt das?«

»Ja. Ich hatte die Getränke von Frau Sonnleitner. Sie hat mir gezeigt, welches alkoholfrei und deshalb für Frau Engel war. Frau Engel trinkt niemals Hochprozentiges. War's das?«

»Schlaf gut, Valentin.«

24

»Schau, wen ich mitgebracht habe«, sagte Jessica, als sie die Tür zum Funkraum öffnete und Berthold hindurchschob. »Er ist zusammen mit der Spurensicherung eingetroffen. Ich habe den Kollegen aus dem Speisesaal mit den Beamten auf die Hütte geschickt und wollte Berthold im Schmankerlstüble postieren, wenn du nichts dagegen hast. Willst du Frühstück? Frau Sonnleitner konnte auch nicht mehr schlafen. Sie steht schon wieder in der Küche.«

»Gern. Und ganz viel Kaffee. Ich bin todmüde.« Florian erhob sich und klopfte seinem Kollegen Berthold freundschaftlich auf die Schulter. »Schön, dass du da bist. Wie läuft's in deinem Mordfall?«

»Ich brauche dringend Fingerabdrücke und DNA-Proben von diesen fünf Studenten. Ich vermute, ich kann sie den Tatwerkzeugen zuordnen. Weißt du, dass der arme Mann auf fünf verschiedene Arten getötet wurde? Theoretisch zumindest. Zum Tod geführt hat letztlich nur eine.«

»Jessy hat mich informiert. Glaubst du, die Studenten stehen mit dem Mord in Verbindung?«

Berthold zuckte mit den Schultern. »Ich glaube, jemand möchte es den jungen Leuten anhängen, mehr nicht. Sie hatten nicht die Möglichkeit, wenn sie hier eingeschneit waren, oder?«

»Das stimmt. Aber wen vermutest du alternativ als Täter?«

Berthold gab einen gequälten Laut von sich, bevor er antwortete. »Lach bitte nicht, doch ich könnte schwören, es war dieser Professor Engel. Er hat das stärkste Motiv. Sein Leben wäre regelrecht aus den Fugen geraten, wäre das mit dem Betrug der Unigelder herauskommen. Leider ist der Mann ebenfalls tot.« Er erschrak über seine Worte. »Oh, du weißt hoffentlich, wie ich das meine, Chef. Ich wollte nicht pietätlos sein. Und ich bin vermutlich total auf dem Holzweg.«

»Schon gut, Berthold«, schmunzelte Florian. »Dein Instinkt ist gut und deine Argumentation schlüssig. Verfolge das weiter und verwerfe die Idee erst, wenn du belegen kannst, dass sie falsch ist.«

»Ist der Tod des Professors nicht Beleg genug?«, bemerkte Berthold betrübt. »Professor Engel hat als Leiche das perfekte Alibi. Wenn das alles nur nicht so verwirrend und durcheinander wäre.«

»Danke, Berthold!« Florian fiel seinem Kollegen spontan um den Hals. »Du bist genial! Genau das ist der springende Punkt. Durcheinander!«

*

»Das wirst du nicht tun!«, fauchte er wütend und drückte ihren zierlichen Körper brutal gegen die Wand, indem er den Unterarm über ihren Hals legte und ihren Kopf mit der Hand zur Seite drehte.

Sie sah ihr eigenes Gesicht im Spiegel. Es wirkte ausdruckslos.

»Du wirst der Hauptkommissarin sagen, wie es wirklich war, wenn sie dich zur Befragung abholt!«

Sie bekam kaum noch Luft, so sehr drückte er zu.

»Wie kannst du mir das antun! Wir sind Freunde. Ich hätte nicht gedacht, dass du so falsch bist! Das hätte dir niemand zugetraut«, spuckte er abfällig aus. Seine Worte hallten von den Fliesen des Badezimmers wider und verstärkten sich zu einem unheimlichen Echo. »Würde es nicht um meine Zukunft gehen, wäre ich vermutlich sogar beeindruckt.«

Sie röchelte und versuchte ihn wegzuschieben. Er war viel größer als sie. Sie hatte ihm nichts entgegenzusetzen. »Bitte, Wolfgang. Ich werde nichts sagen, was dich belastet. Versprochen«, brachte sie mühsam heraus. »Wir haben einen Pakt geschlossen. Daran werde ich mich halten. Und du hoffentlich auch. Niemand muss ins Gefängnis, wenn wir alle dichthalten.« Sie keuchte. »Ich bekomme kaum Luft!«

Er ließ von ihr ab und trat einen Schritt zurück. Erst jetzt begriff er, was er getan hatte. Ihm war heiß, und er wischte sich mit dem Handrücken den Schweiß von der Stirn. »Es tut mir leid. Ich hätte nicht …« Er fuhr sich mit beiden Händen durchs Haar. Weil sie ihn ohne jede Regung im Gesicht anstarrte, schlug er mit der Faust gegen die Holzwand neben ihrem Kopf.

Erschrocken schrie sie auf.

»Du machst mich verdammt wütend mit deiner kühlen, selbstgefälligen Art!« Er verstand nicht, warum sie vehement darauf pochte, den Ermittlern nichts zu sagen. Wenn alle Spuren ausgewertet wären, würde man wissen, wer abgedrückt hatte. Das war kein Spiel mehr. Das war bitterer Ernst. »Außerdem, was soll das heißen, dass du nichts sagen wirst? Es gibt nichts, was ich gestehen müsste.«

»Selbstverständlich nicht.«

»Wir können diese aus dem Ruder geratene Inszenierung nicht mehr gewinnen, egal wie wir zusammenhalten. Egal ob wir schweigen, lügen und in die Irre führen. Begreifst du das nicht?«

»Du denkst nicht logisch, Wolfgang«, erwiderte sie trocken. Man hat erst verloren, wenn man nicht gewonnen hat.«

Er ging zur Tür. Dort schaute er sich ein letztes Mal zu ihr um. »Du plapperst die Worte vom Engel nach. Ich kann diesen selbstgefälligen Humbug des Professors nicht mehr hören! Ich hoffe, wir sehen uns nie wieder, wenn das hier vorbei ist.« Er stürmte hinaus und schlug krachend die Tür hinter sich zu.

»Das hoffe ich auch«, stimmte sie flüsternd zu und lächelte beseelt.

*

»Entschuldige, Florian. Frau Hollfeld war auf ... ähm ... im Sanitärbereich.« Jessica schob die Mathematikstudentin in den Funkraum. Diese setzte sich wortlos auf den freien Stuhl.

»›Unvollkommene Perfektion ist das perfekte Alibi.‹ Was soll das bedeuten?« Florian biss in eins der belegten Brote, die Frau Sonnleitner ihm vor wenigen Minuten gebracht hatte, und fragte mit vollem Mund: »Willst du auch eins, Davina?«

Die Studentin lehnte ab und goss sich ungebeten einen Tee ein. Sie kannte das Lieblingszitat von Professor Engel, konnte sich aber keinen Reim darauf machen. »Ich verstehe den Satz nicht. Valentin hat mir erklärt, dass der Professor meint, wenn die Anzahl der ungeklärten Variablen ins Unendliche steigt, also unvollkommen und unberechenbar ist, ist die einzige Wahrheit das, was man sieht. Alles andere kann man nicht beweisen. Somit ist alles falsch außer das Offensichtliche.«

»Eine gute Erklärung«, stimmte Florian ihr zu. »Wer hat in der Hütte geschossen?«

»Das weißt du bereits«, sagte Davina sachlich. »Warum fragst du mich danach? Valentin hat gestanden. Wir haben ihn im Saal schreien gehört.«

»Stimmt. Aber hat er den Professor auch getötet? Mit Absicht?«

Die junge Frau sah ihn ausdruckslos an. »Weder noch!«

»Dass es keine Absicht war, weiß ich«, bestätigte Florian. »Warum glaubst du, dass er den Professor nicht getötet hat? Immerhin hat er gestanden, die Pistole abgefeuert zu haben.«

»Ich habe versprochen, nichts zu sagen.«

»Wenn du die Möglichkeit gehabt hättest, Davina, hättest du Herrn Engel getötet? Immerhin hast du seinetwegen deine Schwester verloren.«

Das erste Mal, seit sie den Raum betreten hatte, reagierte sie auch körperlich auf eine seiner Fragen. Sie zog lautstark die Nase hoch und starrte eine Zeit lang wortlos auf die Hände in ihrem Schoß, dann hob sie den Arm und rieb sich gedankenverloren mit den Fingern über ihren Hals. »Professor Engel ist nicht schuld am Tod von Anela. Sie hat ihr Leben eigenständig beendet. Ich war wütend auf ihn, ja. Vermutlich hätte ich ihn töten können, aber ich durfte nicht.«

»Warum nicht?«

»Anela hatte es mir verboten. Niemand dürfe ihren Tod rächen, hatte sie verlangt. Darum hätte ich niemals auf Professor Engel geschossen.«

»Und Valentin? Er war Anelas Freund. Er hat ihr dieses Versprechen nicht gegeben.«

Die Studentin schwieg und mied seinen Blick. Stattdessen

klopfte sie mit dem Zeigefinger rhythmisch auf die Tischplatte.

»Lass uns das Zitat vom Professor einmal zu Ende denken. Hilf mir, bitte. Nehmen wir an, der Professor will einen Mord, den er aus niederen Beweggründen begehen möchte, unvollkommen perfekt vertuschen. Was wäre sein bestmögliches Alibi?«

Sie hielt inne und sah langsam zu ihm auf. »Sein eigener Tod«, sagte sie und fügte hinzu: »Niemand hat den Professor getötet.«

»Genau«, bestätigte Florian. »Das hast du die ganze Zeit gesagt. Von Anfang an. Woher wusstest du es?«

»Als wir die Hütte betreten haben, roch er nach Lakritz. Professor Engel hasst Lakritz!«

Florian lehnte sich zufrieden zurück. »Du wärst eine brillante Ermittlerin, Davina Hollfeld. Danke für deine Hilfe.«

»Das Frühstück war ganz ausgezeichnet, Frau Sonnleitner. Sie sind die Beste.«

»Das habe ich gern getan, Herr Forster.« Sie nahm das Tablett mit dem Geschirr und wollte es aus dem Funkraum tragen.

»Ich bewundere, dass Sie und Ihr Mann den ganzen Hotelbetrieb alleine meistern. Haben Sie keine Hilfe?«

Sie drehte sich lächelnd um. »Mein Sohn Manfred und seine Frau helfen oft aus, vor allem an den Feiertagen und am Wochenende. Aktuell sind die beiden auf den Kanarischen Inseln. Sie haben bei einem Gewinnspiel eine Reise gewonnen, was merkwürdig war, denn sie waren sich nicht bewusst, an einem teilgenommen zu haben. Aber das Reisebüro sagte auf Rückfrage, alles wäre bezahlt. Die beiden machen selten Urlaub, deshalb haben mein Mann und ich gesagt, sie sollen dieses kostenlose Angebot annehmen. Wäre die Lawine nicht gewesen, hätten wir auch alles geschafft.«

»Und die Leiche«, fügte Florian sarkastisch hinzu.

Frau Sonnleitner senkte bedauernd den Blick. »Stimmt. Mein Sohn hat sich immer gut mit Professor Engel verstanden. Er ist jedes Jahr zur gleichen Zeit hier. Ich habe Manfred noch nicht von seinem Tod berichtet. Das wird ihn sehr betrüben. Er soll seinen Urlaub genießen. Ist das falsch?«

»Natürlich nicht«, beruhigte Florian sie. »Wie gut kannten Sie selbst Herrn Engel, Frau Sonnleitner?«

»Nicht sehr gut. Ich stehe sonst meistens in der Küche. Mein Sohn ist an der Rezeption, und meine Schwiegertochter bedient im Schmankerlstüble. Mein Mann ist für die Haustechnik, die Einkäufe und die Buchhaltung zuständig.«

»Verstehe. Danke, Frau Sonnleitner.«

Sie nickte lächelnd und verließ den Raum.

»Bist du schon weiter?«, wollte Jessica wissen, als sie allein waren.

Florian grübelte. »Erinnerst du dich an den Mann, der uns bei der Herfahrt in dem Oldtimer entgegenkam?«

»Klar.«

»Was ist, wenn das Professor Niels Engel war?«

Jessica lachte. »Wie kommst du darauf?« Dann setzte sie sich auf den Tisch, ließ die Beine baumeln und beobachtete nachdenklich den Sekundenzeiger der Uhr an der Wand gegenüber. »Du meinst, die Leiche auf der Hütte ist nicht der Professor?«

»Der Fall ist verworren, undurchsichtig und vor allem unlogisch. Wenn Herr Engel vor der Lawine vom Berg runtergekommen wäre, hätte er den Mord in Oberstaufen begehen können, während er gleichzeitig bei einem scheinbar missglückten Krimispiel seinen eigenen Tod vortäuscht. Ein besseres Alibi könnte er sich nicht beschaffen. Und das mit dem Urlaub des Sohnes der Sonnleitners ist auch merkwürdig. Wenn Professor Engel ihn und seine Frau aus dem Weg haben wollte, damit sein Plan aufgeht, hätte er durch ein fingiertes Gewinnspiel dafür sorgen können, dass Manfred Sonnleitner abwesend ist. Der hätte ihn schließlich am ehesten identifiziert.«

»Das ist schon ein bisschen irre, findest du nicht?«

»Ich finde meinen Gedanken eigentlich super«, lobte Florian sich selbst. »Bertholds Fall wäre damit gelöst.«

»Du vergisst, dass es auf der Hütte aber nicht nur scheinbar eine Leiche gibt«, bemerkte Jessica, beugte sich vor und strich ihm eine verirrte Haarsträhne aus der Stirn. »Wer ist so blöd und lässt sich freiwillig erschießen?«

Florian griff nach ihren Fingern und küsste ihre Handfläche. »Ich würde mich für dich jederzeit erschießen lassen. Aber ernsthaft: Der Tote auf der Hütte wusste möglicherweise nicht, dass er sterben würde. Man hat ihm vielleicht gesagt, dass er eine Rolle spielen soll, eine morbide Inszenierung, bei der niemand zu Schaden komme, weil es nur ein realistisches Theaterstück sei.«

»Nehmen wir an, deine Theorie stimmt. Wer ist die Person? Herr Engel musste annehmen, dass die Polizei die Leiche sehr schnell identifiziert. Du glaubst doch nicht, dass er die Lawine in seine Berechnungen mit einbezogen hat? Das war unvorhersehbarer Zufall. Zwei Tage später hätten wir alles gewusst.«

Florian dachte nach. »Nicht, wenn die Leiche verkohlt ist. Das Feuer auf der Hütte gehörte zum Plan.«

»Feuer? Auf der Hütte hat es gebrannt?«, rief Jessica entsetzt. »Davon hat keiner der Studenten etwas gesagt!«

Als Florian ihr erzählte, was am gestrigen Abend passiert war, sprang sie ärgerlich auf und boxte ihm wütend gegen die Schulter. »Das sagst du erst jetzt? Du hättest sterben können!«

Er sog vor Schmerz Luft durch seine Zähne, erhob sich und nahm sie in den Arm. Sie hatte ausgerechnet den verletzten Arm getroffen, aber er hatte es wohl nicht anders verdient. »Ich bin am Leben. Das ist alles, was zählt.«

»Wo bist du überall verletzt?«, fragte sie und sah misstrauisch zu ihm auf. »Nur damit ich weiß, wo ich dich das nächste Mal treffen muss.« Sie hob demonstrativ ihre Faust.

Florian grinste.

»Die Sache hat noch einen Haken«, sagte Jessica und wurde wieder nachdenklich. »Die Studenten haben den Toten doch gesehen, oder? Wenn es nicht der Professor wäre, hätten sie das erkannt.«

»Einige der Studenten haben auf der Hütte erwähnt, dass der Professor stark erkältet war und man hinter seinem Schal und der Brille kaum sein Gesicht erkennen konnte. Wenn ein mögliches Double etwa die gleiche Statur und Körpergröße hat und die Stimme heiser klingen lässt, kann ich mir schon vorstellen, dass anfangs niemand die Täuschung bemerkt hat.«

»Dann sollten wir den beiden, die wir noch befragen müssen – Emma und Wolfgang –, diese These unter die Nase reiben.«

»Lass uns noch damit warten. Bring mir bitte als Nächstes Berthold. Er muss ein paar Dinge erledigen.«

25

Berthold war vor einer Viertelstunde in den Streifenwagen gestiegen und auf dem Weg zurück ins Präsidium.

Florian und Jessica hatten sich darauf geeinigt, zuerst eigene Informationen einzuholen, bevor sie mit den Studenten sprachen. Florian hatte deshalb seinen jungen Kollegen beauftragt, herauszufinden, wer als »Ersatzleiche« infrage kommen könnte und einen Oldtimer fuhr, denn der Wagen des Professors und seiner Frau stand noch auf dem Parkplatz. Die Schlüssel zu allen Autos hatte Jessica einkassiert. Sie lagen im Tresor des Hotels. Berthold sollte einen Mann ermitteln, der in etwa dasselbe Alter und die gleiche Statur wie der Professor hatte und mit dem Ehepaar Engel bekannt war. Dazu brauchte der Oberkommissar Zugriff auf die polizeilichen Datenbanken. Das war hier oben auf dem Berg unmöglich, wenn man nur einen Festnetzanschluss hatte und ein Funkgerät, das nicht funktionierte. Ob er sich mit seiner neuen Theorie verrannte, wusste Florian nicht. Doch er sah darin zurzeit die einzige Möglichkeit, das Wirrwarr zu erklären, das die Studenten mit ihren konfusen Aussagen angerichtet hatten.

Berthold hatte Florian noch eine wichtige Information gegeben, bevor er abgefahren war. Vom Hotel der Sonnleitners aus war am Morgen des Bohnacker-Mordes ein mehrminütiges Gespräch mit dem kurz darauf verstorbenen Professor Bohnacker geführt worden. Zu der Zeit hatten Ewe, Paula, Jessica und Florian bereits eingecheckt.

Er musste herausfinden, wer das Telefon an der Rezeption benutzt hatte und warum.

Doch zuerst wollte er die letzten zwei Studenten befragen, die zusammen mit Jessica im Schmankerlstüble warteten und genau wie er endlich schlafen wollten. Er war seit mehr als 26 Stunden auf den Beinen.

»Emma Pfaff? Wolfgang Faber? Ich erlaube mir, euch beide hier gemeinsam zu vernehmen und nicht einzeln zu mir zu zitieren. Habt ihr Einwände?«

Fabers Gesicht zeigte absolutes Unverständnis. Er saß allein am anderen Ende des Saals, wirkte derangiert und ein wenig apathisch, deutete aber ein Kopfschütteln an.

Emma Pfaff saß zwei Tische weiter und baute mit den liegen gelassenen Spielkarten der zwei Damen ein Kartenhaus. Sie war ebenfalls einverstanden mit Florians Vorschlag, lächelte freundlich, wirkte aber überrascht von Florians Anwesenheit. »Wolfgang hat gestern erzählt, dass du über Nacht auf der Hütte bleibst. Bist du gerade angekommen?«

Der Kunststudent hustete, als hätte er sich verschluckt, hob die Hand und rieb sich mit zitternden Fingern über die Stirn. Er schwitzte, obwohl es im Speisesaal eher kühl war. Das Feuer im Kamin war erloschen, und Herr Sonnleitner hatte den Ofen bisher nicht wieder angeheizt.

»Geht es dir gut, Wolfgang?«

»Ich habe schon Drogen oder zu viel Alkohol vermutet«, flüsterte Jessica. »Er wirkt gereizt.« Sie saß neben der Durchgangstür und tippte eine Nachricht an Berthold, die sie später vom Dachboden aus versenden wollte. Dann schob sie das Smartphone in die Innentasche der Jacke, die an der Stuhllehne hing. »Vielleicht ist er auch bloß übermüdet – wie wir alle.«

Florian ging zu ihm hinüber und blieb direkt neben ihm stehen. »Hast du mich vor der Hütte niedergeschlagen, Faber?«

Der Kunststudent schaute verwirrt auf. Ein blöder Spruch wie »Verdient hättest du es wegen der penetranten Fragerei, aber nein, ich habe nichts dergleichen getan« blieb aus. Stattdessen schüttelte Wolfgang stumm den Kopf, was untypisch für ihn war.

»Wie oft wurde auf den Professor geschossen?« Florian setzte sich dem jungen Mann gegenüber und beugte sich über den Tisch.

Dieser wich zurück, indem er sich weit nach hinten lehnte. »Einmal«, sagte er und ließ den Kopf sinken. »War's das? Ich bin hundemüde.«

»Du hast gesagt, du hättest den Schuss nicht gehört. Woher weißt du dann, dass nur einmal geschossen wurde?«

»Weil es so abgesprochen war.« Er klang gereizt. Die Hände, die schlaff auf seinen Oberarmen lagen, ballten sich zu Fäusten. »Herrgott! Das war ein Spiel! Das war keine Absicht. Einmal schießen, Waffe fallen lassen, aus dem Zimmer verschwinden. Das war der Deal.« Er presste den Handballen an seine Schläfe und verzog gequält das Gesicht. »Ich will jetzt schlafen!«

»Eins noch: Wer von euch fünf hat geschossen?«

»Ich vermute, du weißt es bereits.« Es war Emma, die sich einmischte. Sie kam ungefragt an den Tisch, zog einen Stuhl heran und setzte sich an die Stirnseite zwischen die beiden Männer. »Valentin hat sehr laut geschrien. Wir haben ihn hier gehört.«

»Es stimmt. Er hat gestanden«, bestätigte Florian und bemerkte, wie Wolfgang seine Kommilitonin Emma argwöhnisch beobachtete.

»Ach, Wolfgang«, lachte Emma. »Wir brauchen dem Hauptkommissar nichts mehr vormachen. Das Spiel haben wir verloren. Jetzt gilt es, offen alles zu sagen, was wir wissen. Auch um des armen Professors willen. Sein Tod war so sinnlos!«

Den Gesichtsausdruck des jungen Kunststudenten konnte Florian nicht deuten. Ungläubigkeit traf es wohl am ehesten. Als Wolfgang gerade dazu ansetzte, etwas zu sagen, unterbrach ein lauter Ruf aus dem Foyer die Szene.

Davina stürmte ins Schmankerlstüble, blieb abrupt stehen und zeigte zur Treppe im Foyer. »Valentin Kobel hat sich in seinem Zimmer eingeschlossen und schreit. Herr Sonnleitner ist draußen beim Müllcontainer und seine Frau sagt, Sie hätten den zweiten Generalschlüssel, Herr Forster.« Sie überlegte kurz. »Ähm, du hättest den zweiten Generalschlüssel«, korrigierte sie sich und tippte ungeduldig mit den Zeigefingern gegen ihre Oberschenkel.

Florian sprang auf und zog den Schlüssel aus der Hosentasche. »Ich komme mit nach oben«, beschloss er, lief los und rief den Studenten zu: »Geht schlafen. Wir reden später weiter.«

*

Im Zimmer von Valentin Kobel war alles still. Hätten die zwei Damen aus Hannover nicht in ihren Morgenmänteln und mit zerzaustem Haar im Flur gestanden und bestätigt, dass aus dem Nachbarzimmer unerträglicher Lärm zu hören gewesen war, hätte Florian angenommen, Davina wollte mit Absicht die Befragung der zwei letzten Studenten stören.

Auch Frau Sonnleitner hatte aufgeregt neben der Tür gewartet. »Entschuldigen Sie, Herr Forster, dass wir Sie wegen des Schlüssels belästigen.« Sie legte ihr Ohr an die Tür und lauschte. »Doch ich denke, wir sollten nachsehen. Der junge Mann öffnet nicht, wenn man klopft.«

»Ist das nicht das gemeinsame Zimmer von Herrn Kobel und Herrn Thies?«

Davina nickte. »Aber Jonah ist unten in der Küche.«

Florian zog fragend die rechte Augenbraue hoch.

»Das stimmt, Herr Forster«, bestätigte die Wirtin. »Er hat mich um ein Glas Milch gebeten, und ich habe ihm gleich ein ganzes Frühstück serviert. Er sitzt an der Küchentheke. Wir wollten Sie im Schmankerlstüble nicht stören.«

»Als Frau Sonnleitner rauskam, habe ich sie um Hilfe gebeten«, erklärte Davina. »Wir sind gemeinsam hoch, aber Valentin öffnet nicht. Dann bin ich zu dir.«

»Gut, ich gehe hinein.« Er klopfte, kündigte seinen Eintritt an und schloss die Tür auf.

Im Zimmer war es dunkel. Im schalen Dämmerlicht, das durch die geschlossenen Vorhänge fiel, sah man das leere Bett. Laken und Bettdecke waren zerwühlt. Das Kissen lag auf dem Fußboden. Der Nachttisch war umgefallen, und das große Landschaftsbild über dem Kopfende hing schief an der Wand.

Erst als Valentin leise jammerte, fand Florian ihn zusammengekauert in der gegenüberliegenden Zimmerecke sitzend. Wie ein Häufchen Elend hatte er die Beine an seinen Oberkörper gezogen und umschlang seine Knie fest mit den Armen.

»Ich wollte ihn nicht töten«, schluchzte er. »Es war keine Absicht!« Selbst im Halbdunkel erkannte Florian, dass er heftig zitterte.

Florian schob den umgekippten Stuhl beiseite, der neben dem Studenten lag, stieg über die lose herumliegenden, zerfetzten Zeitschriften und setzte sich auf den Fußboden. Das Haar des jungen Mannes war nass. Von der Stirn rann ihm der Schweiß, vermischte sich mit seinen Tränen und tropfte ihm von der Nase.

»Ich wollte das nicht!«

»Das weiß ich«, beschwichtigte Florian. »Von wem hast du die Pistole bekommen?«

Er hatte die Frage bereits gestellt, nutzte aber die momentane Verletzlichkeit des jungen Mannes, um ihm weitere Informationen zu entlocken.

»Sie lag auf dem Tisch. Neben dem Beutel mit dem Weihnachtsmotiv.«

»Sie war in diesem Beutel?«

»Ja.«

»Wer hat ihn mitgebracht?«

Valentin überlegte, vergaß sogar einen Moment zu schluchzen. Schließlich nickte er. »Der Professor. Er war in seinem Rucksack. Er hat ihn Davina gegeben. Meinst du, die Waffe wurde von Herrn Engel absichtlich mit scharfer Munition geladen? Habe ich ihm beim Selbstmord geholfen? Oh Gott, warum musste ausgerechnet ich schießen? Ich wollte ihn nicht töten!«

26

Berthold hatte schnell eine Spur gefunden. Nicht einmal eine Stunde hatte er gebraucht, bis er auf einen Mann gestoßen war, auf den alle Merkmale passten, auch ähnelte sein Aussehen dem von Professor Engel. Bei der Internetrecherche machte dem jungen Oberkommissar niemand etwas vor.

Emil Weininger war 55 Jahre alt, wohnte wie das Ehepaar Engel in München und fuhr einen alten Ford mit Oldtimerkennzeichen. Er war polizeilich ein einziges Mal in Erscheinung getreten. Es handelte sich um einen Betrugsfall, für den er eine mehrjährige Bewährungsstrafe kassiert hatte. Das war allerdings fast 20 Jahre her.

Bei dem Telefonat mit Herrn Weiningers Schwester bestätigte diese, dass ihr Bruder die Feiertage in einem Hotel bei Oberstdorf verbringe. Sie könne nicht sagen, wann er zurückkomme. Aber am 5. Januar habe er einen Auftritt im Stadttheater. Spätestens dann sei er zurück.

Alles passte perfekt.

Berthold ließ es nicht darauf beruhen, sondern forschte weiter. Er fand heraus, dass der Mann viele Jahre bei einer großen Münchener Firma als Meldetechniker gearbeitet hatte, bis er aufgrund einer Erbschaft zu einem kleinen Vermögen gekommen war und seitdem sein Leben genoss. Er spielte leidenschaftlich Theater. Auf seiner Social-Media-Seite las Berthold diverse Postings von Auftritten. Auch Frau Engel war auf dem einen oder anderen Foto zu sehen. Die beiden kannten sich.

Das Guthaben auf dem Sparkonto von Herrn Weininger

war vorgestern per Online-Banking auf ein Konto in Santo Domingo, der Hauptstadt der Dominikanischen Republik, überwiesen worden. Sein Aktienpaket war zur selben Zeit aufgelöst worden. Berthold fragte die Passagierlisten aller Fluglinien ab, die in den nächsten Tagen dorthin fliegen würden. Er fand Herrn Weiningers Namen gleich zweimal. Der ursprüngliche Flug am 28. Dezember war auf heute Abend umgebucht worden. Als er den zweiten bekannten Namen auf der Liste las, grinste er zufrieden.

»Das wird dich freuen, Chef«, sagte er, obwohl er allein in seinem Büro war. »Ich glaube, ich habe gerade unsere zwei Mordfälle gelöst.«

Er hatte den Computer bereits runtergefahren und die Hand am Knopf, um den Bildschirm auszuschalten, als sein Smartphone eine eingehende Nachricht von Jessica ankündigte.

Sie bat ihn um Hintergrundrecherche speziell zu den Studenten Wolfgang Faber, Emma Pfaff und Jonah Thies. Er hatte ihr schon Informationen zukommen lassen, doch nun wollte sie zu jedem der drei Personen ein mögliches Motiv ausgegraben wissen. Jessica schrieb, der Professor habe die Personen für sein makabres Krimispiel gezielt ausgewählt. Ihr fehlten nur noch die Verbindungen, die die fünf Studenten zu möglichen Tätern machten.

Das war es, was der Professor wollte. Fünf Verdächtige.

Berthold schaltete den Computer wieder an und begann zu suchen.

*

»Haben Sie mir einen Schrecken eingejagt, Frau Forster!« Herr Sonnleitner saß im Funkraum am Tisch und hatte das

Gehäuse vom Gerät abgeschraubt. Der Schraubenzieher war scheppernd zu Boden gefallen, als Jessica sich unerwartet hinter ihn gestellt hatte. »Brauchen Sie Hilfe?«

»Nur eine kleine Frage«, sagte Jessica, überlegte kurz und ergänzte dann: »Oder zwei.«

Er hielt inne und sah zu ihr auf.

»Die Schlüssel für alle Fahrzeuge liegen nach wie vor im Tresor? Auch der von Ihrem Auto?« Sie hob den Schraubenzieher auf und reichte ihn dem Gastwirt.

»Ja«, bestätigte Sonnleitner. »So ist es mit Florian abgesprochen gewesen. Die Eingangstür und alle Fenster sind ebenfalls verschlossen. Wer das Hotel verlassen will, muss erst an mir vorbei.« Er zog einen Schlüsselbund aus der Hosentasche und hielt ihn demonstrativ in die Höhe.

»Das mit der Eingangstür wäre meine zweite Frage gewesen.« Jessica gähnte laut und rieb sich die Augen. »Es kommt also niemand rein oder raus?«

»Definitiv nicht. Jedenfalls nicht, seit die Studenten wieder hier sind.« Sonnleitner steckte die Schlüssel ein und betrachtete die Kabel auf der Rückseite des nun offenen Kastens. »Wieso fragen Sie? Ist einer der jungen Leute verschwunden?«

»Jetzt, da sie alle auf den Zimmern sind, kann man die Meute zwar nicht mehr so gut kontrollieren, aber wir denken nicht, dass einer von ihnen versucht zu fliehen.« Sie beobachtete, wie er an den einzelnen Steckverbindungen rüttelte und sich dann am Kopf kratzte. »Mein Mann glaubt eher, es wäre eventuell eine Person zu viel im Hotel.«

Sonnleitner sah sie erschrocken an. »Wer? Und vor allem wo?«

»Das versucht Florian herauszufinden. Wo könnte man sich verstecken? Die Zimmer sind alle belegt, oder?«

Er nickte. »Auf dem Dachboden?«, schlug er vor. »Der Schlüssel ist in einem kleinen Verschlag vor der Tür deponiert.«

»Da ist niemand mehr.«

»Also war dort jemand?«

»Vermutlich.«

Der Wirt schüttelte ungläubig seinen Kopf. »Dann weiß ich auch nicht. Wenn ich hier fertig bin, helfe ich gern beim Suchen.«

»Sie könnten in den Privaträumen nachsehen. Auch in denen Ihres Sohnes und Ihrer Schwiegertochter, falls die beiden ebenfalls hier wohnen. Alle anderen Räume hat mein Mann bereits kontrolliert.« Sie klopfte ihm unbeholfen auf die Schulter. »Was ist mit dem Funkgerät? Haben Sie den Fehler gefunden?«

»Jemand hat zwei Stecker vertauscht. Kein Wunder, dass es keinen Empfang mehr hatte. Gleich funktioniert es wieder.«

❋

Faszinierend, was mit einfachen Suchaktionen im Internet heutzutage alles möglich war. Allerdings nur, weil jeder im Universum meinte, alles posten und mitteilen zu müssen – vom einfachen Nudelgericht bis zum illegal abgestellten Sperrmüllhaufen an der Straßenecke.

Berthold grinste zufrieden, als er dank eines Bildsuchlaufs das Fahrzeug von Emil Weininger ausfindig gemacht hatte. Nun musste er nur noch herausfinden, in welcher Stadt dieser Rudolf Müller wohnte, der sein nachträgliches Weihnachtsgeschenk, wie er es betitelte, stolz in den sozialen Medien geteilt hatte. Immerhin gab es einen Straßennamen. Der Oldtimer auf dem Foto stand direkt vor einem solchen Verkehrsschild auf dem Parkstreifen vor einem Mehrfamilienhaus.

»Perfekt!«, triumphierte der junge Oberkommissar. Der Wohnort war schneller ermittelt, als er gedacht hatte. Er sah auf und fuhr erschrocken zusammen, als er plötzlich Dienststellenleiter Götze vor seinem Schreibtisch erblickte.

»Was machen Sie hier, Willig?«, polterte dieser. »Habe ich nicht angewiesen, Sie sollen nach Hause gehen und nicht vor morgen wiederkommen?«

»In Florians Fall hat sich etwas ergeben, dem musste ich nachgehen«, erklärte Berthold, ohne direkt auf die Vorwürfe seines Vorgesetzten einzugehen. »Es scheint, unsere beiden Fälle sind eng miteinander verknüpft. Lösen wir den einen, lösen wir vermutlich auch den anderen.«

Götze ließ sich auf dem Bürostuhl gegenüber nieder, legte den Kopf schräg und sah den Oberkommissar misstrauisch an. »Dann berichten Sie!«

Doch Berthold erhob sich, schaltete den PC aus und kramte seine handschriftlichen Notizen zusammen. »Ich würde es vorziehen, wenn ich zuallererst einem Verdacht nachgehe. Ich komme später zu Ihnen.« Er stürmte grußlos aus dem Büro und ließ den Dienststellenleiter verdutzt zurück.

27

Als er das Appartement betrat und die beiden Frauen sah, musste er unwillkürlich lächeln.

Paula lag lang ausgestreckt auf dem Sofa und schnarchte. Jessica hatte sich auf dem Sessel zusammengerollt, hielt die Bierdose in ihren Armen und schlief ebenfalls tief und fest. Ihr Kopf lag auf der Lehne. Wie sie es geschafft hatte, die Beine so weit anzuziehen, dass ihr gesamter Körper auf die Sitzfläche passte, war Florian ein Rätsel. Er nahm seiner Frau das Getränk ab und stellte die Dose auf den Couchtisch. Dann deckte er sie mit einer Wolldecke zu und gab ihr einen Kuss auf die Stirn. Sie murmelte etwas im Halbschlaf, das er nicht verstand, und schlief wieder ein.

Nachdem Florian ein langes Gespräch mit Alois Sonnleitner geführt hatte, war er zu dem Schluss gekommen, dass kein Fremder im Hotel sein konnte. Der Hotelier hatte sämtliche Räume durchsucht, sie waren gemeinsam auf dem Dachboden und in den Neben- und Abstellräumen gewesen, hatten jeden Schrank geöffnet, der groß genug war, und hinter jeden Vorhang gesehen. Niemand war in diesem Gasthof, der hier nicht hingehörte. Sein Anfangsverdacht hatte sich als haltlos erwiesen. Deshalb hatte er beschlossen, selbst für ein oder zwei Stunden zu schlafen. Die Studenten würden nach der langen Nacht sicher erst gegen Mittag ihre Zimmer verlassen, da konnte er sich gut eine kleine Auszeit nehmen. Er war so müde, dass er kaum noch klar denken konnte.

Er ging ins Schlafzimmer und legte sich auf das frisch gemachte Bett.

Wie lange er bereits geschlafen hatte, als Jessica sich neben ihn legte und ihren Arm um ihn schlang, wusste er nicht, aber er war dankbar für die Wolldecke, die sie über ihn legte. Er fror.

»Hast du die Person ausfindig gemacht, die oben auf dem Dachboden rumgespukt ist?«, flüsterte Jessica.

»Nein«, murmelte er und strich ihr die blonden Haare aus dem Gesicht. »Ich muss mich mit dem unbekannten Gast geirrt haben. Vermutlich war es doch einer der Studenten. Nach dem Mittagessen werde ich alle erneut befragen. Wenn die Spurensicherung auf der Hütte fertig ist, lassen wir einige von ihnen am Nachmittag aufs Präsidium bringen. Die reden wohl erst, wenn sie ihre Anwälte gesprochen haben.«

Eine Weile sagte Jessica nichts.

»Es kann keiner der jungen Leute gewesen sein«, unterbrach sie schließlich ihr nachdenkliches Schweigen. »Als du heute Nacht noch mal alleine auf den Speicher gegangen bist, weil du jemanden dort vermutet hast, waren alle im Schmankerlstüble. Oder kurz auf Toilette«, fügte sie hinzu. »Aber nicht lang genug, um auf den Dachboden und wieder zurück zu gehen. Es muss jemand im Hotel sein, den wir bisher nicht auf dem Schirm hatten. Meinst du, es ist dieser Professor Engel?«

*

»Das war verdammt dumm von dir!« Er stand vor dem Fenster und starrte nach draußen. Der Tag hatte mit starkem Nebel angefangen und klarte nun zusehends auf. »Du hast nicht nachgedacht.« Er drehte sich zu ihr um und sah sie streng an. »Warum hast du dich nicht an die Anweisungen gehalten? Dann wären wir jetzt nicht in dieser Lage.«

Sie lächelte entwaffnend, legte sich bäuchlings auf eins der Betten und stützte den Kopf in ihre Hände. »Ich habe improvisiert. Die Hauptsache ist doch, dass der Hauptkommissar nach wie vor keine Ahnung hat, oder?«

Er seufzte resigniert. Nicht weil er ihre Art und Weise, an die Dinge heranzugehen, für kopflos hielt. Er ärgerte sich, dass er immer gewusst hatte, wie unberechenbar sie war, und sich trotzdem auf sie verlassen hatte. Ihre Schwester war ganz anders gewesen. Sie wäre die richtige Person für dieses Szenario gewesen. Das Schicksal hatte es anders gewollt. Aber er würde auch mit dieser Situation fertig werden. Niemand konnte ihm in puncto Raffinesse das Wasser reichen.

Er sah zur Tür.

»Sie kommt nicht. Keine Angst. Sie schläft bei ihrem Freund«, beruhigte sie ihn. »Du glaubst, ich wäre nicht klug genug, weil ich weniger Fantasie habe als andere, aber das stimmt nicht. Ich bin gut in dem, was ich tue.« Sie drehte sich auf den Rücken und verschränkte die Arme hinter dem Kopf. »Wie gehen wir weiter vor?«

Er setzte sich neben sie auf die Bettkante, legte die Hand auf ihre Schulter und ließ seine Finger langsam über ihr Schlüsselbein bis zu ihrem Hals wandern. Er spürte ihren kräftig schlagenden Puls unter seinem Daumen. Es wäre ein Leichtes, jetzt für eine Minute fest zuzudrücken.

Ihr Blick fixierte ihn. Für den Bruchteil einer Sekunde sah er Misstrauen, dann Erkenntnis, dann blitzte Überheblichkeit in ihren Augen auf, bevor sie arrogant lächelte.

»Du brauchst mich. Ohne mich kommst du hier weder raus
noch mit heiler Haut davon. Wir haben einen Deal. Vergiss das nicht!«

Er schluckte die aufsteigende Wut hinunter, zog seine
verkrampften Finger von ihrem Hals und erhob sich. »Nach
dem Mittagessen werde ich das Hotel verlassen. Und du
wirst dafür sorgen, dass niemand mir folgt. Ansonsten wird
jeder Kriminalbeamte, den es interessiert, erfahren, warum
du Professor Bohnackers Tod wolltest. Ich habe mich an
die Vereinbarung gehalten. Jetzt machst du gefälligst, was
ich von dir erwarte. Haben wir uns verstanden?«

*

Berthold hatte seinen Dienstausweis vorsorglich aus der
Tasche gezogen und hielt ihn hoch, als die Tür sich öffnete.

»Polizei? Was wollen Sie von mir?«

»Herr Rudolf Müller? Oberkommissar Willig, Kripo
Kempten. Darf ich kurz reinkommen?«

Der Angesprochene sah ihn misstrauisch an. »Nein, dürfen Sie nicht. Was wollen Sie?«

»Es geht um den Oldtimer, den Sie gestern gekauft haben.
Er steht unten an der Straße.«

»Oh Gott!«, rief der Mann entsetzt. »Ist er beschädigt?
Hat ihn jemand angefahren?« Er fuhr sich mit beiden Händen durchs Haar, jammerte und stieß ein paar derbe Flüche
aus. »Ich hätte ihn längst in die Garage stellen sollen. Aber
da er noch nicht angemeldet ist, wollte ich damit bis morgen
warten. Ich bin ein anständiger Bürger. Das hat man nun
davon, dass man sich an Regeln hält. Ist es denn schlimm?«

»Dem Wagen geht es gut.« Berthold schob seinen Aus-
weis in die Innentasche seiner Uniformjacke. »Wer hat

Ihnen das Fahrzeug verkauft? War es dieser Mann?« Er rief ein Foto auf seinem Smartphone auf und hielt es Herrn Müller unter die Nase.

Dieser starrte lange darauf, bevor er den Kopf schüttelte. »Nein. Der sah anders aus. Obwohl ich zugeben muss, dass er dem Verkäufer sehr ähnlich sieht. Ich habe das gute Stück von dem Besitzer – Emil Weininger. Ich kann Ihnen den Vertrag zeigen. Es ist alles korrekt.«

Auf seinen Wink hin folgte Berthold dem Mann in seine Wohnung. »Der Herr auf dem Foto, das ich Ihnen gezeigt habe, ist Emil Weininger. Von wem auch immer Sie das Fahrzeug erworben haben, es war definitiv nicht der Besitzer.«

Rudolf Müller blieb abrupt mitten im Wohnzimmer stehen und drehte sich langsam um. »Heißt das, ich bin auf einen Betrüger hereingefallen? Wissen Sie, wie lange ich mir so einen Oldtimer schon wünsche? Verdammter Mist! Muss ich den jetzt wieder abgeben?«

Berthold antwortete nicht, suchte stattdessen nach einem weiteren Foto und zeigte es Müller. »War es dieser Mann?«

Ohne lange zu zögern, nickte der Betrogene, fluchte laut und verschränkte die Arme vor der Brust. »Der Scheißkerl sah so vertrauenswürdig aus. Kann ich ihn anzeigen? Ich komme auch gleich mit auf die Wache.«

»Wie viel haben Sie ihm für den Oldtimer gegeben? War es eine Barzahlung? Oder haben Sie das Geld auf ein Konto überwiesen? Dann bräuchte ich die Bankverbindung«, wies Berthold an und ignorierte damit ein zweites Mal Müllers Worte.

»Das war ein Tausch. Ich habe ihm meine Honda dafür gegeben. Oh Gott! Bekomme ich wenigstens mein Motorrad zurück?«

»Selbstverständlich. Sobald wir es gefunden haben«, beruhigte ihn Berthold. »Ist dieser Mann von hier aus mit dem Zweirad weggefahren, oder hatte er ein Fahrzeug mit Hänger dabei?«

»Nein, er hat sich auf den Bock gesetzt und ist abgedüst.«

»Im Winter? Ist das nicht gefährlich?«

»Man muss schon vorsichtiger sein. Aber meine Honda hat Stollenreifen mit 1200 Spikes. Damit kann man sowohl auf Asphalt als auch auf Schnee und Eis fahren. Das ist relativ sicher. Und der Mann hat die Maschine beherrscht. Das war klar. Er hatte Helm und Motorradkleidung dabei und ist direkt losgefahren.«

Von den technischen Daten verstand Berthold nichts, notierte sich jedoch die Angaben und erklärte Müller das weitere Vorgehen. Dann informierte er die Dienststelle. Der Oldtimer musste beschlagnahmt werden. Wenn die KTU die Fingerabdrücke von Niels Engel in dem Fahrzeug finden würde, wäre das ein weiterer Beweis dafür, dass der Professor noch lebte. Berthold selbst wollte augenblicklich zum Hotel hochfahren und Florian von den neuesten Erkenntnissen berichten. Er hatte heute mehrmals probiert, seinen Chef über das Festnetz des Gasthauses zu erreichen, bekam aber keine Verbindung. Ob ein weiterer Lawinenabgang erneut das Oberlandkabel beschädigt hatte?

»Danke, Herr Müller. Die Beamten melden sich in Kürze bei Ihnen. Übergeben Sie ihnen bitte den Schlüssel und die Papiere.« Er verließ die Wohnung. »Und trotz allem wünsche ich Ihnen ein frohes neues Jahr!«

28

»Weißt du schon etwas Neues?«, fragte Jessica, als sie die Treppe herunterkam und Florian hinter der Rezeption erblickte. Die Studenten waren bereits alle im Schmankerl-stüble und warteten auf das Mittagessen. Das vermutete Jessica zumindest, denn sie hatte an jede Zimmertür geklopft und anschließend hineingesehen. Außer Paula war niemand mehr im ersten Stock. »Hat Berthold angerufen?«

Florian schüttelte den Kopf und hob demonstrativ die Hand, in der er ein abgetrenntes Kabel hielt. In der anderen hatte er das dazugehörige Telefon. »Da wollte wohl jemand verhindern, dass wir weitere Hilfen anfordern«, sagte er. »Das wurde mutwillig durchgeschnitten.«

»So eine sinnlose Aktion!«, schimpfte Jessica und fügte bedauernd hinzu: »Es wäre schön gewesen, die Infos von Berthold zu haben, bevor wir mit den jungen Leuten reden. Meinst du, ich sollte es über Funk probieren?«

Florian winkte ab. »Er hat versprochen, wieder herzu-kommen, sobald er mehr weiß. Vermutlich ist er schon unterwegs. Der taucht bestimmt bald hier auf. Lass uns erst einmal essen.«

Auf dem Weg in den Speisesaal kam ihnen Alois Sonnleit-ner entgegen. »Wenn du nichts dagegen hast, fahre ich die zwei Damen aus Hannover zum Bahnhof. Ihr Zug würde in einer Stunde gehen. Schließt du hinter mir ab?« Er reichte Florian den Schlüsselbund, griff nach den zwei schweren Koffern, die bereits im Foyer standen, ging zur Tür und blieb davor stehen. »Jemand muss mich rauslassen.«

Florian sperrte den Eingang auf und öffnete die Tür. Eiskalte Winterluft strömte herein.

»Es kann losgehen. Wir sind fertig«, trällerten die zwei alten Damen im Chor, reichten Jessica zum Abschied die Hand und verließen mit dem Gastwirt das Hotel.

»Wenn eine von denen etwas mit eurem Fall zu tun hat, lasst ihr gerade eine Mörderin laufen«, kicherte Paula von der Treppe. »Nur weil die beiden alt und nett und schusselig zu sein scheinen, müssen sie nicht zwangsläufig friedlich und unschuldig sein.«

»Ich habe mir ihre Adressen und Ausweisnummern notiert. Die zwei entkommen uns nicht«, stimmte Jessica in Paulas Scherz ein.

Nur Florian blieb still. Er beobachtete Sonnleitner, der den zwei Damen beim Einsteigen half, die Koffer verstaute und den Motor startete. Wann hatte er den Schnee vom Fahrzeug entfernt und die Scheiben freigekratzt?

»Der war vor einer Stunde schon draußen«, erriet Paula Florians Gedanken. »Ich war unten und habe mir bei Frau Sonnleitner in der Küche einen Tee geholt. Danach habe ich mich kurz nach Ewe erkundigt. Ihm geht es so weit gut. Seine Hand ist geschient. Sie musste nicht einmal operiert werden. Und deswegen hat er die ganze Zeit so ein Trara gemacht. Jammerlappen«, beschied sie ihm scherzhaft. »Ich soll euch grüßen.«

»Du hast vom Festnetz aus telefoniert?«, wollte Jessica wissen und zeigte auf den Tresen der Rezeption.

»Klar. Mit dem Handy geht es doch nicht.«

»Hast du sonst noch jemanden gesehen, als du vorhin unten warst?«, mischte sich Florian ein, nachdem er die Eingangstür verschlossen hatte.

»Der Sonnleitner war draußen. Seine Frau war in der

Küche«, überlegte sie laut. »Nein, nicht hier unten. Aber Nevio ist mir auf der Treppe entgegengekommen, als ich wieder nach oben ging. Er hat freundlich gegrüßt und erwähnt, dass er der Wirtin versprochen hat, beim Tischdecken zu helfen.«

»Nevio Aldenhoven«, sagte Florian abwesend, als er sich auf den Weg zum Schmankerlstüble machte. »Den hatte ich noch gar nicht auf dem Schirm.«

*

»Sie sind wirklich eine große Hilfe, Herr Aldenhoven«, lobte Frau Sonnleitner, als der Student mit einem schweren Tablett voll benutzter Teller und schmutzigem Besteck in die Küche kam und es auf der Spülmaschine platzierte. »Ich danke Ihnen. Den Rest schaffe ich allein.«

»Kommt gar nicht infrage.« Nevio öffnete die Klappe der Maschine. »Ich räume das Geschirr noch schnell ein. Wollten Sie nicht bügeln? Lassen Sie mich nur machen. Ich bin froh, wenn ich etwas zu tun habe.«

Frau Sonnleitner sah den jungen Mann nachdenklich an. »Sie sind nicht gern bei den anderen. Habe ich recht? Mir ist aufgefallen, dass Sie den Kontakt zu Ihren Freunden von der Uni meiden.«

Er lächelte. »Das stimmt. Mir hat dieses Spiel nicht gefallen. Und ich kann nicht verstehen, wie man Spaß am Morden haben kann, auch wenn es nur fiktiv war. Ich finde, es gibt Dinge, über die braucht man nicht nachzudenken, wenn man ein rechtschaffener und guter Mensch ist. Niemand braucht ein Alibi für eine Sache, die er niemals tun würde in der Realität. Die Welt wäre um einiges besser, wenn wir Menschen uns das Schlechte nicht immer in

Gedanken ausmalen würden, sondern uns stattdessen über all die guten Dinge freuen, die uns täglich widerfahren.«

»Das haben Sie schön gesagt.« Frau Sonnleitner legte ihre Hand an seinen Oberarm. »Sie sind ein guter Mensch. Die jungen Leute sollten dem Hauptkommissar endlich erzählen, was wirklich in der Hütte passiert ist. Das sind sie dem Professor und vor allem seiner Witwe schuldig. Finden Sie nicht?«

Nevio nickte. »Es wird Zeit, das Spiel zu beenden. Vielleicht kann ich helfen. Wenn ich hier fertig bin, werde ich mit Hauptkommissar Forster reden. Ich habe da nämlich eine Theorie.«

Sie ließ seinen Arm los. »Ja, machen Sie das. Danke. Ich kümmere mich um die Tischwäsche.« Sie verließ die Küche.

Als er den Spültab in die Maschine gelegt und den Startknopf gedrückt hatte, schepperte es plötzlich laut hinter ihm.

Erschrocken fuhr er herum.

»Oh Gott! Was ist mit dir passiert?«, rief er entsetzt.

Emma sah grauenvoll aus. Sie lehnte sich an das breite Edelstahlregal, das neben der Küchentür stand, und hielt sich mit einer Hand krampfhaft daran fest, während die andere Hand schlaff herunterhing. Von den Fingerspitzen tropfte Blut. Sie zitterte am ganzen Körper, konnte sich kaum auf den Beinen halten und starrte benommen auf die heruntergefallenen Plastikschüsseln. Direkt über ihrer linken Augenbraue zierte ein großes Hämatom ihr kalkweißes Gesicht. Am Hals hatte sie dunkle Abdrücke. Sie röchelte beim Atmen und richtete ihren verzweifelten Blick nun auf ihn. Hatte sie jemand gewürgt? Was war passiert?

Nevio stürmte auf sie zu. Sie fiel ihm kraftlos in den Arm. »Wer hat dir das angetan, Emma? Du brauchst einen Arzt!«

Er griff nach einem Stapel Handtücher aus dem Regal, ließ Emma langsam auf den Boden hinunter und legte ihren Kopf vorsichtig auf dem improvisierten Kissen ab.

Mit letzter Kraft griff sie nach seinem Pullover und zog sich an ihm hoch. »Sei vorsichtig. Er ist gefährlich«, flüsterte sie ihm ins Ohr, legte sich erschöpft hin und schloss die Augen.

»Wer? Wer hat dich verletzt? Wo kommt das Blut her?« Er suchte hektisch nach einer Wunde an ihrem Arm. Der ganze Unterarm war verschmiert, doch er konnte den Ärmel ihres Pullovers nur bis zum Ellenbogen hochschieben.

»Hol Hilfe«, bat sie schwach. »Und sag dem Hauptkommissar, er muss Wolfgang verhaften. Er hat ihn getötet.«

»Was? Das kann ich nicht glauben!« Nevio war überfordert. »Kann ich dich kurz allein lassen? Ich hole Hilfe. Bin gleich wieder da.«

29

Florian stemmte die Fäuste in die Flanken und schüttelte ungläubig den Kopf.

Die Küche war leer.

»Ich habe Ihnen doch gesagt, dass Herr Aldenhoven nicht in der Küche ist«, wiederholte Frau Sonnleitner. Sie war im Foyer auf den Hauptkommissar getroffen, nachdem sie in der Küche Teewasser aufgesetzt und den Kuchen aus dem Kühlschrank geholt hatte. »Er wird auf seinem Zimmer sein.«

»Dort ist er nicht.« Florian rieb sich mit dem Handrücken über die Stirn. »Kann es sein, dass er in Ihrer Wohnung ist?« Der Zugang zu den privaten Räumen der Sonnleitners grenzte direkt an die Küche. »Würden Sie bitte nachsehen? Ich muss den jungen Mann unbedingt sprechen.«

»In unserer Wohnung ist er nicht. Ich schließe die Tür immer ab, ganz egal, ob ich drinnen oder draußen bin.«

Nevio war der einzige Student, mit dem Florian bisher nur wenige belanglose Worte gewechselt hatte. Er hatte ihn nach dem Mittagessen ausgiebig befragen wollen und sich diesbezüglich mit dem jungen Mann im Funkraum verabredet. Als er nicht zum besagten Termin erschienen war, hatten Jessica, Paula und er das Hotel nach ihm abgesucht, ihn aber nicht gefunden.

»Und? Ist er wiederaufgetaucht?« Jessica betrat die Küche. Sie sah beunruhigt aus.

Florian vermutete, dass ihre Sorge dem Verschwinden von Herrn Aldenhoven geschuldet war. Er schüttelte verneinend den Kopf.

»Ich befürchte, wir haben ein noch viel größeres Problem«, sagte sie und zeigte ihm, was sie in einem der Hotelzimmer gefunden hatte.

Frau Sonnleitner schluchzte erschrocken auf und bekreuzigte sich. »Heiliger Vater!«

In einer durchsichtigen Tüte hielt Jessica ihrem Mann eines der Küchenmesser entgegen. Es war blutverschmiert.

»Verdammt«, fluchte Florian und griff mit beiden Händen nach ihren Oberarmen. »Wo hast du das gefunden?«

»Im Zimmer von Wolfgang Faber«, verriet sie ihm und hielt ihn zurück, als er aus der Küche stürmen wollte. »Warte, da ist noch etwas!«

Er sah sie verzweifelt an. Wenn in diesem Hotel ein weiterer Mensch ums Leben gekommen war, dann war das ganz allein seine Schuld. Er war sich so sicher gewesen, dass niemand in Gefahr war. Er hätte die jungen Leute alle auf ihren Zimmern einschließen müssen, bis die Beamten, die immer noch auf der Hütte den Tatort untersuchten, zum Hotel zurückkommen würden. Er hätte für die Sicherheit aller sorgen müssen. »Was ist passiert?«

»Wir vermissen neben Nevio eine weitere Person.«

»Wen?«

»Alle sitzen im Speisesaal. Doch Emma Pfaff ist ebenfalls unauffindbar.«

*

Berthold war auf dem Weg zum Hotel bei Oberstdorf, als ihn der Anruf aus dem Präsidium erreichte. Gestern hatte er bereits versucht, die Eltern der Studenten zu kontaktieren, aber nicht alle erreicht. Sowohl die Eltern von Jonah Thies als auch die Mutter von Emma Pfaff waren nicht zu

Hause gewesen, und er hatte um Rückruf gebeten. Frau Pfaff hatte sich nun gemeldet, und einer der diensthabenden Beamten gab Berthold Bescheid und übermittelte ihm die Kontaktdaten. Frau Pfaff arbeite als Physiotherapeutin in einem Luxushotel im Ferienort Fischen im Allgäu, teilte er Berthold mit.

Da es sich nur um einen kleinen Umweg handelte, beschloss Berthold, die Dame direkt aufzusuchen.

»Ich habe nur kurz Pause«, sagte sie, als er ankam, schloss den Reißverschluss ihrer Daunenjacke und schlang fröstelnd die Arme um ihren Körper. »Meiner Tochter geht es gut, oder?«

»Sicher. Machen Sie sich keine Sorgen«, beruhigte Berthold die Frau und blies warme Luft in seine Finger. Er hätte sich lieber drinnen unterhalten, aber sie wollte partout nicht, dass sie mit jemandem von der Polizei gesehen wurde.

Sie stellten sich an den Lieferanteneingang neben den Mülltonnen.

»Wie kann ich Ihnen helfen? Ich muss gleich wieder rein. Mein nächster Termin kommt um 14 Uhr.«

»Ihre Tochter Emma befindet sich zurzeit bei einer Exkursion auf einer Berghütte in den Oberstdorfer Alpen«, erklärte Berthold unnötigerweise.

Frau Pfaff nickte ungeduldig und sah zur Tür. »Von dem Todesfall auf der Hütte habe ich bereits von Ihrem Kollegen aus Kempten erfahren. Emmas Professor ist verstorben«, verriet sie ihr Wissen. »Aber machen Sie sich keine Sorgen. Meine große Tochter ist ein zähes Mädchen. Die haut so leicht nichts um, auch nicht ein so tragischer Todesfall.« Ihr Gesichtsausdruck änderte sich schlagartig von überzeugt zu unsicher. »Sie glauben doch nicht, dass sie etwas mit dem Tod zu tun hat, oder? Sie hat Professor Engel verehrt. Auch Emmas jüngere Schwester besucht einen Kurs bei ihm. Er scheint allseits beliebt zu sein. Niemals hätte Emma den Professor getötet.«

»Davon gehen wir momentan nicht aus. Wir suchen nur nach einem möglichen Motiv. Kennen Sie alle Teilnehmer der Exkursion? Kannten Sie den Professor persönlich?«

»Den Einzigen, den ich kenne, ist Wolfgang Faber. Emma und er waren mal für ein paar Wochen zusammen. Ihren Lehrer habe ich nie kennengelernt. Sie hat ihn bewundert. Er sei genial, hat sie behauptet. Mehr weiß ich nicht. Ich müsste jetzt wirklich …«

»Einen Augenblick noch.« Berthold trat einen Schritt zur Seite und versperrte ihr den Weg zur Tür. »Ich habe noch eine Frage.« Er zog sein Smartphone hervor und rief ein Foto auf. »Gibt es eine Verbindung zwischen Ihrer Tochter und diesem Mann?«

Sie starrte lange auf das Display, presste die Lippen fest aufeinander und schnaufte dann abfällig. »Nein, die gibt es nicht!«

»Aber Sie kennen Friedrich Bohnacker, Frau Pfaff?«, riet Berthold. Ihre Reaktion auf das Foto ließ keine andere Deutung zu. Er hielt ihr das Smartphone noch dichter vors Gesicht.

Sie wich angewidert zurück. »Ja, diesen Mann kenne ich gut. Wir hatten eine kurze Affäre. Das ist fast 25 Jahre her. Er hat mich abserviert, der werte Professor. Ich war ihm wohl nicht gut genug. Ich hatte kein Abitur«, spuckte sie voller Abscheu aus.

»Wieso sind Sie dann noch immer so wütend? Es ist sehr lange her.« Berthold schob das Handy zurück in seine Jackentasche. Was hatte es zu bedeuten, dass die Mutter einer Tatverdächtigen im Mordfall Bohnacker das Opfer kannte und scheinbar abgrundtief hasste? »Kannte Ihre Tochter den Mann ebenfalls?«

»Gott bewahre, nein! Ich habe ihr erzählt, ihr Vater sei ein One-Night-Stand aus einem Ibiza-Urlaub. Sie sollte nie erfahren, dass ihr Erzeuger mich schwanger sitzen gelassen hat. Das hätte sie nicht verkraftet.«

»Professor Bohnacker ist Emmas Vater?« Berthold schüttelte ungläubig den Kopf. »Er hat sich nie bei Ihnen gemeldet? Er wollte nie sein Kind kennenlernen?«

Sie gab einen verächtlichen Laut von sich. »Der hat nicht gewusst, dass ich ein Kind erwarte. Wer mich sitzen lässt, der kann mir gestohlen bleiben oder auf der Stelle tot umfallen. Mir wäre es egal. War's das?« Sie sah den Oberkommissar mit einer Mischung aus Ärger und Ungeduld an. »Mein Chef mag es gar nicht, wenn ich Patienten warten lasse.« Ohne seine Antwort abzuwarten, drängte sie sich an Berthold vorbei, öffnete die Hintertür und drehte sich ein letztes Mal zum Oberkommissar um. »Ich warne Sie! Wenn Friedrich Bohnacker oder meine Tochter oder eines meiner anderen drei Kinder erfährt, was ich Ihnen gerade anvertraut habe, dann Gnade Ihnen Gott! Ich verlasse mich auf Ihre Verschwiegenheit, Herr Willig, sonst wird die Dienstaufsichtsbeschwerde, die ich Ihnen verpasse, noch Ihr kleinstes Problem sein!«

*

»Mitkommen!« Florian packte Wolfgang Faber am Oberarm und zog ihn rücksichtslos von der Bank, auf der er saß.

Die anderen Studenten schauten ihn erschrocken an. Nur Davinas Gesicht zeigte keine Regung.

Wolfgang wehrte sich nicht und ließ sich vom Hauptkommissar aus dem Schmankerlstüble abführen. Allerdings nicht kommentarlos. »Sehr freundlich, dass du mir vorher gesagt hast, womit ich deinen Unmut verdient habe. Das macht es gleich einfacher, dein merkwürdiges Verhalten zu verstehen«, bemerkte er sarkastisch. »Oder sind wir jetzt wieder beim Sie? Nicht, dass ich den Herrn Hauptkommissar mit meiner Respektlosigkeit noch wütender mache.«

»Klappe halten!«, befahl Florian und schob den jungen Mann an der Rezeption vorbei in den Funkraum, in dem Jessica bereits auf die beiden wartete.

»Danke, Florian«, sagte sie. »Befrag du bitte die anderen Studenten. Ich werde mich mit Herrn Faber unterhalten.«

»Das kommt überhaupt nicht infrage«, polterte Florian. »Ich lasse dich mit dem Kerl nicht allein!«

»Vielleicht wäre Herr Faber einverstanden, dass wir ihm die Hände fixieren«, schlug Jessica vor und hielt ein Bündel Kabelbinder in die Höhe, die sie im Werkzeugkasten neben dem Funkgerät gefunden hatte. »Dann fühlst du dich ein wenig sicherer, wenn du mich mit ihm allein lässt.« Sie zwinkerte ihm zu.

Florian sah sie bitterböse an.

»Worum geht es eigentlich?«, wollte Wolfgang wissen, der immer noch Florians festen Griff an seinem Arm spürte. »Ich habe in meinem ganzen Leben noch keiner Frau etwas zuleide getan.« Er zögerte kurz und wischte den Gedanken, der ihm eben in den Sinn gekommen war, mit einem grummelnden Laut fort. »Ich werde den Teufel tun und jetzt eine Kriminalbeamtin angreifen. Warum denn auch? Ich begreife nicht, warum ich hier bin!«

Jessica zog die Tüte mit dem blutigen Messer hinter dem

Werkzeugkasten hervor und platzierte sie direkt vor dem Studenten auf dem Tisch. »Das haben wir in Ihrem Zimmer gefunden.«

Wolfgang starrte ungläubig auf die blutverschmierte Klinge. »Was ist passiert?«

Als Florian ihn unsanft auf den Stuhl an der Stirnseite des Tisches drückte und seine Handgelenke mithilfe der Kabelbinder an den Streben der Lehne fixierte, ließ Wolfgang alles mit sich geschehen.

»Benimm dich«, riet Florian dem Studenten mit erhobenem Zeigefinger, warf Jessica einen beunruhigten Blick zu und verließ den Raum.

»So, Herr Faber. Was haben Sie mir zu dem Messer zu sagen?«

Jessica bemerkte, dass der junge Mann den Blick nur schwer von der blutigen Klinge abwenden konnte. Als es ihm endlich gelang, starrte er an die getäfelte Wand über dem Funkgerät. Er schien mit den Gedanken ganz weit weg zu sein.

»Herr Faber?«

Endlich sah er sie an.

»Was haben Sie mit Emma Pfaff gemacht?« Jessica wollte ihn mit dieser provokanten Frage aus seiner Lethargie reißen. Sie wusste nicht, ob Wolfgang Faber für das Verschwinden der jungen Frau oder die Abwesenheit von Nevio Aldenhoven verantwortlich war. Sie hoffte, er würde ihr sagen können, von wem das Blut an dem Messer stammte. »Haben Sie Emma verletzt?«

Seine Augen verengten sich zu schmalen Schlitzen. Er wirkte misstrauisch. »Hat sie das behauptet?«, brummte er ärgerlich. »Das Messer habe ich noch nie zuvor gesehen. Jemand muss es in mein Zimmer gelegt haben.«

Jessica schob die Tüte zurück hinter den Werkzeugkasten. »Sie wohnen hier im Hotel allein, Herr Faber? Soviel ich weiß, teilen sich Herr Thies und Herr Kobel ein Zimmer, ebenfalls die zwei Studentinnen.« Sie sah kurz auf ihre Notizen, sparte es sich aber, die Namen der zwei Frauen zu erwähnen. Es war gar nicht so einfach, die jungen Leute auseinander zu halten. Sie kannte alle erst seit ein paar Stunden, und es fiel ihr immer noch schwer, sich die Namen, Studiengänge und so weiter zu merken. »Haben Sie Emma Pfaff verletzt? Von irgendjemandem muss das Blut sein«, fuhr Jessica fort, beugte sich vor und sah Herrn Faber durchdringend an. »Oder geht es um Nevio Aldenhoven? Hatten Sie Streit mit ihm?«

Wolfgang verzog erst verwundert, dann ablehnend das Gesicht. »Was wollen Sie mir anhängen? Ich kenne Nevio gar nicht gut genug, um einen Grund zu haben, ihm etwas anzutun. Fragen Sie ihn. Ihm geht es sicher gut.«

»Im Gegensatz zu Emma«, behauptete Jessica. Sie sparte es sich, ihm mitzuteilen, dass weder Nevio noch Emma bisher wiederaufgetaucht waren. Wenn sich ihre schlimmsten Befürchtungen bewahrheiteten, wenn wirklich einer der beiden ernsthaft zu Schaden gekommen war, dann wäre das eine Katastrophe. Doch bis dahin würde sie versuchen, keinen Gedanken an derartige Unglücksszenarien zu verschwenden. Sie wollte hier und jetzt die Wahrheit herausbekommen. »Was haben Sie mit Emma gemacht?«

Wolfgang seufzte resigniert. »Ja, verdammt«, brach es aus ihm heraus. »Ich habe sie … vielleicht etwas zu hart angefasst. Gestern.« Er ließ den Kopf sinken und kniff die Augen fest zusammen. »Ich weiß nicht, was sie Ihnen erzählt hat. Aber …«, begann er und verstummte dann.

Jessica wartete.

Es dauerte mehrere Minuten, bis er sein Schweigen brach. »Ich weiß nicht, was gestern in mich gefahren ist«, erklärte er. »Sie hat mich so wütend gemacht! Eigentlich lasse ich mich nicht provozieren. Ich bin ein ganz umgänglicher Typ. Manche behaupten, ich sei arrogant, aber mehr kann man mir normalerweise nicht vorwerfen.«

»Was genau ist passiert?«, wollte Jessica wissen.

»Emma ist mir aufs Herrenklo gefolgt und hat angefangen, mich dumm von der Seite anzuquatschen. Es ging um das Krimispiel und die Tatsache, dass einer von uns mit Sicherheit den Kopf dafür hinhalten muss, dass Professor Engel tot ist. Sie meinte, das wäre bestimmt ich. Ich war schließlich allein im Obergeschoss. Alle anderen hätten ein Alibi und würden mit heiler Haut davonkommen.«

»Das verstehe ich nicht. Ich dachte, Sie waren auf der Hütte mit Frau Pfaff im selben Zimmer, als der Schuss fiel?«

»Ich habe den Schuss nicht gehört, aber Emma war bereits seit einer halben Stunde nicht mehr in meinem Zimmer, als die Tür aufging und Jonah mir vom Tod des Professors berichtete.«

»Ihre Tür war nicht abgeschlossen?« Dienten seine neuen Aussagen nur der Verwirrung? Gehörte das alles zu dem unsäglichen Krimispiel? Oder gab er zum allerersten Mal die Wahrheit von sich?

»Vorher schon. Als Emma raus ist, habe ich sie nicht wieder hinter ihr verschlossen.«

Jessica kratzte sich mit dem Zeigefinger den Nasenrücken, holte tief Luft und atmete langsam aus. »Und weil Emma drohte, Sie zu belasten, haben Sie sie verletzt?«, mutmaßte Jessica. »Wo ist sie? Braucht sie einen Arzt?«

Wolfgang setzte mehrmals dazu an, etwas zu sagen. Ihm fehlten aber die Worte.

Jessica riss der Geduldsfaden. »Verdammt noch mal! Sagen Sie mir auf der Stelle, wo Emma ist!«, brüllte sie den Studenten an.

Wolfgang fuhr erschrocken zusammen. »Ich habe Emma nur gegen die verdammte Klotür gedrückt. Mehr nicht! Ich habe mich auch sofort bei ihr entschuldigt. Keine Ahnung, wo sie ist.«

»Gestern?«

»Ja.«

»Und wo waren Sie in der Zeit nach Ihrer Befragung bis zum Mittagessen?«

»In meinem Zimmer.«

»Allein?«

Er schwieg lange, schüttelte dann langsam den Kopf. »Davina war bei mir. Wir sind seit mehreren Monaten ein Paar.«

30

Die Studenten im Speisesaal konnten Florian nicht helfen. Niemand wusste, wo Emma Pfaff und Nevio Aldenhoven sich aufhielten. Niemand hatte sie seit dem Mittagessen gesehen. Jetzt war es kurz nach 15 Uhr. Frau Sonnleitner hatte Kaffee und Kuchen serviert und kümmerte sich nun in der Küche um die Vorbereitungen fürs Abendessen.

»Hast du wirklich in allen Zimmern nachgesehen?«, wiederholte er seine Frage zum dritten Mal am heutigen Tag, als Paula sich zu ihm an den Tisch neben dem Durchgang setzte.

»Natürlich!« Paula wirkte genervt. »Was glaubst du denn?« Sie hatte sich einen Kaffee mitgebracht und nahm einen Schluck aus der Tasse. »Ich habe geklopft, aber es kam nie eine Antwort. Schließlich sind alle hier unten.«

»Du hast nicht drinnen nachgesehen?«

Paula verdrehte genervt die Augen. »Ich bin doch nicht blöd!«, bemerkte sie trocken. »Ich habe aufgeschlossen, bin rein und habe mich umgeschaut und erneut gerufen. Das habe ich in jedem Zimmer wiederholt. Dort war niemand.«

»Auch nicht in den Badezimmern?«

»Auch da nicht.«

»Unter den Betten? In den Schränken?«, fragte Florian. Er konnte sich keinen Reim darauf machen, wo die zwei vermissten Studenten abgeblieben waren. Man konnte das Hotel definitiv nicht verlassen. Türen und Fenster waren abgeschlossen. Auch die im ersten Stock.

Als Paula keine Antwort gab, sondern ihn mit aufgerissenen Augen anstarrte, ließ er den Kopf sinken und rieb sich verzweifelt die Augen. »Ich habe doch gesagt, du sollst überall nachsehen, auch hinter den Vorhängen.«

»Hinter den Gardinen habe ich geschaut«, verteidigte sie sich kleinlaut. »Von Schränken und Betten hast du nichts gesagt.«

Er stand auf. »Bleib bitte hier und behalte die jungen Leute im Auge. Nicht dass noch einer von ihnen verloren geht.« Er streckte die Hand aus und sie gab ihm wortlos den Generalschlüssel, den er ihr zwecks Zimmerkontrolle überlassen hatte.

Auf dem Weg durch das Foyer überlegte Florian kurz, ob er Jessica bei der Befragung helfen sollte, oder ob es sinnvoller wäre, zuerst die Zimmer erneut zu durchsuchen. Immerhin gab es dieses blutige Messer. Jede Sekunde, die er mehr verschwendete, konnte eine zu viel sein, wenn ein Mensch verletzt war.

Die Entscheidung wurde ihm abgenommen, als es laut an der Eingangstür klopfte.

»Hallo?«, hörte er die Stimme von Alois Sonnleitner. »Lässt mich bitte jemand rein?«

Florian öffnete dem Hotelier.

»Florian, bitte komm schnell mit nach draußen. Ich habe etwas entdeckt, das musst du dir ansehen.«

Alois lächelte freundlich, deshalb ging Florian davon aus, dass die Neuigkeit nichts mit einem der Verschwundenen zu tun hatte.

»Später«, sagte er darum. »Ich bin etwas in Eile. Die Ereignisse überschlagen sich gerade.« Er zog Sonnleitner ins Haus und sperrte die Tür ab. »Wir vermissen jemanden.«

»Oh«, rief der Gastwirt erschrocken aus. »Kann ich helfen?«

Florian winkte ab und lief zur Treppe. »Behalte bitte den Eingang im Auge. Ich erwarte jeden Augenblick meinen Kollegen aus Kempten. Und wenn die Beamten der Spurensicherung von der Hütte kommen, könntest du mir Bescheid geben.«

»Mach ich.« Alois Sonnleitner drehte sich um, legte seine Hände auf die Fensterbank neben der Tür und schaute hinaus.

Die Dämmerung setzte bereits ein, doch noch konnte man den gesamten Parkplatz und alle Autos gut erkennen.

*

Berthold fuhr gerade in Oberstdorf ein, als er einen Anruf eines befreundeten Kollegen bekam. Dieser war von ihm beauftragt, sämtliche Flugplätze, Reisebüros und Busbahnhöfe in unmittelbarer Umgebung abzutelefonieren, um mögliche neue Fluchtrouten aufzutun. Nur weil es gebuchte Flugtickets auf den Namen Emil Weininger gab, dem Theaterkollegen von Professor Engels Frau, musste das nicht bedeuten, dass es sich dabei nicht um eine Ablenkung handelte. Florian hatte ihm eingebläut, dass jede neue Erkenntnis eine Fehlinformation sein konnte. Sein Chef war sich sicher, dass Professor Engel jede noch so unwahrscheinliche Möglichkeit durchdacht hatte. Er wusste noch nicht, dass Engel tatsächlich noch lebte, aber er hatte den Professor richtig eingeschätzt, als er gesagt hatte, dass dieser blitzschnell seine Taktik ändern und einen anderen Weg gehen könnte. So sei er den Ermittlern immer mehrere Schritte voraus.

»Das Segelfluggelände Agathazeller Moos?«, wiederholte Berthold die Angaben des Beamten, stellte die Freisprechfunktion am Smartphone ein und legte es auf den Beifahrersitz. Er tippte die Daten ins Navigationssystem. »Ja, ich weiß. Das ist nördlich von Sonthofen.« Er nahm das Telefon wieder ans Ohr. »Und die sind sich sicher, dass Herr Engel persönlich einen Sonderflug gebucht hat? Vor drei Tagen?«

Sein Kollege bestätigte, dass die Mitarbeiter den Kunden anhand eines elektronisch übermittelten Fotos eindeutig identifiziert hatten.

Anstatt die Serpentinenstraße zum Hotel hochzufahren, wendete Berthold das Fahrzeug und bog an der nächsten Kreuzung Richtung Sonthofen ab. Der Kollege hatte ihm mitgeteilt, dass dort jemand auf ihn wartete. Es gäbe auch Aufnahmen aus einer Überwachungskamera, die er sich ansehen sollte, denn es sei eine Frau dabei gewesen.

Der Oberkommissar hatte die Hälfte der Strecke zurückgelegt, als er spontan den Dienstwagen an den Straßenrand lenkte und den Warnblinker einschaltete.

Etwas stimmte nicht.

Er rief im Kemptener Präsidium an und erreichte seinen Kollegen kurz vor dessen Feierabend.

»Sag mal, wie hast du am heutigen Feiertag überhaupt jemanden auf dem Flugplatz erreicht? Da ist definitiv zu. Die haben Betriebsurlaub bis Mitte Januar. Ich hatte es selbst dort versucht. Es gab nur eine Bandansage.«

Er hörte sich geduldig an, was der Polizeibeamte ihm zu berichten hatte, und brummte verärgert, als er das Gespräch beendete. Fast wäre er dieser falschen Spur nachgegangen und hätte wichtige Zeit verplempert. Angeblich hatte der Flugplatzbetreiber selbst bei der Kemptener Dienststelle angerufen und den Vorfall gemeldet. Das Foto des Verdächtigen habe man ihm zukommen lassen und darauf habe er den Kunden erkannt.

Bei einer normalen Rasterfahndung wäre man tatsächlich so vorgegangen. Ein Foto des Verdächtigen wäre an diverse Stellen gesendet worden, um möglichst alle Fluchtwege zu erwischen. Deshalb war die Rückmeldung den Beamten der Dienststelle Kempten nicht verdächtig vorgekommen. In diesem Fall allerdings hatte Berthold das Foto nur an die großen Flughäfen Memmingen, München und Stuttgart geschickt.

Eins war jedenfalls sicher: Professor Engel durfte man auf keinen Fall unterschätzen!

31

Sie saß in Unterwäsche auf dem Bett und las ein Buch. Von den feuchten Strähnen ihres Haares tropfte Wasser auf das weiße Laken, doch das schien sie nicht zu stören. Auch hatte sie nicht bemerkt, wie die Tür aufgegangen war.

»Wo, in Gottes Namen, bist du gewesen?« Florian trat ungebeten ein, baute sich am Fußende des Bettes auf und verschränkte die Arme vor der Brust. Im ersten Moment war er erleichtert gewesen, die junge Frau unversehrt vorzufinden. Ihn machte aber stutzig, dass sie über eine Stunde lang wie vom Erdboden verschluckt gewesen war, obwohl drei Personen intensiv nach ihr gesucht hatten – auch in den Badezimmern. »Wir haben das ganze Hotel nach dir durchkämmt.«

Sie fuhr erschrocken zusammen und griff panisch nach der Bettdecke. So gut es ging, bedeckte sie ihren Körper und sah ihn vorwurfsvoll an. »Entschuldigung, aber hat man nicht wenigstens im eigenen Zimmer ein wenig Privatsphäre? Ich bin unbekleidet!«

»Du hast genug an«, erwähnte er beiläufig, sah sich im Zimmer um und fand einen Pullover und eine Hose über einer Stuhllehne. Er griff danach und warf ihr die Teile zu. »Und jetzt beantwortest du mir meine Frage!«

»Ich habe geduscht. Ist das verboten?«

»Es war immerhin entgegen meiner Anweisung. Ich habe nicht ohne Grund angeordnet, dass alle nach dem Mittagessen im Speisesaal bleiben sollen«, sagte er. Er wartete, bis sie sich angezogen hatte, und deutete ihr wortlos mit einem Wink seines Zeigefingers an, ihm nach unten zu folgen.

Sie schloss den Knopf ihrer Jeans und setzte sich zurück auf das Bett. »Nevio und Wolfgang waren nach dem Essen auch plötzlich weg. Ich dachte, das sei okay. Hier im Hotel geht man nicht verloren«, behauptete sie und lächelte unschuldig. »Ich würde mir gern schnell die Haare föhnen, dann komme ich nach.«

»Setz dir eine Mütze auf, wenn dir kalt ist«, sagte Florian. »Du wirst dir auch mit nassem Haar im warmen Schmankerlstüble keine Erkältung holen. Frau Sonnleitner hat Tee und Kaffee gekocht. Komm, riskieren wir es! Abmarsch!«

Florian fiel sofort auf, dass jemand fehlte, als er mit Emma den Speisesaal betrat.

»Wo ist Davina Hollfeld?«, fragte er Paula ärgerlich, die neben der Tür an dem Tisch saß, auf dem Frau Sonnleitner das Kuchenbuffet angerichtet hatte. »Du solltest auf den Haufen aufpassen. Das kann doch nicht so schwer sein!«

»Alois Sonnleitner hat sie im Auftrag von Jessy zur Befragung abgeholt«, erklärte Paula, goss ihm ungefragt eine Tasse Kaffee ein und drückte sie ihm in die Hand. »Das war doch in Ordnung, oder?«

Florian machte ein genervtes Geräusch, das nach widerwilliger Zustimmung klang, und folgte Emma, die sich zu den anderen jungen Leuten an den Tisch setzen wollte. Kurz bevor sie die Gruppe erreichte, packte er sie am Arm und zog sie weiter. Er wies sie an, sich auf die Bank in der Turmnische zu setzen, und nahm ihr gegenüber Platz.

»Wo ist Nevio Aldenhoven?« Florian stellte die dampfende Tasse vor sich ab.

»Das weiß ich nicht«, antwortete Emma, legte auf dem

Tisch eine Hand über die andere und schaute ihn bedauernd an. »Ich hoffe, es geht ihm gut.«

»Warum bist du besorgt um sein Wohlergehen? Ich hatte nicht den Eindruck, als würde euch allen viel an eurem Kommilitonen liegen. Er war auch nicht mit auf der Hütte. Warum eigentlich?« Florian versuchte es mit belangloser Kommunikation. Ihm war bewusst, dass das Auffinden des Studenten allergrößte Dringlichkeit hatte. Immerhin hatte Florian die Ursache für das Blut am Messer bisher nicht klären können. Emma war offensichtlich nicht verletzt. War Nevio das Opfer? Er musste ihn schnell finden, hatte aber den Eindruck, dass Emma ihm dabei nicht helfen würde. Sie war zum Zeitpunkt der ersten Zimmerdurchsuchung durch Paula definitiv weder im Bad noch im Speisesaal gewesen. Warum hatte sie sich mit voller Absicht vor ihnen allen versteckt? Die angeblich so verständnisvolle, hilfsbereite und freundliche angehende Kriminalpsychologin spielte immer noch ein Spiel. Ob aus Selbstschutz oder weil sie etwas mit Nevios Verschwinden oder dem Toten auf der Hütte zu tun hatte, wusste Florian nicht. Er musste es dringend herausfinden.

»Wieso fragst du mich, warum er im Hotel geblieben ist? Das war Nevios Entscheidung.« Ihre Sätze klangen beleidigt.

»Ich habe von verschiedenen Seiten gehört, dass Nevio ein sehr kluger Kopf ist. Hättet ihr mit ihm nicht eine größere Chance gehabt, das Krimispiel gegen den Professor zu gewinnen?«

»Was tut das jetzt noch zur Sache? Herr Engel ist tot«, sagte sie und sah so traurig dabei aus, dass Florian den Reflex unterdrücken musste, ihr beruhigend die Hand auf den Unterarm zu legen. War ihr Bedauern echt?

Florian setzte alles auf eine Karte. »Wir beide wissen, dass die Leiche auf der Hütte nicht der Professor ist, Emma.«

Falls sie es wirklich wusste, konnte sie es gut verbergen. Sie schaute ihn mit weit aufgerissenen Augen und offenem Mund an. »Ist das wahr? Aber wir haben ihn doch alle gesehen!« Nun wechselte der Ausdruck von Entsetzen zu Misstrauen. »Oder glaubst du, wir stecken alle unter einer Decke? Wir hätten mit Absicht einen Menschen getötet? So ein Schwachsinn!«, beschied sie ihm. Keine Spur mehr von dem lieben und schüchternen Mädchen.

Florian bemerkte, wie ihr Blick kurz auf ihre Armbanduhr fiel und sie für den Bruchteil einer Sekunde lächelte. Ging es bei der ganzen Versteckaktion nur darum, Zeit zu schinden? Aber warum? Sobald die Untersuchungen auf der Hütte abgeschlossen waren, würde ein Teil der Studenten das Hotel in Richtung Präsidium verlassen. Das konnte niemand zeitlich beeinflussen. Worum ging es dann?

»Ich glaube nicht, dass ihr alle auf der Hütte gemeinsam einen Mordkomplott geschmiedet habt«, sagte Florian ernst. »Nur eine einzige Person hat gewusst, dass es nicht der Professor ist, mit dem ihr das Krimispiel spielt.«

»Und das muss Wolfgang gewesen sein!«, behauptete sie voller Überzeugung. »Mir wird plötzlich einiges klar. Als wir Streichhölzer gezogen haben, hat er das kürzeste erwischt. Dann wurde es komisch. Er hat sich zu Valentin gebeugt, ihm etwas zugeflüstert, und Valentin ist ganz blass geworden. Frag ihn, was Wolfgang zu ihm gesagt hat. Wir konnten es alle nicht hören. Jedenfalls haben die beiden danach ihre Streichhölzer getauscht.« Sie beugte sich über den Tisch und sah Florian verschwörerisch an. »Ob Wolfgang wusste, dass die Waffe mit scharfer Munition geladen war?«

Florian schwieg. Er versuchte Gelassenheit vorzugaukeln, indem er langsam nach der Tasse griff und trank. Innerlich war er alles andere als ruhig. Seine Gedanken überschlugen sich. Was von all dem, das die Studenten ihm erzählt hatten, war echt, war wirklich passiert? Hatte er die Wahrheit überhaupt schon gehört? Die ständig wechselnden Aussagen ergaben immer nur temporär oder partiell einen Sinn, verhinderten aber, dass er das Bild im Ganzen verstehen konnte. Ohne Ergebnisse aus der KTU würde er keine einzige Information verifizieren können. Und warum sah Emma ständig auf die Uhr? Was würde passieren, wenn der Zeitpunkt, den nur Emma kannte, gekommen war? Und wo, in Gottes Namen, war Nevio Aldenhoven?

*

»Wieso erfahren wir das erst jetzt?« Jessica blätterte in Florians Notizen und suchte nach einem entsprechenden Hinweis. Sie fand keinen. »Und wie lange geht das schon mit Ihnen?«

»Seit dem siebten Tag meines Praktikums im August«, informierte Davina die Hauptkommissarin. »Wolfgang hat mir in der Mittagspause in der Kantine seinen Nachtisch gegeben. Es war nur noch Schokoladenpudding in der Ausgabe. Ich mag keine Schokolade.«

»Sie liebt Zitronenpudding.« Der Kunststudent lächelte beseelt, als er zu seiner Freundin aufsah. Sie stand so dicht neben ihm, dass ihr Unterarm seine Schulter berührte. Er lehnte kurz seinen Kopf an sie, richtete seinen Blick auf Jessica und straffte die Schultern. »Davina hat in den Semesterferien ein Praktikum in der Firma meines Vaters absolviert. Im Controlling. Der Alte war so begeistert von ihr, dass er ihr ein Jobangebot für die Zeit nach dem Studium gemacht hat. Und ich war fein raus, musste in der Firma nicht schuften wie sonst. Ich konnte mich ganz und gar aufs Malen konzentrieren«, scherzte er mit einem Augenzwinkern.

»Ich mag Wolfgangs Bilder«, erwähnte Davina. Ihr Gesicht zeigte aber keine Regung. »Besonders die gelben.«

Jessica nickte. »Wegen der Zitronen«, riet sie.

Doch Davina schüttelte verständnislos den Kopf. »Nein, Wolfgang malt keine Zitronen. Ich mag die Bilder mit der gelben Sonne.«

Das Grinsen musste Jessica sich verkneifen, auch weil Wolfgang plötzlich schallend lachte.

»Und warum hat von Ihrer Beziehung niemand gewusst?«

»Professor Engel duldet es nicht. Er hätte einen von uns nicht mit auf die Exkursion genommen. Wir wollten beide mit.« Davina deutete auf die Handfesseln von Wolfgang. »Warum haben Sie seine Hände fixiert?«

»Weil wir ein blutiges Messer im Zimmer von Herrn Faber gefunden haben und nun vermuten, dass er jemanden damit verletzt haben könnte«, beantwortete Jessica die Frage.

Wolfgang fügte hinzu: »Es geht um Nevio und Emma. Die beiden sind verschwunden.«

Davina schüttelte den Kopf. »Aus dem Hotel kommt man nicht weg. Nevio hat nach dem Mittagessen das Geschirr abgeräumt. Danach hat Emma den Speisesaal verlassen. Wolfgang war nur kurz auf der Toilette und ist nach sieben Minuten zurück gewesen. Ein blutiges Messer gehört in die Geschirrspülmaschine. Alles andere ist unlogisch.«

»Sie haben absolut recht, Frau Pfaff.« Spekulieren half in diesem Fall nichts. Ihnen fehlte die fundiert ermittelte

Datengrundlage wie Fingerabdrücke oder DNA-Spuren. Es galt, nur die klaren Fakten für die Aufklärung zu nutzen. Alles andere führte in die Irre. »Ich bin hellhörig geworden bei Ihrer Aussage bezüglich des Praktikums. Sie beide wussten bereits im Sommer, dass Sie an der Exkursion von Professor Engel teilnehmen. Galt das für alle Beteiligten?«

»Klar«, bestätigte Wolfgang. »Davina meinte zwar, das sei vor zwei Jahren bei ihrer Schwester Anela anders gewesen ...«

»Die hatte es damals erst im November erfahren«, grätschte die Mathematikstudentin dazwischen.

»Genau«, fuhr Wolfgang fort. »Und im Gegensatz zu vorherigen Kursfahrten haben wir uns vorher bei insgesamt drei Treffen kennengelernt. Das sei sonst nie so gewesen. Ist das wichtig?«

Und wieder platzte ein Motiv. Wenn Florians Annahme stimmte, dass Professor Engel in diesem perfiden Krimispiel seinen eigenen Tod vorgetäuscht hatte, um den Mord an Professor Bohnacker in Oberstaufen zu begehen, dann konnte das nichts mit der angeblichen Veruntreuung von Geldern an der Uni München zu tun haben. Die war laut Bertholds Recherchen erst in der Adventszeit herausgekommen. Die Studenten waren jedoch gezielt ausgesucht worden, um die Ermittler mit allerlei verworrenen Motiven und Alibis in die Irre zu leiten. Der einzige Grund, warum dem Professor das Verwirrspiel so wichtig gewesen war, war die Zeit. Er musste Zeit überbrücken, die er bei schnellen Ermittlungserfolgen nicht gehabt hätte. Dabei war der zufällige Lawinenabgang ein zusätzlicher Glücksfall für den Täter gewesen. Der Rest der Geschichte war monatelang geplant und perfekt durchdacht worden und hätte auch ohne den Wetterumschwung funktioniert. Warum also hatte Professor Bohnacker wirklich sterben müssen? Und warum dieser Schauspieler, der oben auf der Hütte Professor Engel gemimt hatte? Es musste doch einen Zusammenhang geben. Doch wo? Warum? Wieso?

»Eine Frage habe ich noch.« Jessica stand auf und blieb vor den beiden Studenten stehen. »Mein Mann sagt, Sie, Herr Faber, seien am Abend vor Silvester der Letzte in der Hütte gewesen. Alle anderen waren schon auf dem Weg zum Hotel. Stimmt das?«

»Ich war noch oben und habe die Bilder geholt. Bin dann runter in die Küche«, bestätigte er. »Bei Florian hat es länger gedauert. Der war noch im ersten Stock. Dann ist Emma aufgetaucht und hat gesagt, ich bräuchte nicht auf Florian zu warten und solle mitkommen. Sie meinte, Ihr Mann, Frau Forster, wolle nun doch über Nacht in der Hütte bleiben. Das hat mich zwar gewundert, aber ehrlich gesagt wollte ich schnell ins Hotel. Mit einer Leiche in einem Haus fühlt man sich recht unwohl«, gab er zu. »Wir haben, so schnell es ging, zu den anderen aufgeschlossen.«

»Das stimmt. Die beiden kamen später«, sagte Davina. »Frau Sonnleitner hat Zitronenschnitten gemacht. Ich hätte jetzt gern ein Stück Kuchen.«

»Ich auch«, stimmte Jessica schmunzelnd zu. Sie befreite Herrn Faber von den Handfesseln, öffnete die Tür und ließ die beiden jungen Leute raus.

32

Den Flugplatz nördlich von Sonthofen hatte Berthold nicht besucht. Er hielt den Telefonanruf des Segelflugbetreibers für eine Finte. Langsam drängte sich ihm der Verdacht auf, dass alle Spuren, die er verfolgte, ins Leere liefen und nur dazu dienten, ihn nicht zur Ruhe kommen zu lassen. Sie sollten ihn permanent beschäftigen, damit er die stichhaltigen Ermittlungsergebnisse zwischen all den unnötigen Fakten nicht erkannte. Doch war es richtig, scheinbar unwichtige Dinge deshalb unter den Tisch fallen zu lassen? Was, wenn genau das, was er persönlich für unsinnig hielt, in Wahrheit die einzig richtige Erklärung war? Vor allem die Aussage von Emma Pfaffs Mutter vor dem Hotel in Fischen ließ ihn nicht los.

Er hatte deshalb beschlossen, zum Haus des Ehepaares Bohnacker zu fahren und noch einmal mit der Witwe zu sprechen. Er wollte wissen, ob ihr verstorbener Mann wirklich nichts von seinem Kind gewusst hatte, denn Berthold hatte durch Befragungen der Nachbarn und der Witwe einen ganz anderen Eindruck von Professor Bohnacker gewonnen. Er schien integer, höflich und rechtschaffen gewesen zu sein. Warum hätte er Frau Pfaff damals einfach hängen lassen sollen?

»Das ist unmöglich!« Frau Bohnacker, die ihm am Küchentisch gegenübersaß, hatte die Hände in ihrem Schoß gefaltet und ließ den Kopf sinken. Die schwarze Trauerkleidung, die sie trug, passte nicht zu ihrem braun gebrannten, strahlenden Teint und dem von der kanarischen Sonne aufgehellten blonden Haar.

»Sie haben mir erzählt, dass Sie und Ihr Mann sich erst seit 15 Jahren kannten und seit 13 Jahren verheiratet waren. Warum glauben Sie, dass es kein Kind aus einer früheren Beziehung geben kann?« Berthold hatte den angebotenen Kaffee abgelehnt, bedauerte jetzt jedoch seine Entscheidung. Es war bitterkalt im Haus.

Frau Bohnacker zog ihre Strickjacke enger um ihren Körper und bemühte sich, höflich zu lächeln. »Friedrich und ich haben über eine Adoption nachgedacht. Aber er war schon zu alt, legal hätte es deshalb in Deutschland nicht mehr geklappt«, erzählte sie und sah mit einer Mischung aus Verträumtheit und Trauer aus dem Fenster in den schneebedeckten Vorgarten. »Er hatte mir bereits in der ersten Woche unserer sich anbahnenden Beziehung gestanden, dass er zeugungsunfähig war. Die vorangegangene Liaison mit einer Lehramtskollegin war an diesem Problem gescheitert.«

»Er konnte keine Kinder ... ähm ... machen?«, drückte sich Berthold etwas ungeschickt aus und entschuldigte sich dafür. »Es tut mir leid. Schon immer? Ich meine, noch nie?«

»Richtig. Er hat mir das Attest vom Arzt gezeigt. Ich wusste, worauf ich mich einlasse, als ich ihn geheiratet habe.« Sie wischte sich eine einzelne Träne aus dem Gesicht und zog geräuschvoll die Nase hoch. »Die Mutter dieses angeblichen Kindes muss sich irren. Mein Mann ist definitiv nicht der Vater.«

*

»Wolfgang und ich stehen nicht mehr unter Verdacht«, sagte Davina, als sie im Schmankerlstüble den misstrauischen Ausdruck auf Florians Gesicht erblickte.

Jessica, die hinter den zwei Studenten den Speisesaal betrat, nickte bestätigend.

Florian erhob sich und ging auf die Dreiergruppe zu. »Ich möchte euch trotzdem bitten, hier zu warten und den Saal nicht zu verlassen.«

Wolfgang und Davina nickten.

»Hilfst du mir, das Hotel erneut abzusuchen, Jessy? Ich mache mir ernsthaft Sorgen um Herrn Aldenhoven.«

»Wir müssen ihn schnell finden«, stimmte Jessica ihrem Mann zu, beugte sich dichter zu ihm und flüsterte: »Ich habe gesehen, dass Emma Pfaff wieder da ist. Unverletzt. Was hat das zu bedeuten?«

»Sie verheimlicht etwas.« Florian schob seine Frau aus dem Schmankerlstüble hinaus und drückte die schwere Tür zu. »Ich kann aber noch nicht sagen, ob sie nur das Krimispiel bis zum bitteren Ende ausreizt oder ob sie bei den zwei Morden eine tragende Rolle spielt. Bisher habe ich nichts aus ihr herausbekommen. Wie war es mit Wolfgang und Davina? Warum hältst du sie nicht mehr ...?« Er hielt abrupt inne, als die Tür zur Küche plötzlich aufschwang und Alois Sonnleitner ins Foyer stürmte.

»Gut, dass ich euch gleich sehe.« Er klang aufgeregt, blieb atemlos vor ihnen stehen und deutete auf die offene Tür. »Ich habe Nevio gefunden. Ich denke, es geht ihm gut. Er will keinen Arzt.«

Florian wollte loslaufen, doch Alois hielt ihn zurück. »Ich muss dir draußen unbedingt etwas zeigen. Ich glaube, das ist auch wichtig.«

»Später. Ich muss Herrn Aldenhoven schnellstmöglich

befragen.« Florian drängte sich am Hotelier vorbei und stürmte in die Küche.

»Sie könnten es mir zeigen«, schlug Jessica vor. »Worum geht es denn?«

Einen kurzen Augenblick sah er sie wortlos an. »Klar. Ich bin übrigens Alois.«

Jessica lächelte und reichte ihm die Hand. »Dann lass uns rausgehen, Alois!«

Das Erste, was Florian auffiel, als er den jungen Mann auf dem Hocker an der Küchentheke sitzen sah, waren seine blutverschmierten Hände. Deshalb hielt er Abstand, deutete mit dem Zeigefinger auf ihn und sagte streng: »Rühren Sie sich nicht von der Stelle. Was ist passiert?«

Frau Sonnleitner kam vom Herd auf beide zu. Sie trug eine Kanne mit Tee und zwei Tassen. »Möchten Sie auch einen Earl Grey, Herr Forster?«

»Bitte bleiben Sie, wo Sie sind!«, wies er die Wirtin an und hielt nun auch die andere Hand in die Höhe. Es war, als würde er zwei wilde Tiere dressieren wollen.

Nevio schaute auf seine Hände. »Das ist nicht meins«, nuschelte er, hob den Kopf und blickte den Hauptkommissar an. »Das ist nicht einmal echt«, behauptete er. »Ich tippe auf Theaterblut.«

War das wieder nur eine Inszenierung? Immerhin hatten sie bisher nur ein besudeltes Messer gefunden, aber niemanden, der sich verletzt hatte. Auch Herr Aldenhoven wirkte gesund und munter, wenn auch etwas derangiert und erschöpft.

»Wo waren Sie? Wir haben das ganze Hotel nach Ihnen abgesucht!« Florian hatte entschieden, dem Studenten zu glauben und darauf zu vertrauen, dass er keinem etwas angetan hatte. Trotzdem schob er den Messerblock auf dem Küchentresen beiseite, als er sich auf den Hocker neben ihn setzte. »Haben Sie sich versteckt? Hier in der Küche?« Das war unmöglich, denn diesen Raum hatte Florian persönlich abgesucht, hinter jede Anrichte gesehen und die hohen Schränke geöffnet.

»Ich bin vor wenigen Minuten in der Speisekammer aufgewacht«, behauptete Nevio und tastete vorsichtig mit den Fingern über seinen Hinterkopf. Jemand hat mich niedergeschlagen. Ich weiß nicht …«

»Das kann nicht sein!«, fuhr Florian ärgerlich dazwischen. »Dort habe ich nachgesehen. Es war niemand drin.«

»Wenn ich mich einmischen darf«, bat Frau Sonnleitner, stellte die Kanne endlich auf dem Tresen ab und schenkte Tee ein. »Ich war in der Zwischenzeit auch mehrmals in der Kammer, aber es gibt eine Seitentür. Die ist in einer kleinen Nische leicht zu übersehen. Dahinter lagert Wurst und Schinken. Mein Mann hat in meinem Auftrag fürs Abendessen etwas von dort geholt und dabei Herrn Aldenhoven gefunden.«

»Das stimmt. Ich bin in dem Moment zu mir gekommen, als Herr Sonnleitner mich angesprochen hat.« Nevio hielt Florian seine verschmutzten Hände entgegen. »Geronnenes Blut wird dunkel und braun. Dieses ist zwar getrocknet, aber immer noch hellrot. Außerdem riechen meine Finger süßlich, nicht typisch metallisch.« Weil Florian nicht reagierte, legte er die Hände seufzend auf der Tischplatte ab. »Haben Sie mit Emma Pfaff gesprochen?«

»Gerade eben.«

»Als sie vorhin in die Küche kam, blutete sie stark an einem Arm – zumindest sah es so aus. Sie hat angedeutet, dass Wolfgang für ihre Verletzung verantwortlich sei. Hat sie Ihnen davon erzählt? War ihre Kleidung rot verfärbt? Hatte sie Angst oder war sie wenigstens nervös, als sie mit Ihnen geredet hat?«

Florian sah den Studenten misstrauisch an. Sein leichtes Kopfschütteln war kaum wahrnehmbar.

Dennoch hatte Nevio es bemerkt und stöhnte gequält auf. »Das habe ich mir gedacht.« Er griff instinktiv nach dem Unterarm des Hauptkommissars. »Genau das habe ich seit Wochen befürchtet!«

»Wo hast du es gefunden?«

Das Motorrad stand aufgebockt in dem kleinen Schuppen neben dem Parkplatz. Es war eine rote Honda VT 500 E mit Spikes an den Reifen. Eine leichte Geländemaschine. Mit diesem Zweirad war das Fahren im Winter möglich, auch wenn es gefährlich und extrem kalt war. Um auf einem solchen Teil bei diesen Minusgraden nicht jämmerlich im Fahrtwind zu erfrieren, musste man mehrere Lagen warme Winterkleidung tragen.

»Auf dem Rückweg vom Bahnhof habe ich die Maschine vor der letzten Kurve am Straßenrand liegen sehen«, berichtete Alois und schob die Hände in die Hosentaschen. »Weit und breit war niemand zu sehen. Ich habe das Auto oben auf dem Parkplatz abgestellt und bin zurückgelaufen, um es zu holen. War das falsch? Wegen Fingerabdrücken und so weiter?«

»Ach was. Das war okay.« Jessica dachte nach. »Das bestätigt Florians Verdacht«, sagte sie zu sich selbst und wandte sich wieder an Alois. »Der Schlüssel steckt. Funktioniert es?«

»Klar. Sonst hätte ich es nicht den Berg hinaufbekommen. Das Teil wiegt bestimmt 200 Kilogramm.«

»Und das Motorengeräusch hat im Hotel niemand gehört, weil …?«

»Weil die Fenster alle neu und gut schallisoliert sind«, vervollständigte der Hotelier ihren Satz. Er war alarmiert. »Heißt das nun, es ist wirklich eine unbekannte Person in meinem Hotel?«

Jessica zuckte mit den Schultern. »Wir haben jeden Winkel abgesucht und nichts gefunden. Doch ich vermute, mein Mann hat recht. Irgendwo da drinnen ist jemand, den wir bisher nicht aufgespürt haben.«

33

Für einen kurzen Augenblick entglitten Emma die Gesichtszüge, als Florian zusammen mit Nevio Aldenhoven den Speisesaal betrat. Sie schaute entsetzt in ihre Richtung, wandte sich blitzschnell ab und tat, als hätte sie ihr Auftauchen gar nicht mitbekommen. Nach wie vor saß sie abseits der Gruppe in der Turmnische allein am Tisch.

Die anderen Studenten begrüßten Nevio mit erleichterter Freude.

»Wo hast du gesteckt?«

»Wir haben uns schon Sorgen gemacht.«

»Schön, dass du wieder da bist.«

Valentin Kobel goss seinem Kommilitonen einen Kaffee ein und drückte ihm die Tasse in die inzwischen sauberen Hände. »Willst du auch einen, Florian?«

Florian antwortete nicht und begann stattdessen, einige der Stühle nebeneinander aufzustellen. »Wie wär's mit einem Stuhlkreis?«, schlug er vor und erntete verwunderte Blicke.

»Wie im Kindergarten?«, fragte Davina irritiert, setzte sich aber widerspruchslos hin. Die anderen taten es ihr gleich.

»Emma? Magst du uns Gesellschaft leisten?«

Sie lächelte verlegen, erhob sich und gesellte sich zu den anderen. »Was wird das?«

Nachdem Florian ebenfalls Platz genommen hatte, verkündete er: »Wir demaskieren Professor Engel!«

Niemand sagte etwas. Alle sahen ihn gespannt an.

»Gut. Wenn keiner beginnen möchte, sage ich euch zuallererst, was ich weiß.« Er wandte sich an Paula, die immer noch geduldig neben dem Durchgang saß. »Kannst du Jessy sagen, sie soll im Erdgeschoss zusammen mit Alois alle Zimmer – ausnahmslos alle – durchsuchen und im Anschluss absperren? Den ersten Stock machen wir später gemeinsam.«

Paula nickte und verschwand.

»Fangen wir ganz am Anfang an. Ihr alle kennt euch flüchtig aus dem Philosophiekurs an der Uni in München«, begann Florian. »Ihr habt euch bei mehreren privaten Treffen zusammen mit Professor Engel besser kennengelernt. Diese Info habe ich von Nevio. Ging es bei den Zusammenkünften auch um das nachweihnachtliche Krimispiel? Wurden bereits Pläne geschmiedet?«

Jonah Thies warf einen fragenden Blick in Richtung Valentin. Dieser schüttelte den Kopf. Wolfgang hatte die Beine ausgestreckt übereinandergelegt und die Arme vor der Brust verschränkt. Er hatte die Augen geschlossen und kaute auf seiner Unterlippe. Davina saß reglos und stocksteif auf ihrem Stuhl und schaute Florian als Einzige direkt an. Nevio seufzte und Emma starrte auf ihre Schuhe und kratzte sich den Handrücken. Dabei sah sie wieder auf ihre Armbanduhr.

»Kommt schon«, forderte Florian. »So funktioniert das nicht. Ihr müsst mit mir reden. Valentin?«

»Wir haben bei den Treffen über alles Mögliche gesprochen, philosophiert und viel gelacht. Es war immer sehr lustig. Über den zukünftigen Kriminalfall haben wir nicht geredet. Das war alles sehr kurzfristig und noch ohne wichtige Details. Vielleicht eine Woche vor Weihnachten«, antwortete Valentin unsicher und sah sich hilfesuchend in der Runde um. »Stimmt doch, oder?«

»Der Mann, der oben auf der Hütte gestorben ist, war nicht Professor Engel. Das ist sicher«, ließ Florian die Studenten wissen. »Und es gab einige von euch, die das gewusst haben. Davina?«

Die Mathematikstudentin nickte. »Ja. Professor Engel hasst Lakritz!«

»Du hast gewusst, dass das dort oben auf der Hütte nicht der Professor war, sondern ein Double?« Jonah Thies schaute seine Kommilitonin bitterböse an. »Warum hast du nichts gesagt, als Valentin ausgewählt wurde? Er hätte es erfahren müssen! Das entsprach nicht den Spielregeln.«

»Ihr habt mich nicht gefragt«, sagte Davina trocken. »Als ich um Aussprache gebeten habe, haben alle gesagt, ich solle ›die Klappe halten‹! Das bedeutet, ich soll aufhören zu sprechen.«

»Das stimmt!«, bestätigte Valentin. »Hat er deshalb sein Gesicht immer hinter dem dicken Schal verborgen und nur heiser gesprochen? Ich hätte mich gefreut, wenn es einen Aufschub gegeben hätte. Auf den Professor … ähm … auf den fremden Mann zu schießen …, darum habe ich mich nicht gerissen. All das hätte vermieden werden können!«

»Aber das wolltest du nicht, oder, Emma?« Florian beugte sich vor, stützte die Arme auf den Knien ab und beobachtete die angehende Polizeipsychologin. »Du warst es, die Davina den Mund verboten hat. Hab ich recht?«

Emma schwieg beharrlich.

Wolfgang öffnete die Augen. »Das stimmt. Das war Emma. Sie hat auch die Uhrzeit bestimmt, wann Valentin den gespielten Mord durchziehen soll.«

»Hast *du* etwa auch gewusst, Emma, dass Professor Engel nicht mit auf der Hütte war?« Jonah Thies ballte seine Hände zu Fäusten. Er war wütend und mutmaßte:

»Dann war dir auch klar, dass Valentin mit scharfer Munition schießen würde. Du hast billigend in Kauf genommen, dass ein fremder Mann stirbt, Emma. Abgrundtief erbärmlich ist das!«

»Oh Gott! Ist das wahr?«, jammerte Valentin. »Wie konntest du mir das antun?«

Alle redeten wild durcheinander. Emma stritt alles ab, die Jungs warfen ihr schlimmste Dinge vor. Es wurde lauter und lauter. Nur Davina machte ein ernstes Gesicht und schwieg.

»Stopp!«, brüllte Florian. »Das führt doch zu nichts. Ruhe!«

Alle im Saal verstummten abrupt.

»Was auch immer du dir zusammenfantasierst, Florian«, unterbrach Emma als Erste das Schweigen.

Alle anderen beobachteten sie aufmerksam.

»Ich habe mit dem Tod des Mannes auf der Hütte nicht mehr zu tun als jeder andere hier. Wir haben ein Spiel gespielt, von allem anderen wussten wir nichts. Es tut mir leid, aber ich hatte keinen Grund, diesen Menschen tot sehen zu wollen. Wer war das denn überhaupt? Niemand hier kannte ihn, oder?«

Florian verfiel in nachdenkliches Grübeln, stand auf und ging mehrmals außen um den Kreis herum, blieb hinter Davina stehen und grinste breit. »Genau!«, sagte er, drängte sich zwischen Wolfgang und Davinas Stühlen hindurch und nahm wieder Platz. »Das ist es! Niemand kannte den Toten. Alles ist durcheinander. Keiner hat ein Alibi, aber eben auch kein Motiv. Jeder eine Gelegenheit, doch niemand eine Verbindung zum Opfer.« Er lehnte sich zurück und sah zufrieden in die Runde. »Unvollkommene Perfektion ist das vollkommene Alibi«, wiederholte Florian Herrn Engels Lieblingszitat.

»Das verstehe ich nicht«, sagte Jonah Thies. »Was hat das zu bedeuten? Wenn es keinen Grund für den Tod des Mannes gab, warum sollte dann einer von uns wollen, dass er stirbt?«

»Das habe ich nie behauptet«, korrigierte ihn Florian. »Einer hatte einen Grund.«

»Wer?«, wollte Valentin Kobel wissen. »Ich bestimmt nicht. Ich werde damit leben müssen, dass ich ein Menschenleben ausgelöscht habe. Ich will wissen, wer mir diese unwiderrufliche Schuld aufgeladen hat!«

»Nevio? Willst du es den anderen sagen?« Florian hatte bemerkt, wie der junge Philosophiestudent gelächelt hatte. Ihm war ganz plötzlich etwas klar geworden.

»Es gibt nur einen, der einen Grund hatte: Professor Engel selbst«, sagte Nevio und blickte in Florians Richtung. Er hoffte auf eine Bestätigung seiner Theorie. Als dieser wohlwollend nickte, fuhr er fort: »Es gibt nur ein Problem an der Sache. Der Professor musste sichergehen, dass sein Plan auch funktioniert, wenn er nicht mehr anwesend ist, um gegebenenfalls korrigierend einzugreifen. Das war der Grund dafür, warum er mich überredet hat, im Hotel zu bleiben. Der angeblich zu schwierige Aufstieg zur Hütte, der mein Asthma verstärkt hätte, war es nicht. Ich war derjenige, der den Fehler in den Statuten des Krimispiels entdeckt hat. Ich wollte die Tatwaffe ändern, um uns allen einen Vorteil zu verschaffen. Das war erlaubt, aber vom Professor nicht gewünscht. Er muss es mitbekommen haben, als ich es …« Nevio stoppte abrupt seinen Erzählfluss und schlug sich mit der flachen Hand an die Stirn. »Ich habe es Emma erzählt. Sie ist das Back-up des Professors.«

»Richtig«, bestätigte Florian. »Jetzt muss ich nur noch

herausbekommen …«, er deutete auf die Erwähnte, »warum Emma permanent auf die Uhr sieht.«

Emma bedeckte ihre Armbanduhr mit der Hand und brummte genervt. »Dafür gibt es keinen Grund. Es ist schließlich nicht so, dass ich auf den Bus warte oder irgendwelche Termine habe«, fügte sie sarkastisch hinzu. »Und Nevios krude Ideen sind schwachsinnig!«

Florian sprang so unerwartet vom Stuhl auf, dass alle synchron zusammenzuckten. »Das ist es! Danke, Emma«, rief er, stürmte zum Durchgang und riss die Tür auf. Dort drehte er sich noch einmal zu den Studenten um. »Es geht nicht darum, dass *dir* die Zeit verrinnt. Du sollst deinem Komplizen den Rücken freihalten, damit er zum perfekten Moment das Hotel verlassen kann. Wo hat sich Professor Engel versteckt?«

Sie lächelte nur und zuckte unschuldig mit den Schultern.

Florian hatte keine Antwort erwartet, grinste zurück und wies die Studenten an, dafür zu sorgen, dass Emma im Schmankerlstüble blieb. »Du bist hiermit offiziell verhaftet wegen Mordes an Emil Weininger und Beihilfe zum Mord an Professor Friedrich Bohnacker.« Er kratzte sich kurz nachdenklich an der Schläfe. »Und noch einiger anderer Straftaten, aber das klären wir später.«

34

Sie hatten mithilfe von Alois den kompletten ersten Stock abgesucht, jedes Zimmer – auch die Nebenräume – und jedes mögliche Versteck in Nischen, Schränken und Truhen kontrolliert. Nirgendwo gab es eine Spur des tatverdächtigen Professors. Die Räume im Erdgeschoss hatten Jessica und Herr Sonnleitner bereits zuvor durchsucht und abgeschlossen. Florian hatte sich noch einmal vergewissert, dass die Autoschlüssel der Fahrzeuge auf dem Parkplatz allesamt im Tresor lagen, obwohl es sehr unwahrscheinlich war, dass ein Flüchtender die verriegelten Fenster oder Türen überwand und anschließend in mühevoller Arbeit Schnee und Eis von einem der Autos entfernte. Vielleicht war das Motorrad, das Alois gefunden und in den Schuppen geschoben hatte, als Fluchtfahrzeug gedacht gewesen? Das fiel nun auch weg. Der Holzverschlag war ebenfalls abgeschlossen. Egal wie lange es dauern würde, ihn zu finden, der Professor saß hier fest. Er konnte sich nicht ewig vor ihnen verstecken.

Oder war Florian auf dem Holzweg? Gehörte das alles auch zum Plan des wegen Mordes Gesuchten? War es eine falsche Fährte und Professor Engel ihnen wieder einen Schritt voraus?

»Jessy und ich sehen auf dem Dachboden nach«, beschloss Florian und schickte Alois zurück nach unten. »Bitte pass ein wenig auf Emma auf. Nicht dass die anderen sie aus Wut über ihren Verrat noch lynchen. Die Kollegen müssten zeitnah von der Hütte kommen.«

Die Tür zum Speicher war nicht verschlossen, doch Florian hatte keine Zeit, sich lange darüber zu wundern. Er hatte das Gefühl, dass ihnen die Minuten wie feiner Sand durch die Finger rannen. Wenn er nur eine Ahnung haben würde, was der Professor als Nächstes plante. Würde er wie oben auf der Hütte auch das Hotel in Brand stecken, um seine Spuren zu verwischen oder seine Flucht zu ermöglichen?

»Schau«, sagte Jessica und deutete auf die offene Turmnische. »Die Leiter steht an der Wand!«

Tatsächlich lehnte das Teil an der Mauer unter der kleinen Dachluke des Turms, nicht aber an dem breiten Balken, auf dem Jessica in der Silvesternacht gesessen hatte, um mit ihrem Smartphone Empfang zu haben. »Da kann er doch nicht durchpassen, oder?«

»Vor allem wäre es unmöglich, von dem Turm außen hinunterzukommen«, entschied Florian, drehte sich zu seiner Frau um und stellte die Gegenfrage: »Oder?«

Sie zuckte mit den Schultern.

Als Florian die Leiter erklommen hatte, die Luke aufstieß und seinen Oberkörper hinausschob, hörte Jessica ihn wütend fluchen.

»Was ist?«, rief sie nach oben, während sie unten die Leiter festhielt. »Ist er in den Schnee gesprungen?« Sie kicherte. »Dann steckt er jetzt vermutlich mitten in der aufgetürmten Lawine. Wir sollten ihn freischaufeln, sonst erfriert er noch.«

Florian stieg die Sprossen hinunter, sprang den letzten Meter auf den Boden und klopfte sich den Schnee vom Pullover. »Das scheint der offizielle Ausstieg für den Schornsteinfeger zu sein. Es gibt dort Dachtritte aus Aluminium, diese Roste aus Metall, du weißt schon.« Er schimpfte wütend. »Der Engel hat eine Hängeleiter angebracht. Das war sein Fluchtweg!«

»Und nun? Soll ich Berthold informieren, dass er eine Rasterfahndung organisiert?« Sie deutete auf den Balken und hob ihr Handy in die Höhe. Das Kabel am Festnetz unten war durchtrennt worden, und ob sie schnell genug über das Funkgerät jemanden erreichte, war ungewiss.

»Gute Idee. Mach das!« Er lief Richtung Ausgang.

»Und was hast du vor?«, brüllte Jessica ihm hinterher.

»Der kann noch nicht weit sein. Emma hat immer wieder nervös auf die Uhr gesehen. Sie wusste, wann der Professor fliehen würde. Das kann höchstens ein paar Minuten her sein«, war Florian überzeugt und eilte die Treppe hinunter.

Jessica griff nach der Leiter und platzierte sie am Dachbalken. Dann sah sie ein letztes Mal beunruhigt zur offenen Tür in das hell erleuchtete Obergeschoss und stieg hinauf.

*

»Kreizkruzifix! Verdammte Scheiße! Wo ist das Auto?«

Der Platz, auf dem der Wagen des Ehepaares Engel gestanden hatte, war leer. Die Reifenspuren waren auf dem wenige Zentimeter verschneiten Asphalt deutlich zu erkennen.

»Am Tresor war niemand«, verteidigte sich Alois, der hinter Florian nach draußen getreten war. »Er muss einen Zweitschlüssel gehabt haben.« Der Hotelier ging zu seinem eigenen Fahrzeug, stockte und trat wütend gegen einen der Reifen. »Teufel noch mal, der Mistkerl hat die Reifen zerstochen!«

»Wie hat er in der kurzen Zeit die Scheiben frei bekommen?« Florian sah sich hektisch um. Was sollte er jetzt tun?

Wenn es dem Professor gelang, durch die Straßensperren zu schlüpfen, war er vermutlich schnell über alle Berge. Die Organisation einer Rasterfahndung brauchte Zeit.

»Das Auto des Professors ist hochgradig technisiert.« Nevio Aldenhoven mischte sich in das Gespräch ein.

Alois hatte Emma Pfaff kurzerhand in die Speisekammer gesperrt, damit die Situation im Schmankerlstüble nicht noch mehr eskalierte. Als Florian vorhin zu den Studenten zurückgekommen war, hatten sich alle angebrüllt. Nun standen die jungen Leute am offenen Ausgang und beobachteten den Hauptkommissar.

»Was heißt das?«, fuhr Florian ihn wütend an.

»Er kann zum Beispiel mithilfe seines Smartphones Sitz- und Scheibenheizung schon Minuten vor der Abfahrt aktivieren. Dazu muss der Motor nicht laufen«, erklärte Nevio.

»Großartig!«, fauchte Florian wütend. Dann fiel sein Blick auf den Schuppen. »Ich nehme das Motorrad!«

*

Die Nachricht ging ein, als sie gerade auf den Dachbalken kletterte. Sie lehnte sich mit dem Rücken gegen die Außenwand, zog die Beine an und rief mit zitternden Händen die App auf ihrem Smartphone auf. Es war bitterkalt hier im Speicher. Vom offenen Dachfenster strömte zusätzlich eisige Luft hinein.

Berthold hatte geschrieben. Vor etwa einer Stunde.

»Bin auf dem Weg zu euch! Ist das Festnetz erneut ausgefallen? Habe gerade in Oberstaufen noch mal die Witwe von Professor Bohnacker befragt. Es gibt spannende Neuigkeiten. Berichte später! Bis gleich!«, stand in der Nachricht, die erst jetzt angekommen war, da sie wieder Empfang hatte.

Von Oberstaufen nach Oberstdorf bräuchte Berthold bei guten Wetterbedingungen etwa eine halbe Stunde. Bis zum Hotel noch einmal 20 Minuten. Er müsste jeden Augenblick hier sein.

»Falls du noch auf der Zufahrtsstraße zum Hotel bist«, tippte sie hektisch in das Gerät, »Professor Engel ist auf der Flucht. Halte ihn auf, wenn er dir entgegenkommt!« Sie sendete die Zeilen ab und wartete auf das Aufleuchten des kleinen Hakens neben der Nachricht, der anzeigte, dass Berthold sie erhalten hatte.

Sie kletterte hinunter und verließ den Dachboden.

35

Schon in der ersten Kurve schlitterte der Hinterreifen des Geländemotorrades gefährlich über die vereiste Fahrbahn. Beinahe hätte Florian die Kontrolle verloren, schaffte es aber im letzten Moment, den Lenker herumzureißen und das Zweirad wieder in die Spur zu bekommen. Ein Sturz wäre verheerend. Er trug keine Motorradkleidung, sondern Jeans, Winterboots und die dicke Skijacke von Alois, die er ihm nach der spontanen Entscheidung für diese Aktion schnell zugeworfen hatte. Seine Hände schmerzten nach wenigen Metern durch den eiskalten Fahrtwind dermaßen, dass er sie zum Schalten kaum noch bewegen konnte. Auch einen entsprechenden Helm trug er nicht. Er hatte sich einen der Skihelme gegriffen, die im Foyer auf einem Regal lagen.

Der Schnee türmte sich rechts und links der Straße so hoch auf, dass er den Hang nicht hinuntersehen konnte. Er hatte keine Ahnung, ob das Auto von Professor Engel überhaupt noch in der Nähe war, doch er wusste immerhin, dass er mit den Spikes und den vielen PS des Motorrads schneller den Berg hinunterkam als der Flüchtige.

Wenn er nicht vorher tödlich verunglückte.

Sein Herz raste, als er vor der nächsten Kurve die Maschine gerade so leicht abbremste, dass er die Biegung auf kürzestem Weg auf der Innenspur nehmen konnte. Sofort gab er wieder Vollgas.

Endlich erblickte er die roten Bremslichter des Autos vor ihm, das langsam in die nächste Kehre der Serpentinenstraße fuhr und in der Dunkelheit wieder verschwand.

Gleich hatte er ihn eingeholt.

Doch kaum hatte er nach dem weiten Schlenker die Richtung gewechselt, war das Fahrzeug plötzlich spurlos verschwunden. Wie konnte das sein? Es war unmöglich, dass es bereits die nächste Kurve passiert hatte. Florian war höchstens 20 Meter hinter ihm gewesen. Wo war das verdammte Auto geblieben?

Es tauchte so unmittelbar wieder in seinem Sichtfeld auf, dass Florian nur reflexartig den Lenker herumreißen und gleichzeitig eine Vollbremsung machen konnte, sonst wäre er hineingerast. Das unbeleuchtete Fahrzeug stand in der Dunkelheit quer auf der Straße. Es gab keine Möglichkeit, das Zweirad am Hindernis vorbeizulenken. Florian preschte mit hoher Geschwindigkeit in einen Schneeberg, wurde von den meterhohen weißen Massen brutal vom Sitz gerissen und landete hart mit dem Rücken auf einer gefrorenen Eisplatte. Der heftige Schlag verhinderte, dass er Luft holen konnte. Er rang verzweifelt danach, tief einzuatmen, fühlte einen heftigen Schmerz in seinem Brustkorb und seiner Hüfte und spürte Unterarme und Hände nicht mehr.

Als seine Lunge endlich wieder ihre Arbeit tat, keuchte er halb erstickt, hustete und kämpfte sich auf. Er sah gerade noch, wie die Rücklichter des Wagens in der Dunkelheit verschwanden.

＊

»Er hat das Motorrad genommen?«, rief Jessica entsetzt. »Das ist lebensgefährlich! Herrgott, was für ein Hitzkopf«, schimpfte sie, schlang die Arme um ihren Körper und schaute verzweifelt in die Dunkelheit. Das Einzige, was sie sah, war ein pechschwarzer Himmel mit unzähligen Sternen. Oben auf dem Weg zur Hütte blitzten die Scheinwerfer von drei Fahrzeugen auf, die langsam den Hang hinunterrollten. Die Beamten der Spurensicherung waren endlich mit der Untersuchung des Tatortes fertig. Gleich konnte sie zumindest einen Teil der Studenten aufs Präsidium schicken.

Hoffentlich ging bei Florians Verfolgung alles gut. So wie sie ihn kannte, riskierte er bestimmt Kopf und Kragen.

»Komm wieder rein!« Paula legte den Arm um ihre Schultern und zog Jessica zurück ins warme Hotel. »Du hast nicht einmal eine Jacke an.«

»Ich habe von den zerstochenen Autoreifen gehört.« Frau Sonnleitner kam auf die zwei Frauen zu und schloss die Eingangstür. »Selbstverständlich können Sie alle noch ein paar Nächte bleiben. Die Zimmer sind im Januar nicht belegt. Normalerweise hätten wir Betriebsurlaub.«

Jessica sah sie bedauernd an und wollte etwas erwidern, doch Frau Sonnleitner winkte gelassen ab.

»Für die ganze Aufregung der letzten Tage können Sie nichts. Mein Mann und ich würden uns freuen, wenn Sie noch bleiben. Wenigstens bis morgen.«

»Ich bin mir nicht sicher, ob wir wirklich nichts dafür konnten«, flüsterte Jessica in Paulas Ohr. »Wir scheinen das Chaos anzuziehen. Oder erinnerst du dich an einen einzigen Ausflug oder einen Urlaub, in dem alles glatt lief? Die sind bei Florian und mir immer eine Katastrophe.«

»Okay, für die Zukunft vermerkt: Nie wieder mit Forsters in den Urlaub fahren!«, lachte Paula. »Aber ehrlich: Der Mord hat Premiere. Das gab's vorher noch nie in euren Ferien.«

»Das stimmt. Dafür Unfälle, Krankheiten, quengelnde Kinder oder schlechtes Wetter.«

»Wenn ich ehrlich bin, hatte ich lange nicht mehr so eine aufregende Zeit. Abgesehen von der Leiche war es doch ganz lustig.« Sie hakte sich bei Jessica unter. »Lass uns schauen, dass wir uns einen guten Platz im Schmankerl-stüble reservieren. Es gibt bald Abendbrot.«

*

Berthold hatte die Nachricht von Jessica gerade gelesen, da sah er schon das Licht, das sich vom Berg hinunterbewegte und auf ihn zukam. Er war in diesem Augenblick auf die Zufahrtsstraße zum Hotel abgebogen, die sich in weit aus-ladenden Kehren über mehrere Kilometer den Hang hin-aufwand. Ob das der Verdächtige war, der sich laut Flo-rians Frau auf der Flucht befand? Er würde ihn in jedem Fall anhalten und kontrollieren. Dazu war es das Beste, hier unten auf seine Ankunft zu warten. Auf der gesamten Stre-cke gab es keine Möglichkeit abzubiegen. Der Fahrer würde zwangsläufig auf Berthold treffen.

Er stellte den Dienstwagen quer auf die Straße, stieg aus, griff nach der Polizeikelle und stellte sich mit dem Rücken zum Auto in Fahrtrichtung auf. Er sparte es sich, das Blaulicht anzuschalten, ließ aber das Abblendlicht an. Der Ankommende sollte auf keinen Fall auf halber Strecke schon auf ihn aufmerksam werden.

Als das Fahrzeug drei Kurven überwunden hatte, erkannte Berthold eine zweite Lichtquelle, die mit gro-ßer Geschwindigkeit zur ersten aufschloss. Kurz bevor der Verfolger sein Ziel erreichte, erloschen die Scheinwerfer des vorderen Fahrzeugs. Berthold hörte einen Motor laut aufheulen und Reifen über Asphalt rutschen. Das zweite Licht erlosch ebenfalls. Jede Sekunde erwartete Berthold einen lauten Knall, ein ohrenbetäubendes Scheppern, wenn Metall auf Metall schlug. Er zog instinktiv den Kopf ein und kniff die Augen fest zusammen, doch der befürchtete Aufprall blieb aus. Dafür hörte er kurz darauf das leise Motorgeräusch eines sich langsam nähernden Autos. Er schaltete die Kelle ein und hob sie hoch in die Luft, beugte sich in den Dienstwagen und aktivierte zusätzlich das Blaulicht.

Der Fahrer des Autos musste ihn bereits vor der Kurve bemerkt haben, denn er wurde merklich langsamer. Der Wagen bog um die letzte Kehre, die gute 300 Meter von Bertholds Standort entfernt war, und gab unerwartet Gas.

Er näherte sich ihm rasend schnell. Das eingeschaltete Fernlicht blendete den Oberkommissar.

In Berthold wuchs die Panik. Würde der Fahrer riskieren, mit dem Streifenwagen zu kollidieren? Dann stand es schlecht um ihn. Er würde zwischen den zwei Fahrzeugen brutal zerquetscht werden. Keine Chance zu überleben. Nicht bei der Geschwindigkeit. Nicht, wenn der Fahrer die Spur beibehielt.

Berthold zog seine Waffe und zielte auf den grellen Lichtkegel. Er war durch die Helligkeit völlig orientierungslos und blind. Sollte er zum Straßenrand springen und hoffen, dass der Heranrauschende nicht dieselbe Richtung zum Ausweichen wählte?

»Sofort anhalten!«, brüllte er gegen den Lärm des Motors an. Seine Hand, die die Waffe hielt, begann unkontrolliert zu zittern. Das Fahrzeug kam näher und näher, ohne die Geschwindigkeit zu drosseln.

»Stopp!«, schrie er verzweifelt, kniff die Augen fest zu, warf die Kelle beiseite, drehte sich um und sprang in allerletzter Sekunde auf das Dach des Dienstwagens.

Er hätte die Augen nicht wieder öffnen dürfen.

Zuerst quietschte es kreischend, dann knallte die Seite des Kofferraums gegen den linken Kotflügel des Dienstwagens. Es ruckelte so heftig, dass Berthold auf der gegenüberliegenden Seite vom Dach rutschte und hart auf der Straße aufschlug. Der Unfallverursacher schob das Polizeifahrzeug einfach zur Seite und drängte sich durch den am Straßenrand aufgetürmten Schnee langsam an der Straßensperre vorbei. Der Motor heulte auf, als die Reifen sich tiefer und tiefer in den Schnee gruben und schließlich durchdrehten. Das Fahrzeug steckte fest. Der Motor wurde ausgeschaltet.

Berthold sprang auf und ging mit gezogener Dienstwaffe auf das nun unbeleuchtete Auto zu. »Hände aufs Lenkrad!«, rief er dem Fahrer zu, zog die kleine Taschenlampe aus der Halterung an seinem Gürtel, schaltete sie ein und leuchtete durch die Windschutzscheibe. »Nicht bewegen! Bei dem kleinsten Zucken werde ich von meiner Dienstwaffe Gebrauch machen.«

Er kämpfte sich durch den tiefen, aber lockeren Schnee zur Fahrerseite, schob den Schnee mit dem Fuß beiseite und öffnete sie.

Ungläubig schüttelte er den Kopf. Florian hatte tatsächlich recht gehabt.

»Herr Engel? Bitte steigen Sie aus und legen die Hände aufs Dach! Sie sind verhaftet!«

36

Die Beamten der KTU, die Studenten sowie Paula und Jessica saßen im Speisesaal und ließen sich vom Ehepaar Sonnleitner mit einem deftigen Abendmahl bewirten. Die Einzige, die nicht teilnahm, war Emma Pfaff. Jessica hatte beschlossen, dass sie mit dem ersten Streifenwagen direkt ins Präsidium Kempten gefahren und anschließend in Untersuchungshaft überstellt wurde. Die zwei Beamten, die die Studentin begleiteten, versprachen, sich um alles zu kümmern. Die abschließende Befragung konnten Florian oder Jessica in den nächsten Tagen vornehmen, wenn alle gesammelten Beweise von den Kriminaltechnikern ausgewertet und die Leiche eindeutig identifiziert war. Die anderen jungen Leute mussten erkennungsdienstlich erfasst werden und ihre Aussagen machen. Was mit ihnen geschah, würde ein Staatsanwalt entscheiden. Jessica glaubte, dass selbst Valentin glimpflich aus der Sache herauskam, wenn sich Florians Verdacht bestätigte, dass er nur einmal – und nur in die Wand – geschossen hatte.

»Ihr Mann und ihr Kollege sind da«, verkündete Frau Sonnleitner fröhlich, als sie mit weiteren belegten Broten, Wurst und Käse das Schmankerlstüble betrat. »Sie kamen gerade mit einem Streifenwagen an.«

Jessica sprang auf und rannte ins Foyer.

Berthold trat durch die Tür und hob grüßend die Hand. »Servus, Jessy. Ich habe euren Verdächtigen, Professor Engel, im Auto. Wollt ihr ihn hier befragen? Oder soll ich ihn aufs Präsidium bringen?« Er beugte sich verschwörerisch zur Frau seines Chefs hinüber und fügte hinzu: »Der redet kein einziges Wort. Ich denke, ich nehme ihn mit.«

»Wo ist Florian?« Sie sah an Berthold vorbei nach draußen. Es war stockfinster. Hätte Berthold die Innenbeleuchtung des Dienstwagens nicht angelassen, hätte sie kein einziges Auto sehen können.

Berthold wies mit dem Zeigefinger über ihre Schulter, tippte sich dann an die Stirn und ging rückwärts Richtung Ausgang. »Ich habe Florian schon alles erzählt. Ich glaube, wir können die beiden Mordfälle lückenlos aufklären. Mein Bericht ist spätestens morgen Mittag fertig.« Er hatte die Tür erreicht. »Ach, und Jessy, dein Mann braucht dringend ein heißes Bad!«

Die Tür fiel ins Schloss.

Florian saß auf der dritten Stufe der Treppe, hatte die Ellenbogen auf die Knie gestützt und blies warme Luft in seine eiskalten Hände. Er sah schrecklich aus. Sein Haar war nass und klebte an Stirn und Wangen. Der Ärmel der Jacke war zerrissen, der Stoff hing in Fetzen herunter. Die Hose war dreckig und sein Gesicht zierte eine breite Schürfwunde, die von der linken Schläfe bis zum Kinn reichte. Die Verletzung war nur oberflächlich. Sie blutete nicht.

»Herrgott, was ist passiert?« Jessica eilte zu ihm und hockte sich direkt vor ihn. »Du bist vom Motorrad gefallen«, riet sie. »Du siehst aus, als hätte ein Eisbär dich vermöbelt.«

»Erzähl ich dir später«, versprach er. Er klang müde und abgekämpft. »Jetzt gibt es Wichtigeres. Ist Emma noch da? Ich würde gern ihren Gesichtsausdruck sehen, wenn ich ihr sage, dass alles eine Lüge war. Naives, dummes Mädchen. Jetzt hat sie sich ihre Zukunft wegen einer falschen Wahrheit verbaut.«

»Frau Pfaff ist auf dem Weg ins Präsidium. Hat Berthold mehr über sie herausgefunden?«

Florian nickte. »Der werte Professor hat seiner Schülerin monatelang eingeredet, dass ein Vater, der sein Kind verleugnet, sein Recht auf Leben verwirkt hat. Er hat ihr so lange das Gehirn gewaschen, bis sie auf seinen Deal eingegangen ist, den Schauspieler auf der Hütte töten zu lassen beziehungsweise selbst zu töten. Ich glaube, den zweiten, den tödlichen Schuss hat Emma abgegeben, aber das muss die KTU noch bestätigen.«

»Welchen Vater? Das verstehe ich nicht. Ich dachte, ihre Mutter wäre alleinerziehend.«

»Emmas Mutter hat Berthold erzählt, Professor Bohnacker sei der Vater ihrer ältesten Tochter. Emma muss das herausgefunden haben. Berthold sagt, die Verbitterung der Mutter könne man heute noch deutlich spüren. Das Tragische an der Sache ist, dass der tote Professor aus Oberstaufen erwiesenermaßen nicht Emmas Vater ist. Ob der Engel das gewusst und Emma trotzdem für seine Zwecke manipuliert hat? Zuzutrauen wäre es ihm.«

»Und Herr Engel hat im Auftrag von Emma ihren vermeintlichen Vater getötet? Warum sollte er das tun?«

»Erstens, weil er ihn selbst loswerden wollte wegen der Veruntreuung von Geldern und der drohenden Kündigung der Universität. Zweitens: Es ging ihm hauptsächlich um den Schauspieler, diesen Weininger. Der Mann, der an seiner Stelle auf der Hütte gestorben ist.«

»Das verstehe ich nicht. Was hatte er gegen ihn?«

»Weininger hatte eine kurze Affäre mit seiner Frau. Berthold hat das von Weiningers Schwester erfahren. Ich denke, der Engel hat ihm Geld geboten, damit der Schauspieler auf der Hütte seine Rolle übernimmt. Sie haben hier im Hotel kurz vorher ihre Identitäten getauscht. Der Schauspieler hat nicht gewusst, was ihm blüht, und nur auf die gute Bezahlung und den Spaß der Täuschung spekuliert.« Florian legte seine eiskalten Finger an Jessicas Wange. »Ich glaube, ein Professor Niels Engel verzeiht Illoyalität nicht. Den zweiten Anschlag auf seine Frau hat wohl ebenfalls er verübt. Wäre die Lawine nicht gewesen, wäre unser Verdächtiger mit Weiningers Papieren bereits über alle Berge. Da würde ich drauf wetten. Auch darauf, dass Emma die Einzige war, die von der Täuschung wusste und davon, dass Engel noch im Hotel war. Bestimmt hat sie sich mit ihm getroffen, als wir sie vergeblich gesucht haben.«

Jessica ließ sich neben ihrem Mann auf den Stufen nieder und legte ihren Kopf an seine Schulter. »Jetzt habe ich nur noch eine einzige Frage«, sagte sie und machte eine lange Pause, bevor sie weitersprach. »Wozu hast du die Bierdose in unseren Urlaub mitgenommen? Warum ein Guinness? Die war doch für mich, oder?«

»Heute vor genau acht Jahren sind wir zusammengekommen. Ich hoffe, du erinnerst dich an unsere erste gemeinsame Nacht an Neujahr.«

Sie kicherte. »Klar. Ich hatte Guinness dabei. Aber was ist am achten Jahr so besonders? Warum nicht bis zum zehnten warten? Oder besser jedes Jahr feiern?«

»Das verflixte siebte Jahr ist vorbei«, ließ er sie wissen. »Jetzt kannst du dich nicht mehr von mir trennen. So sagt es die Statistik und das Forster-Gesetz!«

Sie schüttelte vehement den Kopf. »Das siebte Jahr ist nach sieben Jahren Beziehung vorbei, nicht nach acht!«

Er zuckte mit den Schultern. »Ich habe die Monate abgezogen, die wir zwischendurch immer mal wieder getrennt waren. Es sind sieben Jahre. Vertrau mir.« Er legte den Arm um ihre Schulter und küsste ihre Stirn. »Glaubst du, dass wir irgendwann in unserem Leben auch mal einen ruhigen Urlaub verbringen werden?«

»Sicher nicht«, lachte Jessica. »Willst du raufgehen und heiß duschen?«

»Nein. Ich würde lieber nach Hause fahren. Ich vermisse die Kinder. Und ich habe genug von Bergen, Schnee und Lawinen.« Er stand auf und zog sie hoch. Dann nahm er sie in den Arm und sah ihr tief in die Augen. »Ich habe aus dem Dienstwagen auf der Herfahrt bereits ein Taxi bestellt. Es müsste jeden Augenblick kommen.«

»Ich liebe dich!« Jessica strahlte. »Wir sollten Paula Bescheid geben.«

»Apropos Paula«, sagte er und küsste ihre Nasenspitze. »Ich hätte auch noch eine Frage an dich: Wieso weiß deine beste Freundin über deine Vorlieben männlicher Körperteile besser Bescheid als dein eigener Ehemann? Weil ich diese Attribute nicht besitze? Stehst du auf mehr Muskeln? Breitere Schultern? Blonde Haare?«

Sie lächelte wissend. »Irgendwann erzähle ich es dir. Jetzt gibt es Wichtigeres.«

UNGEFÄHR DREI WOCHEN
SPÄTER ...

Jessica wurde wach, weil Florian neben ihr jammernd stöhnte. Es hörte sich an, als würde er versuchen zu schreien, aber kaum einen Ton herausbekommen. Sie griff nach ihm, um ihn zu wecken, da schlug er wild um sich, strampelte und brüllte plötzlich so laut, dass sie hochschreckte, ihn an seinen Schultern packte und kräftig an ihm rüttelte.

»Wach auf! Du träumst nur«, redete sie auf ihn ein.

Endlich schlug er die Augen auf und stieß einen erleichterten Laut aus. »Danke. Was für ein Albtraum!« Er fuhr sich mit den Fingern durchs Haar und atmete schwer.

»Die Lawine?«, riet sie, legte sich wieder hin und schmiegte sich an ihn. Sein Herz schlug so heftig, dass sie es unter ihren Fingerspitzen deutlich spürte.

»Es wird sicher bald besser«, machte er sich selbst Hoffnung. »Entschuldige, dass ich dich geweckt habe.«

»Du bist spät nach Hause gekommen. Hat Professor Engel endlich gestanden?«

»Der ist dermaßen überzeugt von sich und seinem Tun, dass er immer noch glaubt, er würde davonkommen.«

»Es fehlen auch stichhaltige Beweise. Niemand hat ihn an den Tatorten gesehen, weder in Oberstaufen noch in Oberstdorf. Seine Frau sagt nicht gegen ihn aus, und die Studenten wissen so gut wie nichts. Das reicht vermutlich nicht für eine Verurteilung. Er verliert seinen Job an der Uni, wird aber trotz Verurteilung wegen Betrugs schnell wieder auf freiem Fuß sein«, meinte Jessica und hob den Kopf, als

Florian nicht antwortete. Seine Augen waren geschlossen. War er wieder eingeschlafen?

»Das wird er nicht«, hörte Jessica ihn plötzlich sagen. Er biss sich auf die Unterlippe und grinste. »Und weißt du, was ihm das Genick gebrochen hat? Zwei Dinge. Sein Drucker und das Waschmittel seiner Frau.«

»Wie das?«

Florian drehte sich zu ihr und schaute ihr direkt in die Augen. »Wir haben den Brief von dem mysteriösen Gewinnspiel an den Sohn der Sonnleitners, Manfred Sonnleitner, untersucht. Es gab zwar keine Fingerabdrücke vom Professor oder seiner Frau darauf, aber er wurde am Drucker des Ehepaares erstellt. Außerdem wäscht Frau Engel mit einem Ökowaschmittel, das in Tschechien produziert und hier in Deutschland nicht gehandelt wird. Gut, dass ich die Untersuchung in der KTU noch angefordert habe. Das Labor hat Spuren davon an den Socken gefunden, die der Täter jeweils an beiden Tatorten drapiert hat, um uns zu verwirren. Professor Bohnacker benutzte dieses Produkt nicht, folglich waren es nicht seine Socken.«

»Dann ist der Engel durch seine eigenen Strümpfe zu Fall gebracht und niedergestreckt worden?«, lachte Jessica. »Das passiert vielen Männern!«

»Wie meinst du das?«

»Wenn Männer … ähm … im Eifer des Gefechts vergessen, ihre Socken auszuziehen, bevor sie aus der Hose schlüpfen, dann sind sie nackt in Socken. Und das sieht wirklich bescheuert aus«, kicherte Jessica und knuffte ihm freundschaftlich in die Rippen.

Florian sah sie ernst an. »Das Socken-Debakel«, flüsterte er ehrfurchtsvoll. »Der größte Albtraum eines jeden Mannes!«

*Weitere Titel finden Sie auf den
folgenden Seiten und im Internet:*

WWW.GMEINER-VERLAG.DE

Die Kommissare Jessica Grothe und Florian Forster ermitteln:

1. Fall: Schattenklamm
ISBN 978-3-8392-1852-5

2. Fall: Schonfrist
ISBN 978-3-8392-2103-7

3. Fall: Tödliche Klamm
ISBN 978-3-8392-2465-6

4. Fall: Mordsklamm
ISBN 978-3-8392-2739-8

5. Fall: Tod zum Viehscheid
ISBN 978-3-8392-0084-1

6. Fall: Allgäuer Sündenbock
ISBN 978-3-8392-0227-2

7. Fall: Dirndltod
ISBN 978-3-8392-0475-7

8. Fall: Hüttentod
ISBN 978-3-8392-0700-0

GMEINER SPANNUNG

WWW.GMEINER-VERLAG.DE
Wir machen's spannend

Gretel Mayer
Chiemseegewitter
Kriminalroman
256 Seiten, 12,5 x 20,5 cm,
Klappenbroschur
ISBN 978-3-8392-0757-4

Es hätte alles so schön sein können. Lisbeth fährt mit
ihrem Lebensgefährten, dem pensionierten Krimi-
naler Joe, an den geliebten Chiemsee, um ihm die
Schauplätze ihrer Kindheit zu zeigen. Doch kaum
angekommen, wird die Vermieterin ihrer Ferienwoh-
nung ermordet in der Räucherhütte des Anwesens
aufgefunden. Joe steht seinem örtlichen Kollegen
Ottl Kerber sofort mit Rat und Tat zur Seite. Tatver-
dächtige gibt es viele und so hat das Ermittlerduo –
inmitten der Schönheit des Chiemsees – alle Hände
voll zu tun.

GMEINER SPANNUNG

WWW.GMEINER-VERLAG.DE
Wir machen's spannend